WILD HEART

IM KÖNIGREICH DER WÖLFE

C.R. JANE

MILA YOUNG

INHALT

KÖNIGREICH DER WÖLFE

Wild Moon
Wild Heart
Wild Woman
Wild Love
Wild Soul

WILD HEART
IM KÖNIGREICH DER WÖLFE

Ich bin vor meinem Schicksalsgefährten geflohen.

Ich bin mitten ins Nirgendwo gefahren, und dachte, dass ich in Sicherheit wäre.

Und irgendwie bin ich hier gelandet.

Amarok hat Geheimnisse. Und es ist eine Stadt voll von Wandlern.

Genau das, wovor ich versucht habe, wegzukommen.

Meine Ankunft hat den zerbrechlichen Frieden, den die Stadt seit einem Jahrhundert hatte, zerstört.

Es droht ein Krieg zwischen den beiden Rudeln, und nur ich scheine die Möglichkeit zu haben, ihn zu verhindern.

Die beiden Alphas in der Stadt sind entschlossen, mich zu bekommen.

Aber ein Killer will genau das Gleiche.

Ich will nur, dass das, was in mir ist, freigesetzt wird.

Wie Wilder und Daxon trage auch ich meine eigenen Geheimnisse in mir, die es meinem Schicksalsgefährten unmöglich machen, mich gehen zu lassen.

Sie nennen mich wild...aber ich will einfach nur frei sein.

1

RUNE

Ich stolperte an Eves Seite und legte verzweifelt meine Hände auf das klaffende Loch in ihrem Hals, als ob das überhaupt helfen würde. Ich musste kein Arzt sein, um zu wissen, dass sie tot war.

Ich schrie um Hilfe und hörte nicht auf, bis meine Stimme heiser war. Wo zum Teufel waren die anderen? Es sah aus, als hätte etwas ein großes Stück aus ihrem Hals gerissen. Aus der Wunde strömte immer noch Blut, was bedeutete, dass sie erst kürzlich getötet wurde. Es bedeckte den Boden zu meinen Füßen und war überall auf meinen Händen. Was für eine Kreatur könnte das getan haben? Das war kein Wolfsbiss, wie ich ihn je gesehen hatte.

Ich öffnete den Mund, um erneut zu schreien, doch in diesem Moment knackte irgendwo im Wald hinter mir ein Ast. Mir lief ein Schauer über den Rücken, als ich hörte, wie jemand schwer atmete. Ich war in etwas hineingestolpert, das direkt aus einem Horrorfilm stammte. Ich drehte mich um, um nicht von hinten überfallen zu werden. Ich sah nichts Auffälliges außer den schwankenden Ästen der Bäume und Sträucher, als ein ungewöhnlich kalter Wind durch den Wald fegte.

Weitere Äste knackten, und ein riesiger Schatten brach durch das Unterholz und kam nahe genug heran, dass ich seine Umrisse erkennen konnte, während ich immer noch durch die Bäume und den Weg geschützt blieb. Es war eine Art Schattenwesen. Ich konnte nichts sehen, außer dass es verdammt groß war und Augen hatte, die zu leuchten schienen.

Ich stolperte rückwärts, die blutigen Hände ausgestreckt, während mir das Herz aus der Brust sprang. Verdammt, warum musste ich mich meinem eigenen Wolf gegenüber so nutzlos verhalten?

Ein leises Knurren ertönte von dem Ungeheuer. Es hallte um mich herum, grub sich in meine Haut und ließ das Grauen in meinem Magen krampfen. Ein Juckreiz breitete sich auf meinen Gliedern aus, der so stark war, dass ich den Drang unterdrückte, mich zu kratzen, während ich mich darauf vorbereitete, angegriffen zu werden.

Etwas pulsierte in meinem Bauch, einmal, zweimal, und dann ein drittes Mal. Es fühlte sich an, als würde sich von innen etwas in mir ausbreiten. Das Gefühl war so intensiv und seltsam, dass ich rückwärts auf den Weg fiel und die losen Steine auf dem Boden sich in meine Hände gruben und einschnitten.

Das Schattenwesen stieß ein scharfes Heulen aus und löste sich in Luft auf. Es war nicht tiefer in den

Wald hineingegangen, es war buchstäblich verschwunden. In der einen Sekunde war es da, in der nächsten nicht mehr.

Das pulsierende Gefühl hatte aufgehört, aber mein Körper zitterte von dem Adrenalinstoß, den ich bekam, weil ich dem sicheren Tod entgangen war. Mein Atem ging röchelnd, als ich den Rest meiner Umgebung wieder wahrnahm. Wie das Blut, das meine Fingerspitzen berührte, und das Geräusch von Schreien und rennenden Schritten, die sich von irgendwo weiter oben auf dem Pfad näherten.

Ich rappelte mich auf und hoffte, dass es jemand war, der mir helfen konnte. Der Weg machte eine Biegung, ich konnte nicht viel sehen. Ich zuckte zusammen, als ein grauer Wolf auf mich zuraste, dessen Maul sich zu einem Knurren verzog. Als Nächstes tauchten ein paar Leute auf, die ich nur flüchtig kannte, weil ich sie in der Stadt gesehen hatte. Sie blieben alle stehen, als sie mich über Eves Leiche gebeugt sahen. Der Wolf stürmte vor und knurrte noch einmal.

Mir wurde bewusst, wie ich aussah, blutüberströmt neben Eve sitzend.

Ich hob beschwörend die Hände. „Ich habe sie gerade gefunden. Ich habe um Hilfe gerufen", rief ich. „Ich wollte das Essen bringen." Wie ein Idiot zeigte ich auf das heruntergefallene Tablett mit dem Essen, in der Hoffnung, sie damit von meiner Unschuld überzeugen zu können.

Einer der Männer bellte den Wolf an, der immer näherkam, woraufhin er sich nicht mehr bewegte. Der Mann rannte zu Eve und überprüfte ihren Puls. „Sie ist tot", sagte er zu den anderen, die alle einen Ausdruck der Trauer auf ihren Zügen trugen.

„Nein", keuchte eine der Frauen. Sie vergrub ihren Kopf in der Schulter eines Mannes mittleren Alters, der einen übergroßen Flanellanzug trug und dessen Haar wie Salz und Pfeffer gesprenkelt war. Er starrte mich an, die Pupillen seiner Augen weiteten sich bedrohlich, als wäre ich zum Feind Nummer eins geworden.

„Du bist die Neue in der Stadt, stimmt's?", sagte er grob.

Ich schluckte und wich einen Schritt zurück, weil ich spürte, dass die Gefahr noch nicht vorüber war. Der Mann, der Eve untersucht hatte, stand auf, sein Gesicht schmerzverzerrt. Sein Blick fiel auf mich, und ich sah, wie sich seine Augen veränderten. Seine Hände fuhren lange Krallen aus.

„Bitte, ich habe nichts damit zu tun", flüsterte ich.

Er knurrte, seine Augen waren wild. Er hatte offensichtlich die Kontrolle über seinen Wolf verloren. Aus Erfahrung in meinem alten Rudel wusste ich, dass es bergab ging, wenn das passierte.

Ein Knurren zerriss die Luft, und plötzlich stand Wilder mit gefletschten Zähnen vor mir. Als Lykaner konnte er sich nur bei Vollmond verwandeln, anders als der gebissene Wolf, der sich auf mich stürzen wollte, aber Wilder war immer noch eine Macht, mit der man rechnen musste. Man konnte seine Kraft spüren, wie sie durch die Luft hallte. Der Mann, der die Kontrolle verloren hatte, senkte sofort den Blick, entblößte seine Kehle und fiel vor uns auf die Knie. Wilder schlich sich an ihn heran und knurrte zur

Sicherheit noch einmal. Die beiden anderen Leute waren ebenfalls auf die Knie gefallen und blickten mit entblößter Kehle nach unten. Ich brauchte eine Sekunde, um zu begreifen, dass ich den Drang hätte haben müssen, dasselbe zu tun, wie ich es in der Vergangenheit immer getan hatte. Zurückblickend hatte ich es bei Wilder und Daxon getan, seit ich hier war.

Die Tatsache, dass ich jetzt keinen Drang verspürte, es zu tun, war sicherlich eine interessante Entwicklung. Ich hörte das Knattern eines Motorrads in der Ferne, und innerhalb von Sekunden war Daxon plötzlich da und fing Wilders Vorstoß auf den anderen Wolf ab.

„Was glaubst du, was du da tust?", knurrte Daxon Wilder an. Ich beobachtete fasziniert, wie seine Augen von Mensch zu Wolf hin und her wechselten. Er versuchte, sich zu beherrschen, und ich hoffte für alle, dass es ihm gelingen würde. Weder Wilder noch Daxon schienen, das dringende Problem mit Eve zu bemerken. Mein Herz krampfte sich in meiner Brust zusammen, als mein Blick zu Eves lebloser Gestalt zurückflog. Sie starrte mit weit aufgerissenen Augen in den Himmel. Sie sah fast schockiert aus. Ich hoffte um ihretwillen, dass der Angriff unerwartet und schnell erfolgt war.

Daxon und Wilder stritten sich immer noch, und die drei anderen Stadtbewohner beäugten sie nervös, als würden sie sich darauf vorbereiten zu fliehen, falls es ernst werden sollte.

„Verlierst du die Kontrolle über deine Leute, Dax?", fragte Wilder sarkastisch.

Daxon warf einen verächtlichen Blick auf die drei zitternden Menschen, die immer noch auf dem Boden knieten. „Ich kann mich um meine Leute kümmern", sagte er mit zusammengebissenen Zähnen.

„Warum wollte Conley dann Rune angreifen?", fragte Wilder und zeigte mit ausgestrecktem Finger auf den Mann.

Daxons Gesicht wurde leer. Sein goldener Blick war kalt, geradezu unheimlich. So hatte ich ihn noch nie gesehen. Normalerweise waren seine Augen warm, fürsorglich, süß, mit Ausnahme, als er mich durch den Wald verfolgt hatte. Der Mann, der vor mir stand, war ein Fremder. In seinem Blick spielte etwas mit, fast schon ein Hauch von Wahnsinn, das meinen Magen mit einer Mischung aus Angst und Lust aufwühlte.

Wahrscheinlich musste ich darüber mit einem Therapeuten sprechen.

Daxons Blick streifte kurz meinen und wurde weicher, während er mich von oben bis unten musterte, als wollte er sich vergewissern, dass ich in Ordnung war. Ich wusste nicht, wie er das feststellen konnte. Ich war mit Blut bedeckt.

Was auch immer er gesehen hatte, muss ausgereicht haben, um ihm zu versichern, dass ich nicht umkippe, denn Daxons Gesicht verwandelte sich wieder in den furchterregenden, tödlichen Fremden von vorhin, während er sich Conley zuwandte. Daxon pirschte sich an ihn heran, als wäre er eine Beute. Conley war zu diesem Zeitpunkt ein schluchzendes, zitterndes Nichts. Daxon ging vor ihm in die Hocke, und die Nägel seiner rechten Hand wandelten sich in scharfe, schwarz spitz zulaufende Krallen, die viel länger waren als die, die Conley gezeigt hatte. Ich sah mit Entsetzen und Faszination zu, wie Daxon Conleys Kiefer packte und dabei winzige Rinnsale von Blut aus Conleys Gesicht tropften.

„Wolltest du Rune angreifen?", säuselte Daxon mit der vielleicht unheimlichsten Stimme, die ich je gehört hatte. Die Vorderseite von Conleys Hose verdunkelte sich, als er sich vor lauter Angst vor dem, was Daxon vorhatte, nass machte.

Wilder schnaubte bei diesem Anblick, und dann stieß die Frau einen kläglichen Schrei aus. Das reichte aus, um mich wieder zur Vernunft zu bringen.

„Daxon", schnappte ich, schlängelte mich um Wilders Körper herum und stürzte auf ihn zu. „Hast du nicht gemerkt, dass Eve tot ist?" Meine Stimme wurde zu einem Schrei, als ich seine krallenbewehrte Hand von Conleys Gesicht wegzog.

Daxon benutzte seinen anderen Arm, um Conley zu Boden zu werfen, bevor er aufstand. Ich konnte Wilders Wärme spüren, als er sich von hinten an mich drängte.

Ich widerstand dem Drang, mich zurück in Wilders Umarmung zu schieben und Daxon mit mir zu ziehen. Obwohl ich immer noch wütend auf Daxon war, wütend auf sie beide, sehnte ich mich nach ihren Berührungen.

Es ist nur wegen der Situation, sagte ich mir, unfähig, mir etwas anderes einzugestehen, nicht einmal in meinem eigenen Kopf.

Ich riss meine Hand von Daxon weg, und im Handumdrehen war er neben Eves Körper. Mit einer Sanftheit, die mich überraschte, strich er sanft über Eves Wange und schloss ihre Augen. Dann sprang er auf und stieß das kläglichste Heulen aus, das ich je gehört hatte. Es war der Klang von purem Herzschmerz. Die drei anderen stimmten in sein Heulen ein, und ich hörte weitere Geräusche in der Ferne, wo ich annahm, dass dort eine große Menschenmenge zum Picknick versammelt war. Eine Träne rann mir über die Wange, als weitere Menschen um die Biegung kamen, die allesamt am Boden zerstört waren.

Daxons Heulen verstummte, und sein ganzer Körper bebte. Ich hörte, wie er lange ausatmete, als würde er versuchen, sich zu fangen. Als die Menge nur noch wenige Meter von mir entfernt war, wurde ihr Gemurmel lauter. Ihr Blick wanderte von Eve zu meiner blutverschmierten Gestalt, und die Vorwürfe in ihren Augen waren kaum zu ertragen.

Ein weiterer lauter Schrei ging durch die Menge, der Klang war mit noch mehr Schmerz erfüllt als die anderen, die ich gehört hatte. Eine Frau drängte sich durch die Menge, ihre Augen hatten die gleiche Farbe und Form wie die von Eve. Sie stieß einen unmenschlichen Schrei aus, als sie an Eves Seite zusammenbrach und ihr Gesicht in Eves Brust vergrub, während riesige Schluchzer ihren Körper durchzuckten.

Sie musste Eves Mutter sein. Scham, die ich nicht hätte empfinden dürfen, durchströmte mich. Es war, als würden sich die Anschuldigungen und Vermutungen aller in mir festsetzen und mir das Gefühl geben, etwas falsch gemacht zu haben.

Daxon schnippte mit dem Finger nach einem der Männer in der Menge, und er kam und tröstete die weinende, wütende Frau, während Daxon sich wieder mir zuwandte.

„Rune", sagte er leise, die Worte lagen schwer in der Luft. Ich stieß einen hicksenden Schluchzer aus.

„Ich wollte nur das Essen abliefern", flüsterte ich und deutete halbherzig auf eine Stelle hinter mir, wo das Tablett mit den Steakhappen immer noch auf dem Weg lag. Wilder war inzwischen direkt hinter mich getreten, bis sein Körper den meinen praktisch umarmte. Ich fröstelte trotz seiner Wärme. „Sie lag hier und war bereits tot." Ich holte tief Luft und versuchte, mich zu sammeln. „Da war etwas im Wald, eine Kreatur. So etwas hatte ich noch nie gesehen. Es war gleich da drüben", erklärte ich und zeigte auf die Stelle, wo das Schattenwesen gewesen war.

Wilder entfernte sich augenblicklich von mir und pirschte sich an die Stelle heran, auf die ich gezeigt hatte. Ich fragte mich, wie lange es dauern würde, bis ich mich daran gewöhnt hatte, wie schnell er und Daxon sich bewegten. Keiner in meinem alten Rudel, Alistair eingeschlossen, hatte eine solche Geschwindigkeit an den Tag gelegt. Wilder schnupperte an der Luft und rümpfte angewidert die Nase. „Es riecht nach Schwefel und Rauch", kommentierte er, als er tiefer in den Wald eindrang. Mir drehte sich der Magen um, als ich ihn beobachtete, denn ich war mir sicher, dass das Schattending jeden Moment auftauchen würde. Daxon hatte sich nicht von mir wegbewegt. Er beobachtete die Menge mit strengem Blick, als wolle er sie herausfordern, weiter über mich zu reden. Wahrscheinlich hätte ich ihn auf Wilder hetzen sollen, der gerade aus dem Blickfeld verschwunden war, aber ich hatte den leisen Verdacht, dass Daxons Anwesenheit das Einzige war, was die Menge davon abhielt, auf mich loszugehen. „Ist das Eves Mutter?", fragte ich leise und widerstand dem Drang, zu der Frau zu gehen und sie zu trösten. Das würde offensichtlich nicht gut ankommen.

„Ja", flüsterte Daxon ebenso leise. „Sie war ihr einziges Kind. Sie hatten in letzter Zeit Probleme, stritten sich immer öfter. Ich glaube, Eve hat sich seltsam verhalten." Er seufzte und fuhr sich mit der Hand durch seine zerzausten goldenen Locken. „Lydia wird sich nie davon erholen."

Ich dachte an Eves heimliche Beziehung zu Daniel. Ich war mir sicher, dass sie der Grund für Eves seltsames Verhalten war.

Daniel. Mein Herz pochte bei der Erinnerung daran, dass er das alles noch erfahren musste. Er war verrückt nach Eve gewesen. Das konnte ich sehen. Was würde das mit ihm anstellen?

Wilder tauchte hinter einem Baum auf, und ich stieß einen Seufzer der Erleichterung aus. Er schüttelte den Kopf zu Daxon und beantwortete damit eine unausgesprochene Frage.

„Du warst das", schrie Eves Mutter plötzlich. Ihre Nägel spitzten sich zu kurzen, grausam scharfen Krallen, als sie sich auf mich stürzte. Daxon fing sie ab, bevor sie mich erreichen konnte, und sie begann, gegen seine Brust zu schlagen, und knurrte, um zu mir zu gelangen.

„Beruhige dich", befahl Daxon, und seine Worte waren von Alphakraft durchdrungen, als er sprach. Sie sackte an ihm zusammen, ihr Kampfeswille war völlig verschwunden, und sie weinte in sein Hemd. Das Blut, das sie bei der Umarmung von Eves Körper abbekommen hatte, befleckte Daxons weißes Hemd. Die ganze Szene war absolut herzzerreißend.

Wilder legte einen Arm um meine Taille, und Daxon knurrte. „Fass sie nicht an", fauchte er und seine Augen blitzten.

Der Anblick seiner Augen und alles andere, was ich gerade gesehen hatte, erinnerte mich daran, was für eine Idiotin ich war. Wie konnte ich die offensichtlichen Zeichen vor mir ignorieren, dass Wilder und Daxon und der Rest dieser Stadt so viel mehr als nur Menschen waren. Es war erstaunlich, wozu der Verstand fähig war, wenn er sich selbst schützen wollte.

Daxon sah hin- und hergerissen aus zwischen dem Wunsch, Wilders Hand von mir zu reißen, und dem Wunsch, sein Rudelmitglied zu trösten, das immer noch schluchzend in seinen Armen lag. Die trauernde Frau hob ihren Kopf von Daxons Hemd und warf mir einen wütenden Blick zu, der so viel Hass enthielt, dass ich ihn praktisch schmecken konnte.

„Ich bringe sie aus diesem Schlamassel heraus. Du musst dich um die Situation kümmern", knurrte Wilder, und ich seufzte frustriert, dass sie selbst inmitten dieser Krise noch ihr Alphatier-Konkurrenzverhalten an den Tag legten.

„Ich habe den Catering-Wagen des Gasthauses", murmelte ich leise, während mein Blick zu verschiedenen Mitgliedern von Daxons Rudel sprang, die alle so aussahen, als wären sie nur Sekunden davon entfernt, sich gegen ihren Alpha zu stellen und zu versuchen, mich zu töten. Wenn sie darüber nachdachten, war die Vorstellung, dass ich in der Lage war, Eve zu töten, lächerlich. Sie hatte die Fähigkeit, sich ihre Wolfskräfte zunutze zu machen. Ich war so schwach wie ein Lamm. Sicherlich keine Bedrohung für irgendjemanden.

Aber die Menschen fürchteten immer das Unbekannte. Es war viel einfacher, die Schuld auf jemanden zu schieben, den sie sehen konnten, als die Tatsache anzuerkennen, dass ein Monster in den Wäldern um ihre Stadt herumschlich.

„Du gehst nirgendwo allein hin", knurrte Wilder und drückte mich an seinen harten Körper. Seine Berührung fühlte sich fast verzweifelt an, als hätte er Angst, dass ich einfach verschwinden würde.

Wenn ich mir all die Stadtbewohner ansah, die mich derzeit anstarren, schien es eine gute Idee zu sein, einfach zu verschwinden.

Daxon sah hin- und hergerissen aus zwischen dem Wunsch, bei mir zu sein oder gegen Wilder zu kämpfen und für seine Leute da zu sein.

„Wir können mit dem Wagen fahren", sagte ich entschlossen, während mich eine Welle der Erschöpfung überkam. Es waren vierundzwanzig ereignisreiche Stunden gewesen, und Eve heute Abend so zu sehen, darüber würde ich so schnell nicht hinwegkommen.

Daxon drückte die weinende Frau in die Arme

eines anderen Rudelmitglieds, dann ergriff er meine Hand und zog mich von Wilder weg, bis ich an seinen Körper gepresst war. Er streichelte meine Wange, während er mir in die Augen blickte. „Alles wird wieder gut, Baby", flüsterte er, wobei sein Ton und seine Berührung im Widerspruch zu dem intensiven Blick in seinen Augen standen.

Ich wünschte, ich hätte ihm glauben können, aber ich hatte schon früh gelernt, dass in meinem Leben nie etwas in Ordnung war. Selbst wenn alles gut zu sein schien, wartete immer irgendetwas hinter der nächsten Ecke, um alles zu ruinieren.

Ich hatte mir nur nicht vorstellen können, dass das Ding, das hinter der Ecke lauerte, ein schreckliches Schattenmonster war.

Daxon ließ mich nur widerwillig los und fing an, Befehle zu bellen. Wilder ergriff meine Hand und begann, mich in die entgegengesetzte Richtung den Weg hinunterzuziehen. Als ich mich von der Gruppe entfernte, sah ich, dass sie Eves Leiche anhoben und in die Richtung gingen, in der die Party stattgefunden hatte. Ein paar der Frauen führten den zitternden Körper von Eves Mutter hinter der düsteren Prozession her.

Ein Schluchzen zerrte an meiner Kehle, und ich eilte von diesem Anblick weg. Wilder nahm mir die Schlüssel ab, als wir den Wagen erreichten. Die hinteren Türen waren noch offen. Ich hatte sie offengelassen, weil ich dachte, ich würde gleich zurückkommen, um mehr Essen zu holen. Müde schaute ich zu, wie Wilder sie zuknallte und mich dann zur Beifahrerseite des Vans begleitete. Ich fühlte mich wie ein Zombie, als wäre ich nur ein Fremder in einem fremden Körper, der nur die Bewegungen mitmachte. Ich setzte mich auf den Sitz, und Wilder schnallte mich an, bevor er die Tür schloss und zur Fahrerseite ging. Er stieg ein, startete den Wagen und fuhr uns dann wortlos zurück zum Gasthaus.

Wir fuhren zur Rückseite, da Wilder offensichtlich damit vertraut war, wie die Verpflegung in diesem Haus funktionierte. Jim kam mit einem besorgten Gesichtsausdruck heraus, die Arme vor sich verschränkt, und sah uns fragend an. Ich saß unbeweglich im Wagen und starrte ausdruckslos auf den Putz, der in der Nähe eines der großen Fenster repariert werden musste.

„Schätzchen", sagte Wilder leise, und ein kleiner Schrei entrang sich meinen Lippen, weil die zärtlichen Worte in dieser Situation fehl am Platze waren. Wilder seufzte und stieg dann aus dem Wagen aus. Ich beobachtete, wie er etwas zu Jim sagte und Jims Gesicht vor Kummer in sich zusammensackte. Er muss ihm von Eve erzählt haben.

Ich kannte Eve nicht besonders gut, aber es wäre für jeden offensichtlich gewesen, dass sie die Art von Mensch war, den die Welt vermissen würde. Sie hatte einfach diese Ausstrahlung, die man nicht bei vielen Menschen findet.

Plötzlich ging die Tür auf, und ich merkte, dass ich mich wieder in meinen Gedanken verloren hatte. Ich protestierte lahm, als Wilder den Sicherheitsgurt löste und mich dann in seine Arme nahm. Er trug mich durch die Hintertür an einem trauernden Jim vorbei, der sich gerade mit Carrie unterhielt, die Treppe hinauf in mein Zimmer.

„Wir müssen etwas unternehmen", murmelte Wilder, als er mich auf das Bett setzte. Er verschwand kurz aus dem Zimmer, und ich hörte das Geräusch von Wasser.

Er ließ mir ein Bad einlaufen.

Die Dinge zwischen mir und ihm waren kompliziert. Und dann war da noch die Sache mit Daxon.

Aber habe ich mich von ihm ins Bad führen lassen? Habe ich mich von ihm ausziehen lassen? Ließ ich zu, dass er sanft mit einem Waschlappen über meine Haut strich und mich berührte, als würde er mich anbeten, anstatt mich zu waschen? Ja.

Genau wie die süße Art und Weise, wie er vorhin im Van mit mir gesprochen hatte, die Sanftheit, mit der er mich in der Badewanne berührte, das hat einfach etwas mit mir gemacht. Es zerbrach irgendetwas in mir. Ich war so ausgehungert nach Zuneigung und Fürsorge, dass mein Körper nicht wusste, was er damit anfangen sollte, als er sie bekam.

Wilder kniete neben der Wanne und sah nur leicht alarmiert aus, als ich in Tränen ausbrach und mein Gesicht in meinen Händen vergrub. Er sagte nichts, und das brauchte ich auch so. Ich musste mit ihm in der Stille sitzen und darüber trauern, dass alles so beschissen war.

Nach einem weiteren Zusammenbruch legte ich mich erschöpft ins Bett. Wilder wandte sich zum Gehen, und ich tätschelte den Platz neben mir. „Legst du dich zu mir?", fragte ich heiser. Mein Körper schaltete ab, wozu er bei extremem Stress neigte, und der heutige Tag war ein echter Böller gewesen.

Wilder sah erleichtert aus und legte sich vorsichtig neben mich, ohne sich auszuziehen. Ich vergrub mein Gesicht in seiner Halsbeuge und atmete seinen Duft ein. Seine Brust dröhnte in einem leisen Schnurren gegen mich, und ich sog das beruhigende Geräusch in mich auf.

„Gute Nacht, Rune", flüsterte er mit einer kiesigen, müden Stimme.

„Gute Nacht", flüsterte ich zurück.

In dieser Nacht hatte ich immer noch Albträume, aber irgendwie wusste ich, dass seine Anwesenheit verhinderte, dass sie schlimmer wurden.

Als ich am nächsten Morgen die Augen öffnete, war Wilder nicht mehr da.

2

RUNE

ein Magen krampfte sich jedes Mal
zusammen, wenn ich an Eve in den
Wäldern dachte. Ich wollte mich nicht so an sie erinnern, aber es war komisch, wie mein Gehirn darauf
bestand, mich an all die Dinge zu erinnern, die ich
nicht sehen wollte. Wie ihre toten Augen in den
Himmel starrten. Wenn ich auf meine Hände hinunter-
blickte, stellte ich mir vor, wie sie mit ihrem Blut
bedeckt waren, und wie sehr ich alles getan hätte, um
sie zu retten, falls ich sie rechtzeitig gefunden hätte.

Ich ging ins Badezimmer, drehte das Wasser am
Waschbecken auf und seifte meine Hände ein. Ich rieb
sie zu einer weißen Masse, dann schrubbte ich mit der
Nagelbürste noch einmal unter meinen Nägeln. Ich
musste dieses schreckliche Gefühl loswerden, dass ich
ihren Tod nicht von mir abwaschen konnte.

„Du hast nichts falsch gemacht", murmelte ich leise
und hob mein Kinn an, um meinen Blick im Spiegel zu
erhaschen. Ich sah erschrocken aus. Das war die beste

Art, die Blässe meiner Wangen und die roten, geschwollenen Augen zu beschreiben, die ich in der letzten halben Stunde seit dem Aufwachen geweint hatte. Ich kannte sie kaum, aber wir hatten oft genug zusammen im Moonstruck Diner gearbeitet, um ihren Verlust schmerzhaft zu machen.

Ich senkte den Kopf, wollte mich keine Sekunde länger ansehen, wusch mir die Hände, trocknete sie mit dem Handtuch und taumelte zurück in das Zimmer. Dort schaute ich aus dem Fenster auf das Gelände unter mir. Der Fluss glitzerte in der Sonne, aber er hatte kein Recht, so schön und ruhig auszusehen, nachdem jemand so jung sein Leben verloren hatte.

Meine Kehle war wie zugeschnürt, und ich blinzelte weitere Tränen weg.

Unten im Wald versammelten sich die Einheimischen, und es würde mich nicht wundern, wenn sie plötzlich mit Heugabeln und Fackeln vor dem Gasthaus auftauchten und meinen Tod forderten.

Ich hätte über meine Übertreibung lachen können, aber es war unmöglich, den Hass im Blick von Evas Mutter zu vergessen, als sie mich beschuldigt hatte. Jedes Mal, wenn ich mich an die giftigen Blicke der Umstehenden erinnerte, wurde mir mulmig zumute.

Ich schritt im Zimmer auf und ab und brach dann auf dem Bett zusammen. Mein Herz klopfte wie wild, während ich versuchte, an etwas anderes als Eve zu denken, was nur dazu führte, dass meine Gedanken zu Daxon und Wilder wanderten. Zu ihrem Streit und der Tatsache, dass ihr Hass aufeinander immer größer zu werden schien. Natürlich fühlte ich mich zu beiden hingezogen, weil ich es anscheinend mochte, mein Leben zu verkomplizieren.

Wilder hatte mich gestern zurück in mein Zimmer getragen, mir ein Bad eingelassen und sich dann neben mich ins Bett gelegt, bis ich schlief. Das hatte bisher nie jemand für mich getan, und ich wollte sicherstellen, dass ich nie vergaß, was er getan hatte. Auch wenn er immer noch ein Rätsel war und ich noch so viel über ihn und diese Stadt zu verstehen hatte, wusste ich es zu schätzen, dass er sich um mich kümmerte.

Was Daxon anging, war ich hin- und hergerissen. Seit meiner Ankunft in der Stadt war er so freundlich zu mir gewesen, aber in letzter Zeit hatte er sich verändert, war dunkler und geheimnisvoller geworden.

Mir stockte der Atem, so verwirrt war ich von diesen Männern.

Zum zehnten Mal an diesem Morgen fragte ich mich, wie ich die Stadt verlassen konnte, ohne dass mich jemand sah.

Als ich an die weiße Decke starrte, musste ich wieder an Eve denken, an ihr Lachen, ihr Lächeln und dann an ihren toten Körper. Mein Bauch zog sich zusammen.

Es war nicht das erste Mal, dass ich den Tod sah. Ich wünschte, ich könnte sagen, dass es so war, aber Alistair hatte dafür gesorgt, dass es ein häufiger Anblick war. Er hatte jeden vernichtet, den er als Bedrohung empfand, und das waren eine Menge Leute. Doch keine dieser Erfahrungen hatte den Anblick des Todes oder wie es mich traf, gemildert.

Meine Augen schlossen sich, und Bilder schwebten vor mir, Erinnerungen, die ich hasste, aber es war fast unmöglich, sie aufzuhalten.

„Bleib verdammt noch mal ruhig sitzen", bellte Alistair mir ins Gesicht, während er meine Arme hinter mir und um die Lehne des Stuhls schlang, auf dem er mich zum Sitzen gedrängt hatte. „Du bist scheiße darin, Anweisungen zu befolgen."

Mir stachen die Tränen in die Augen, doch ich weigerte mich, ihm meine Angst zu zeigen. Das hätte ihn nur noch mehr erregt und ihn grausamer gemacht. Ich hatte keine Ahnung, was ich dieses Mal getan hatte, um ihn zu verärgern, und es brauchte nicht viel, das wusste ich, aber mein Verstand spielte verrückt und versuchte sich zu erinnern, was es sein könnte.

Sein Gesicht drängte sich vor meins, und er grinste, als er meine Handgelenke mit dem roten Band, das ich in meinem Haar trug, unsanft zusammenband. „Ich habe dir schon einmal gesagt, Rune, dass du dich nicht für andere hübsch machen sollst. Das zieht Konsequenzen nach sich. Du flirtest verdammt noch mal mit niemandem", spuckte er. „Du gehörst mir, und ich tue mit dir, was ich will. Ich treffe die Entscheidungen für dich, nicht du. Wenn ich will, dass dich jemand fickt, dann sorge ich dafür, dass es unter meinen Augen geschieht. Wenn du mich genug verärgerst, werde ich das ganze verdammte Pack dazu bringen, dich zu ficken." Seine Hand schlug so schnell wie eine Viper auf mich ein. Er fasste mir an die Kehle und drückte zu, und der Druck seines Griffs ließ mich zustimmend nicken. In diesem Moment würde ich allem zustimmen, um erlöst zu werden. „Du, mein kleiner Mond, scheinst also deinen Platz heute vergessen zu haben." Er verhöhnte mich mit dem Kosenamen und fand das urkomisch. Es machte mich jedes Mal krank, wenn er mich so nannte. Wenn er mich als seine Gefährtin akzeptiert hätte, wäre ich seine Luna gewesen, sein buchstäblicher Mond.

Jetzt war ich nichts weiter als das hier.

Ich sog die flachen Atemzüge ein, die er zuließ, erstarrte in meinem Sitz, zu verängstigt, um auch nur einen Laut von mir zu geben.

„Rune. Rune. Rune. Was du heute getan hast, war so verdammt dumm. Glaubst du, ich hätte nicht gesehen, wie du mit deinem nuttigen Arsch an meinem Zimmer vorbeigelaufen bist, während ich ein Geschäftstreffen hatte, und dir dann die Haare mit dem roten Band zusammengebunden hast?" Seine Lippen kräuselten sich bedrohlich, und mein Herz zitterte bei der Vorstellung, dass er mir jeden Moment ins Gesicht schlagen würde. Ich verkrampfte mich in meinem Sitz und wartete darauf, um mich gegen den stechenden Schmerz zu wappnen. „Du bist brünstig, ich kann es riechen, und keine Sorge, nach dem hier werde ich mich um dich kümmern."

Bei seinen Worten liefen mir die Tränen über die Wangen, und mir lief ein Schauer über den Rücken, weil ich genau wusste, was das bedeutete. Panik durchströmte mich, und die Flucht überrollte meinen Verstand wie ein unaufhaltsamer Tornado. Mein Herz schlug so schnell, dass es zu explodieren drohte.

Aber er würde mich nicht weit kommen lassen.

Er starrte mir direkt in die Augen und trällerte.

„Du sollst wissen, dass du an allem schuld bist, was mit Lester passiert, kleiner Mond. Du hast ihn dazu gebracht, dich anzuschauen, und deshalb hatte ich keine andere Wahl, als ihm die Augen auszukratzen." Er gab meine Kehle frei. Ich schnappte nach Luft, als der Schrecken meine Wirbelsäule hinaufkroch.

„Alistair, bitte, ich wollte nur meine Haare hochbinden. Es ist heiß heute." Verzweiflung zitterte in meinen Worten.

Seine Faust kam plötzlich und schnell auf mich zu und traf mich direkt unter dem Auge. Der unerträgliche Schmerz setzte sofort ein und durchzuckte mein Gesicht, als würde mein Schädel in zwei Teile zerbrechen. Meine Knochen schienen zu zittern, als mein Kopf durch den Aufprall nach hinten geschleudert wurde, und ich schrie auf wegen des unerträglichen Schmerzes. Ich sah nur noch Sterne, fühlte nur den donnernden Puls tief hinter meinem Auge.

„Widersprich mir niemals", knurrte er.

Ich unterdrückte den Wunsch, zu weinen, weil mein Gesicht so weh tat, und wandte meinen Blick von ihm ab, weil ich ihn mit jeder Faser meines Seins hasste. Das Treffen heute war scheiße gelaufen, ich hatte das Geschrei von der anderen Seite des Anwesens gehört. Aber es war auch dumm von mir, dass ich mich überhaupt in ihre Nähe begeben hatte. Ich hatte nicht nachgedacht und wollte in den Garten gehen, um frische Luft zu schnappen, um das Geschrei nicht mehr zu hören. Ich hätte es besser wissen müssen.

Wütend auf mich selbst und auf ihn hielt ich den

Mund und atmete röchelnd ein, während sich Tränen in meinen Augen sammelten.

Er wischte sie mir mit dem Daumen von den Wangen. Sein Versuch, zärtlich zu sein, machte mich nur noch wütender. Meine Sicht verschwamm immer wieder, aber ich versuchte zu verdrängen, dass sich mein halbes Gesicht anfühlte, als sei es auf die Größe eines Kugelfisches angeschwollen.

Dann richtete er sich auf, straffte die Schultern und sah zu Lester hinüber, der in der Ecke des Kellers zusammengesackt war. Sein leises Wimmern war kaum zu hören hinter dem lauten Pochen meines Herzens in meinen Ohren. Lester lag auf der Seite, seine Hand- und Fußgelenke waren hinter ihm gefesselt, und aus seinen Augenhöhlen floss Blut. In die Augenhöhlen waren Silbermünzen gedrückt, damit seine Wandlerheilung nicht wirken konnte. Ich zuckte zusammen und senkte den Blick, als Alistair mein Kinn packte und so fest zudrückte, dass ich diesmal den Schmerzensschrei nicht unterdrücken konnte.

Weder er noch Alistairs Geschäftspartner und Freunde waren mir wichtig. Sie könnten alle in diesem Moment sterben und ich würde feiern. Er verkehrte mit niemandem außer Verbrechern und Kriminellen. Unter ihnen war mein Schicksalsgefährte der bösartigste Mensch, dem ich je begegnet war. Er bestrafte jeden, der ihm in die Quere kam.

Es war schwer vorstellbar, was ich der Mondgöttin angetan haben musste, dass sie ihn für den perfekten, wahren Gefährten für mich hielt. Ich muss in einem anderen Leben ein Ungeheuer gewesen sein.

„Du wirst zusehen und wissen, dass das nächste Mal, wenn du dich gegen mich stellst, dies mit dir geschehen wird."

Ich nickte und schüttelte mich, als ich mich Lester zuwandte, während meine Gedanken in der Dunkelheit, in meinem trostlosen Leben und in Hass versanken.

„Das ist gut. Du lernst. Vielleicht wirst du mich eines Tages sogar anflehen, jemanden für dich zu töten."

Die Art und Weise, wie er diese Worte sagte, seine Stimme, die vor Erregung fast übersprudelte, ließ mir die Galle in die Kehle steigen. Aber ich antwortete nicht, wagte es nicht, und doch grinste er, weil es ihm Spaß machte, mir Angst zu machen.

Ich schluckte den dicken Kloß hinunter, und statt Lester stellte ich mir Alistair vor, der gefesselt auf dem Boden lag, und wie viel einfacher mein Leben wäre, wenn er beseitigt wäre. In den meisten Nächten träumte ich davon, wie ich ihn loswerde, wie ich eine so abscheuliche Bestie am besten vernichten könnte. Eine Klinge in sein Herz, während er schlief. Eine Kugel in seinen Kopf. Aber jedes Mal, wenn ich aufwachte, löste sich diese Entschlossenheit in Angst auf. Mit der Gewissheit, dass er mich auf die schmerzhafteste Art und Weise umbringen würde, wenn er auch nur ahnte, dass ich mir seinen Tod wünschte.

Es gab auch diesen schwachen, verzweifelten Teil in mir, der wusste, dass ich niemals in der Lage sein würde, jemanden zu töten, dem buchstäblich ein Teil meiner Seele gehörte.

Plötzlich brach Alistair in ein Kichern aus, dann klatschte er in die Hände, und ich zuckte zurück. „Lass es uns endlich tun."

Er marschierte durch den Keller zu dem Tisch an der hinteren Wand und nahm das lange, dünne Samuraischwert, das er mit nach unten gebracht hatte, in die Hand. Ein Schauer durchfuhr mich, und ein Wimmern entrang sich meiner Kehle, was ich sofort bereute.

Er sah mich an, die Brauen zusammengezogen. „Du machst mir besser keinen Ärger mehr."

Er schwang das Schwert durch die Luft, um zu zeigen, wie gut er mit der Waffe umgehen konnte, und grinste vor sich hin, während ich am liebsten geschrien hätte, er solle mich gehenlassen. Er ging zu Lester hinüber und stellte sich über ihn. „Also, wo waren wir, bevor wir unterbrochen wurden?"

Der Beta-Wolfswandler wimmerte, das Blut aus seinen ausgestochenen Augen war über sein Gesicht und die Vorderseite seiner Brust verschmiert. Vielleicht war ich genauso kaputt wie alle anderen in diesem Haus, dass ich so wenig Mitleid mit ihm empfand. Je länger ich mit Alistair zusammen war, desto mehr zerstörte er mich.

Ich zerrte an dem Band, meine Hände waren fast taub, weil er sie so fest gefesselt hatte.

„Wir können einen Deal machen", lallte Lester als Antwort. „Komm schon, Alistair, ich habe eine Frau und zwei Kinder, ich würde dein Mädchen nie ansehen."

Alistair spottete über seine Antwort, während er seine Klinge über die Schulter schwang.

Mein Herz pochte gegen meinen Brustkorb, der Schrecken verschlang mich. Alles an ihm ekelte mich an und machte mich krank.

Er warf mir einen Blick über die Schulter zu, der mir eine Gänsehaut bereitete. „So ist es richtig, mein Mond. Sieh weiter zu."

In einem Herzschlag berührte sein Schwert Lester mit voller Wucht und traf ihn am weichen Fleisch seines Halses.

Die Klinge biss sich in seine Haut und schnitt so schnell durch, dass ich keine Zeit hatte, wegzusehen.

Lester gurgelte, und sein entsetzter Schrei endete abrupt.

Blut spritzte über Alistairs Hemd und den Steinboden. Rote Flecken überall um sie herum.

Ich konnte mich nicht bewegen oder gar atmen, ich hatte zu viel Angst, um irgendetwas zu sagen. Die Art und Weise, wie sein Kopf nach hinten rollte und sich vom Körper löste, bereitete mir ein mulmiges Gefühl. So sehr, dass ich in Sekundenschnelle mein Frühstück auf den Boden und auf meine Schuhe kotzte. Alles kam so schnell wieder heraus, dass mir schwindlig wurde.

„Verdammt noch mal, Rune."

Das Bild von Lesters enthauptetem Kopf sollte mich verfolgen. Ich spürte bereits, wie es sich in meinen Gedanken festsetzte wie ein Virus.

Alistair schüttelte den Kopf über mich. „Du machst diese ganze Sauerei sauber. Deine faulige Kotze, das Blut, alles. Verdammt noch mal, du bist so ein schwaches Miststück."

Ich schoss hoch und aus dem Bett, aus der Erinnerung gerissen, mein Herz raste und meine Knie zitterten.

Ich würde Alistair niemals entkommen.

Für immer würde ich von ihm verfolgt werden, bis ich schließlich verrückt wurde.

Ich zitterte und rieb mir die Gänsehaut von den Armen. Jedes Mal, wenn ich an ihn dachte, fühlte ich mich so schmutzig und schuldig. Ich erinnere mich, dass ich mich, während der Aufräumarbeiten im Keller, noch zwei weitere Male übergeben musste, und ich schwor mir, nie wieder in die Nähe von Alistairs Büro zu gehen. Aber das hielt ihn nicht davon ab, mich bei jeder sich bietenden Gelegenheit zu quälen.

In allem, was er anfasste, steckte so viel Niedertracht.

Ich ging einige Schritte auf das grelle Sonnenlicht zu, das durch das Fenster fiel, und schaute wieder nach draußen, wo sich seit vorhin nichts verändert hatte. Mein Verstand schwirrte und ließ mich in Panik geraten, was ich als Nächstes tun sollte. Ich musste die Stadt verlassen, aber sie ließen mich nicht gehen. Und jetzt würden die meisten der hier lebenden Menschen mir die Schuld an Eves Tod geben. Aus ihrer Sicht war es sinnvoller, den Neuankömmling zu beschuldigen, als einen Feind, den außer mir niemand gesehen hatte.

Nachdem meine Vergangenheit mich gepeitscht hatte, war alles, was mir blieb, der verzweifelte Versuch, etwas Normalität im Leben zu bewahren, ein Grund, weiterzukämpfen. Wut und Angst kämpften in mir, aber ein anderes Gefühl hatte den Ring betreten und schien zu gewinnen. Hoffnungslosigkeit.

3

WILDER

Ich schritt vor dem Gasthaus umher, lauschte auf die Geräusche, die von drinnen kamen, und widerstand dem Drang, die Eingangstür aus den Angeln zu reißen und sie nach der nächsten Männerstimme zu werfen, die ich hörte.

Rune war da drin.

Und ich war hier draußen und verlor den Verstand. Es war schon ein paar Tage her, dass ich sie gesehen hatte, und meine Haut juckte, als würde etwas unter ihr krabbeln. Fast so, wie es sich kurz vor meiner ersten Verwandlung angefühlt hatte.

Mein Wolf hatte sich längst eingelebt und fühlte sich die meiste Zeit über eins mit mir und nicht wie ein separates Wesen. Aber jetzt war mein Wolf auf sich allein gestellt und bockte gegen mein Inneres, während er versuchte, mich davon zu überzeugen, dass ich ins Haus gehen musste.

Was, wenn sie mit einem anderen Mann zusammen war? Der Gedanke fühlte sich an wie ein Messer, das durch mein Inneres schnitt. Ich stellte mir vor, wie sie an der Bar saß und mit ihrem süßen kleinen Lächeln an ihrem Drink nippte. Das Lächeln, das jeden Wolf in diesem Dorf dazu brachte, hierher zu kommen.

Hatte sie ein kokettes Kleidchen an, damit jedes Männchen im Ort einen langen Blick auf ihre verdammt sexy Beine werfen konnte? Stellten sie sich vor, wie diese Beine sie umschlangen?

Der Gedanke war zu viel für mich. Wäre es Vollmond gewesen, hätte ich mich sofort gewandelt. Sie gehörte mir. Uns beharrte mein Wolf hartnäckig.

Verdammt. Nein. Sie gehörte mir nicht.

Diese Lüge reichte aus, um mich die Kontrolle verlieren zu lassen. Ein Knurren durchfuhr meine Brust, und ich schlug gegen die schwere Holztür, wobei ich kaum spürte, wie die Splitter in meine Haut schnitten. Die Tür sprang auf, und überall flogen Holzsplitter herum. Ich stürmte hinein, bereit, Rune aus den Armen des dummen Mannes mit Todessehnsucht zu reißen, mit dem sie zusammen war.

Von Rune war keine Spur zu sehen. Da war nur ein Haufen verblüffter Mitglieder meines Rudels, die mich ansahen, als hätte ich den Verstand verloren.

Was ich auch getan hatte. Offensichtlich.

Jim saß hinter der Bar, wie erstarrt, mit einem finsteren Gesichtsausdruck, weil ich es gerade geschafft hatte, ein Loch in seine extrem dicke Eingangstür zu schlagen. Was, ehrlich gesagt, rückblickend selbst für mich schockierend war. Ich wusste, dass ich stark war, aber nicht so stark.

Rune. Der Drang, sie zu sehen, hatte mich fast

umgebracht. Ich schaute mich im Zimmer um, verzweifelt, weil ich sie sehen wollte. In diesem Moment war es kein Wunsch, sondern ein Verlangen. Ein Zwang.

Ein Gedanke kam mir in den Sinn. Ein lächerlicher Gedanke. Einer, der mich mit Furcht erfüllte. Wenn ich mich in diesem Moment überhaupt noch unter Kontrolle hätte, würde ich so weit wie möglich weglaufen. Ich würde Rune nie wieder zu Gesicht bekommen.

Aber ich hatte mich nicht mehr unter Kontrolle, nicht wahr?

Als ich sah, dass sie nirgendwo war, flackerte mein Blick zur Treppe und ich fragte mich, wie verrückt es wohl wäre, wenn ich zu ihrem Zimmer hinaufgehen würde. Nur um nach ihr zu sehen, natürlich. Mehr würde es nicht sein.

Denn das, was ich dachte, dass es passieren würde, geschah nicht. Ich würde es nicht zulassen.

Ich stolperte die Treppe hinauf und fühlte mich wie ein Betrunkener. Ich wünschte, ich wäre betrunken, denn das würde erklären, wie sehr ich die Kontrolle verloren hatte.

Ich schaffte es bis zum Treppenabsatz und hielt mich am Geländer fest, als könnte es mich daran hindern, weiterzugehen. Widerwillig ließ ich los, als die Scharniere, die das Geländer mit der Wand verbanden, zu ächzen begannen, weil sie nachzugeben drohten. Ich musste schon dafür sorgen, dass Jim und Carrie eine neue Haustür bekamen. Wahrscheinlich sollte ich nicht auch noch ein Treppengeländer hinzufügen.

Es fühlte sich an, als würde mein Wolf mich zu

Runes Tür zerren. Schrecken, Begierde, Angst, all das floss durch meine Adern.

Ich hämmerte gegen die Tür, wütend auf mich selbst, aber unfähig, meinen Körper wegzuschleppen.

Nur ein Blick, sagte ich mir. Ich musste sie nur ansehen. Dann konnte ich gehen.

Mein Wolf knurrte unter meiner Haut, fast so, als würde er mich auslachen. Dieses Arschloch.

„Mach die Tür auf, Rune. Ich bin's, Wilder", knurrte ich und erschrak, weil ich mich wie ein Verrückter anhörte. Aber das war ihre Schuld! Sie war diejenige, die mir das antat.

Es gab eine lange Pause, und ich musste buchstäblich meine Fäuste ballen, um mich daran zu hindern, noch einmal an die Tür zu hämmern und zu verlangen, dass sie mich hereinließ.

Schließlich öffnete sie die Tür. Ich atmete erleichtert aus, als ich sie in mich aufsog. Verdammt, sie war das atemberaubendste Ding, das ich je in meinem Leben gesehen hatte.

Meins, erinnerte mich mein Wolf.

„Wilder?", fragte sie mit einer hochgezogenen Augenbraue. Mir wurde klar, dass sie mich etwas gefragt haben musste und ich zu sehr damit beschäftigt gewesen war, jedes perfekte Merkmal ihres Körpers zu verschlingen, um es zu hören.

„Ähm, hey", antwortete ich lahm.

Wir standen beide unbeholfen da, bis sie schließlich die Tür weiter öffnete. Mein Inneres ging in Flammen auf, als sie mir bedeutete, einzutreten.

„Wilder, was machst du hier?", fragte sie leise. Rune

sah erschöpft aus. Als ich sie näher betrachtete, sah ich, dass sie dunkle Ringe unter den Augen hatte, als hätte sie nicht geschlafen.

„Was ist denn los?", fragte ich und antwortete absichtlich nicht auf ihre Frage.

Sie zappelte herum und atmete leise aus. „Nichts", log sie.

Erneut kehrte eine peinliche Stille ein.

Mein Blick verschlang sie weiterhin. Scheiße, ich wollte sie so sehr. Ich konnte mir jeden Zentimeter ihres Körpers in diesem Moment nackt vorstellen. Ich bekam einen schmerzhaften Steifen, wenn ich nur daran dachte, wie es war, sie zu berühren. Ihre Augen weiteten sich, als sie zart die Luft schnupperte. Hmm, sie konnte meine Lust riechen. Das würden wir später noch genauer untersuchen müssen. Denn im Moment ...

Rune überraschte mich völlig unvorbereitet, als sie plötzlich nach vorne sprang, ihr Gesicht zu meinem hob und mich küsste. Das bisschen, das von meiner Selbstbeherrschung noch übrig war, zerbrach durch die Liebkosung ihres Mundes. Ein Knurren entrang sich meiner Kehle, und ich teilte ihre Lippen mit meiner Zunge und leckte über die Süße. Scheiße, ich konnte nicht genug bekommen. Sie schmeckte nach Erdbeeren, und verdammt, der Duft von Vanille und Karamell umhüllte mich, bis ich nur noch sie atmete.

Sie stöhnte leise, als sie mit mir verschmolz. Ihre Hände strichen über meine Brust, und dieses Gefühl ließ Funken über meine Haut sprühen. Mein Herz stolperte, als ich meine Hände auf ihren Hintern legte und sie hochhob, damit ich sie tiefer küssen konnte. Dabei ließ ich meinen Mund immer wieder über ihren gleiten, während ich sie zum Bett auf der anderen Seite des Zimmers trug. Ich setzte sie sanft darauf ab und beugte mich über sie, während ihre Beine sich um meine Taille legten.

Hitze durchzuckte mich durch meine Kleidung. Es war, als hätte sich unsere gemeinsame Lust in Flammen verwandelt, die entschlossen waren, mich von innen heraus zu verbrennen. Mein Schwanz schrie nach Erleichterung.

„Wilder" stöhnte sie gegen meine Lippen. Ich verhedderte eine Hand in ihrem seidigen Haar und küsste sie fester, drückte mich an sie, als könnte ich sie irgendwie davon überzeugen, dauerhaft mit mir verbunden zu sein.

Dieser Gedanke war gar nicht so abwegig.

Sie zu küssen, fühlte sich gefährlich an. Alles an ihr fühlte sich in diesem Moment gefährlich an. Diese Anziehungskraft, die ich spürte, hatte die Macht, mich zu zerstören. Alles zu zerstören, was ich mein ganzes Leben lang so hart aufgebaut hatte. Ich fühlte, wie sie von mir Besitz ergriff, wie sich ihre Essenz in mir ausbreitete, bis ich wusste, dass ich mich irgendwann nur noch um sie kümmern würde.

Es war bereits geschehen.

Sie griff nach meinen Haaren und hielt mich fest, während ich sie immer wieder küsste und ihr jeden atemlosen Seufzer mit meiner Zunge aus der Lunge trieb.

Gehe nicht weiter. Behalte deine Kleider an. Ich

wiederholte das Mantra und behielt meinen Mund auf ihrem, aber das hielt meinen Körper nicht davon ab, verzweifelt das Bedürfnis zu haben, mehr von ihr zu spüren. Ihre Hüften schaukelten gegen meine, und ich erschauderte und konnte nicht verhindern, dass meine Hand unter ihr Kleid und auf ihren Oberschenkel glitt. Ich stöhnte, als mein Wolf in mir einen Krieg ausfocht, um mehr zu tun, um sie einzufordern.

Meine Gefährtin.

Ihre Haut war der Stoff, aus dem feuchte Träume sind, so weich und glatt, dass ich halb überzeugt war, dass sie nicht echt sein konnte. Ich hatte das wahnsinnige Verlangen, ihre Haut zu verletzen, sie mit meinen Bissen zu markieren, damit jeder sehen konnte, dass sie zu mir gehörte.

„Rune", stöhnte ich, zog sie näher an mich heran und drückte mich gegen die weiche Hitze zwischen ihren Schenkeln, die Sehnsucht nach ihr war fast zu groß.

Jede Berührung war wie eine Droge, die eine nicht zu leugnende, ursprüngliche Besessenheit auslöste, die außer Kontrolle zu geraten drohte.

Ich musste innehalten, einen Schritt zurücktreten, etwas frische Luft atmen, die nicht nur aus ihrem verdammten Duft bestand. Ich hatte vor, etwas Verrücktes zu tun, zum Beispiel sie zu beißen. Mir fielen die Augen aus dem Kopf, wenn ich nur daran dachte.

Beiß sie, befahl mein Wolf und knurrte mich an, es einfach zu tun. Ich zog mich aus dem Kuss zurück, und mein Atem kam keuchend heraus. Wie war es möglich, dass ich mich so erregt fühlte, obwohl wir außer dem Kuss noch gar nichts getan hatten?

„Beißen", schrie die Stimme in mir wieder. Das Wort brannte in mir. Ich hatte gewusst, dass ich sie wollte. Ich hatte gewusst, dass ich jeden Tag mehr und mehr von ihr besessen war. Aber es gab einen Unterschied zwischen der Entscheidung, mit jemandem zusammen zu sein, nach dem man verrückt war, und dem plötzlichen Zwang, mit jemandem zusammen zu sein, nach dem man verrückt war, weil man keine andere Wahl hatte.

„Warum hörst du auf?", flüsterte sie und verfolgte meine Lippen mit ihren eigenen.

„Ich sollte nicht hier sein", stöhnte ich, während ich an ihren Lippen nippte, als wären sie ein exotischer Wein. Ich ließ meine Hüften wieder gegen ihre rollen und wünschte mir, die Stoffschichten zwischen uns würden einfach verschwinden.

„Wahrscheinlich nicht", stimmte sie zu, aber sie machte keine Anstalten, mich wegzuschieben. Im Gegenteil, sie zog mich noch näher an sich heran, als wäre sie genauso verzweifelt nach mir wie ich nach ihr. Was ehrlich gesagt nicht möglich war. Ich konnte mir nicht vorstellen, dass irgendeine andere Person in der Lage war, etwas so sehr zu wollen.

Sie zog sich ein wenig zurück, ihre stechend blauen Augen schauten mich an, ihre Lippen waren geschwollen von meinen Küssen.

„Mehr" murmelte sie. Mein Griff um ihren Oberschenkel wurde fester, mein Daumen streifte den Rand von etwas, das sich wie Spitze anfühlte.

„Diesmal ist es anders", sagte ich, um sie zu warnen, denn ich wusste, dass sie diejenige sein würde, die uns aufhalten musste. Mein Mund pochte förmlich bei dem Gedanken, ihr ein Paarungszeichen zu machen. Und wir mussten erst darüber reden, aber es fiel mir schwer, an etwas anderes zu denken als an die Tatsache, dass sie so verdammt gut roch, dass sie so verdammt gut küsste, dass sie sich so verdammt gut anfühlte.

„Ich will dich einfach nur spüren. Ich muss dich spüren", stöhnte Rune, und mein Herzschlag beschleunigte sich, denn auch sie klang verzweifelt. Vielleicht fühlte sie, was ich fühlte.

Nur dass ich das nicht wollte. Das hatte ich nie gewollt.

Ihre Lippen streiften wieder über meine, und wieder schweiften meine Gedanken ab. Rune wiegte meinen Hinterkopf, als wäre ich etwas Kostbares, und zog mich näher heran. Meine Lippen berührten ihre Haut, und ich küsste sie sanft, während das Bedürfnis in mir aufstieg.

„Lass mich fühlen", befahl sie. „Lass mich vergessen." Ihre zweite Aussage war so leise, dass sie fast unausgesprochen blieb, aber mit meinen Wolfssinnen hörte ich natürlich jedes Wort. Bei ihren Worten sackte mein Inneres zusammen. War sie mit mir hier? Oder dachte sie gerade an jemand anderen und benutzte mich nur, um sich zu vergnügen, weil sie ihn nicht haben konnte?

Wann genau war ich zu so einem Weichei geworden?

Entschlossenheit schoss durch meine Adern. Es war mir egal, ob sie an einen anderen dachte. Am Ende würde sie nur noch an mich denken, von mir träumen, sich nach mir sehnen. Genauso wie ich mich nach ihr sehnte.

Ihr Herzschlag beschleunigte sich, als ob sie spüren könnte, was ich dachte, aber ihr Griff wurde nur noch fester. Ihre Hüften bewegten sich wie wild gegen meine. Mein Schwanz drückte gegen meine Hose. Nach dieser Sache musste ich wirklich über Skinny Jeans nachdenken. Vielleicht sollte ich den Möchtegern-Rocker-Look ablegen, den ich die letzten fünfzig Jahre ausprobiert hatte. Meine Eier würden es mir wahrscheinlich danken.

Ich wollte sie in jeder Hinsicht verschlingen und mich tief in ihr vergraben. Meine Hand glitt zwischen ihre Schenkel, und sie spreizte sie weiter, um mich näher zu drängen. Mein Daumen drückte sich durch ihre Unterwäsche in ihre Spalte, und ich knurrte, ohne meinen Kuss zu unterbrechen, leise und tief in meiner Brust. Sie war nicht nur nass, sondern der Stoff ihres Höschens war komplett durchnässt. Ich drückte gegen ihren Kitzler, und sie keuchte auf. Ihr Kuss wurde noch süßer und süchtiger, ihre Verzweiflung wuchs. Ich bewegte meinen Daumen in einem gleichmäßigen Rhythmus, der ihr leises Stöhnen und die Berührung unserer Lippen wiederholte. Ich hob sie in meine Arme, und ihre Schenkel schlossen sich um meine Hüften.

„Wilder bitte." Sie schob ihre Hand unter mein Hemd, ihre Finger strichen über meine Bauchmuskeln zu meiner Brust hinauf. Sie rief meinen Namen, und ich kratzte mit meinem Nagel über den Stoff, der sie bedeckte, was ihr ein weiteres verdammt geiles Keuchen entlockte.

Ich kniff zu, und sie stöhnte, ihre Schenkel zitterten. Ich drückte und rieb, und sie brach zusammen, schrie meinen Namen und sackte gegen mich zusammen.

Ihr Körper zitterte immer noch, als ich sie absetzte und dann vor ihr auf die Knie sank und mit meiner Zunge den Streifen ihrer Unterwäsche nachfuhr. Ihr Duft machte mich langsam wahnsinnig.

Ich sah zu ihr auf, und sie sah mich an, mit diesem wilden Blick, als würde sie entweder gleich weglaufen oder explodieren. Sie griff nach dem Saum ihres Kleides und streifte es sich langsam über den Kopf. Der verdammt erotischste Striptease, den ich je gesehen hatte, und sie hatte mir noch nicht einmal das Beste gezeigt.

Ihr Atem ging schwer, als sie hinter ihren Rücken griff. Ich konnte hören, wie sich jeder einzelne Haken löste, als sie ihren BH öffnete und ihn neben uns auf den Boden fallen ließ.

„Ich fühle mich, als würde ich sterben, wenn ich dich ansehe", knurrte ich, und meine Stimme war kaum wiederzuerkennen, so schwer war sie vor Lust. „Du bist so verdammt perfekt. Ein Engel, der geschickt wurde, um mich in die Hölle zu ziehen."

Ihre Brüste wiegten sich über mir und bettelten geradezu darum, dass mit ihnen gespielt wurde, während Rune den roten Tanga, den sie trug, quälend langsam ihre Beine hinunterrutschen ließ.

Schließlich fiel er auf den Boden und sie war nackt.

Mein, knurrte mein Wolf, und diesmal wollte ich nicht mit ihm streiten, denn die Göttin, die vor mir stand, gehörte ganz sicher mir.

Sie starrte auf mich herab, fast herausfordernd, als könnte sie meinen Aufruhr und mein Verlangen spüren und wollte sehen, wie weit sie mich in die Enge treiben konnte.

Das Bedürfnis, sie auf jede erdenkliche Art und Weise für mich zu beanspruchen, schoss durch meinen Körper und verdrängte jeden verdammten rationalen Gedanken, den ich über das, was hier geschah, hatte.

Ich packte ihre Hüften und vergrub mein Gesicht zwischen ihren Schenkeln, stieß meine Zunge durch ihre Falten, um sie zu schmecken. Ich stöhnte, lang und laut, während sie keuchte und ihre Nägel sich in meine Schultern gruben, als sie mich fest umklammerte. Ich drückte ihre Schenkel auseinander, um einen besseren Winkel zu bekommen, dann schob ich meine Zunge tiefer und fuhr mit schneller Bewegung über ihre Klitoris.

„Wilder!", schrie sie praktisch. Die dunkle Stimme in mir wollte sehen, wie laut ich sie machen konnte, nur um sicherzugehen, dass jeder, der in der Nähe war, wusste, dass sie vergeben war.

Sie begann sich gegen mich zu stemmen und ritt auf meiner Zunge, während ich sie mit meinen Fingern spreizte und ihren Kitzler streichelte und rieb. Ich stieß erst mit einem, dann mit zwei Fingern in sie hinein und dehnte ihre engen Muskeln mit jedem Stoß. Ihre Knie zitterten, aber ich ergötzte mich weiter an ihren

Schreien und dem verdammt perfekten Geschmack ihrer Muschi, als ich einen dritten Finger hinzufügte. Sie war so feucht, ich wusste, ich könnte sie jetzt nehmen und sie für mich beanspruchen, aber ein sadistischer Teil von mir wollte sehen, wie verzweifelt ich sie machen konnte.

„Wilder, bitte." Sie sackte gegen mich zusammen, während sich ihr Atem beschleunigte und die Bewegung ihrer Hüften immer hektischer wurde.

„Du bist fast soweit, nicht wahr, Süße?", murmelte ich gegen ihre Haut, während ich hart an ihrer Klitoris saugte.

Sie schrie auf und kam in Wellen um meine Finger herum. Meine Hand und mein Mund wurden von ihrem süßen Geschmack überflutet. Ich konnte nicht anders, als sie sauber zu lecken, während sie ihren Orgasmus genoss. Ein Moment verging, und sie sackte gegen mich zusammen. Sie schaute auf mich herab, ein Grinsen auf ihrem perfekten, verdammten Gesicht, als sie mich verträumt anstarrte.

„Dein Mund ist unglaublich", säuselte sie. „Jeder Teil von dir ist unglaublich."

Ich küsste sie grob und ließ sie sich selbst schmecken, dann trat ich zurück und zog mich schnell aus. Sie lag inzwischen auf dem Bett, eine Vision auf den blassen Laken, mit ihren Haaren überall um sie herum, mit geröteten Wangen und geschwollenen Lippen.

„Iss mal einen Donut", murmelte sie, als ihr Blick mich verschlang, während ich über sie auf das Bett klettere, um über ihr zu schweben. „Du lässt den Rest von uns schlecht aussehen."

Ihre Finger begannen, die Linien meiner Brust und meines Bauches zu erkunden. Sie ließ ihren Fingern ihre Zunge folgen, und ich biss mir auf die Lippe, um den Drang zu unterdrücken, sofort in sie zu stoßen. Ihre Hände erreichten schließlich meinen Schwanz, und ich fluchte, als sich ihre Finger um ihn legten. Schon diese eine Berührung reichte aus, um mir einen Schauer der Lust über den Rücken zu jagen, und die Intensität dieses Gefühls war eine Warnung, wie nahe ich daran war, die Kontrolle zu verlieren.

Mein Wolf ließ ein frustriertes Knurren in mir los, und ich schloss die Augen und versuchte, bis zehn zu zählen, um mich zu beherrschen.

„Rune, ich glaube, ich werde dich später spielen lassen müssen", warnte ich.

„Das hört sich nicht lustig an", sagte sie boshaft. Meine Augen weiteten sich angesichts der Frechheit, die mein schüchternes Mädchen mir entgegenbrachte. Die Hälfte der Zeit hatte ich das Gefühl, dass sie versuchte, sich in den Schatten zu verstecken, und ich musste sie auf meine Seite ziehen. Ich hielt ihre Handgelenke mit einer Hand über ihrem Kopf fest und gab ihr ein leises Knurren, das ihr süßes Kichern unterdrückte.

Habe ich gerade süß gesagt? Verdammt. Sie hat mich ruiniert.

„Benimm dich", warnte ich sie. „Ich bin zu nah dran." Ich wusste, dass sie meine Aussage so interpretierte, dass ich jeden Moment explodieren würde, was auch die Wahrheit hätte sein können. Aber ich meinte wirklich, dass es mich alles in mir kostete, nicht in ihre hübsche Haut zu beißen und sie ein für alle Mal zu meiner Gefährtin zu machen.

Mein Blick fiel auf die sinnlichen Linien ihres Halses und ihrer Schulter. Ich schüttelte den Kopf und versuchte, den Schleier der Lust zu vertreiben, der sich über mich gelegt hatte. Rune spreizte ihre Schenkel, und ich sank zwischen sie und genoss die Vorfreude auf das, was nun kommen würde, in vollen Zügen.

Ich gab ihr noch einen tiefen Kuss auf die Lippen, bevor ich begann, ihren Hals zu küssen, an ihrer Haut zu lecken und zu knabbern, bis sie wieder keuchte und sich unter mir wand.

„Bitte, bitte, bitte", flehte sie und schüttelte den Kopf, während sie versuchte, mich mit ihren Beinen dahin zu bringen, wo sie mich haben wollte.

Ich ließ ihre Hände los, und ihre Finger strichen sofort über meine Schultern, meine Arme, überall, wo sie sie erreichen konnte. „Gehörst du mir, mein hübsches Mädchen?", fragte ich, während ich mit meiner Zunge träge über ihre Brustwarze fuhr und sie dann in meinen Mund saugte.

Sie stöhnte auf und wippte mit den Hüften. „Ich hasse dich", hauchte sie. Ich kicherte nur düster und schüttelte den Kopf, dann widmete ich mich ihrer anderen Brust und saugte an ihrer Brustwarze, bevor ich den Kopf hob.

Ihre Augen funkelten vor verzweifeltem Verlangen.

„Du solltest versuchen, noch mehr zu betteln", neckte ich, während ich ihre Brüste bearbeitete, bis sie sich mir entgegen wölbten und ihre Spitzen geschwollen und rot waren.

Sie stieß unter mir ein scharfes Knurren aus, und ich erstarrte für eine Sekunde. Es klang sehr wolfsartig. Rune schien nicht zu wissen, was sie getan hatte, denn sie bettelte und flehte immer noch unter mir. Ich verbuchte ihr Knurren als eine weitere Sache, über die wir reden mussten.

Ich leckte und saugte an jedem Zentimeter ihres Bauches, prägte mir die Kurven ein, die ich hoffentlich für den Rest meines Lebens verehren würde. Ihre Hüften bewegten sich rhythmisch unter mir, und es fiel mir immer schwerer, mich zurückzuhalten. Ich wusste nicht, wen das mehr reizte - mich oder sie. Ich stieß meine Hüften einmal, glitt durch ihre glitschigen Falten und streichelte ihren Kitzler mit der Spitze meines Schwanzes.

„Wilder", schrie sie, grub sich in meinen Rücken und hinterließ Spuren, von denen ich mir wünschte, dass meine übernatürliche Heilung sie nicht beseitigen würde.

„Schhh. Noch nicht, mein Schatz. Du willst es noch nicht genug."

Sie schrie etwas Unverständliches unter mir, das ich mit einem weiteren Kuss auf ihre Lippen herunterschluckte.

Ich streichelte ihren Kitzler mit meinem Daumen, und sie schrie wieder auf. Ihre Hüften hoben sich und ihr Betteln wurde noch lauter, als sie versuchte, sich über den Rand zu stürzen. Ich streichelte sie in kleinen Kreisen, bevor ich mich schließlich erbarmte und ihr genau den Druck gab, den sie brauchte, um wieder zu kommen. Ihr Kopf wirbelte herum, als sie kam, und ihr Körper versteifte sich unter mir.

„Du bist so verdammt schön, Rune", knurrte ich.

Sie starrte mich mit wilden, verzweifelten Augen an, und ich musste in ihr sein. Rune verzehrte mich. Sie war alles, was ich sehen konnte, alles, was ich fühlen konnte. Ich richtete meinen Schwanz an ihrem Eingang auf und holte tief Luft, bevor ich mit einem kräftigen Stoß vorstieß und bis zum Anschlag in ihr versank.

Sie schrie auf und kam sofort noch einmal. Ich biss die Zähne zusammen, versteifte mich und versuchte, mich daran zu hindern, ihr über die Klippe zu folgen.

Mate, mein Wolf, und ich waren uns wieder einmal einig.

Das Unbehagen flackerte wieder in mir auf, das Unbehagen, das den Gedanken an eine Gefährtin gehasst hatte und ihn wie eine Gefängnisstrafe empfand. Aber ich schob es beiseite und versuchte, mich darauf zu konzentrieren, wie sie sich in diesem Moment anfühlte. Wie das Beste, was ich je erlebt hatte. Sie war so verdammt eng, und so feucht. Mein Schwanz war im Himmel und der Rest von mir auch. Ich balancierte auf meinen Unterarmen, spannte jeden Muskel meines Körpers an, um die Kontrolle zu behalten, und kämpfte gegen den Drang an, schneller zu werden, während ich mich langsam zurückzog und wieder in sie hineinstieß.

„Ist das gut, Baby?", schnurrte ich, während mir der Schweiß von der Anstrengung auf der Haut perlte.

„So gut", stöhnte sie und schüttelte erneut den Kopf, als wir beide von einer Welle von Empfindungen erfasst wurden. Sie umfasste meinen Nacken mit einer Hand und strich mit der anderen über mein Gesicht. Ich stieß erneut zu, und mein Magen zog sich mit jeder Drehung meines Körpers zusammen, während ich mich an die winzigen Fetzen der Vernunft klammerte, die mich daran erinnerten, dass ich mich nicht verlieren konnte. Ich konnte sie nicht einfach beißen.

Ich gab das Tempo vor, mit tiefen, harten, langsamen Stößen, die meinen Körper mit köstlichem Vergnügen durchströmten. Unsere Atemzüge wurden unregelmäßig, während Schweiß auf unserer Haut klebte. Ich wusste nicht, wie das besser sein konnte als beim letzten Mal, aber irgendwie war es das. Jeder Stoß war besser. Jedes Mal, wenn ich sie füllte, fühlte es sich wahnsinnig heiß an.

Ich würde nie genug davon bekommen, nie genug von ihr. Verdammt, wie gut es sein würde, wenn wir erst einmal eine Menge Übung hätten. Ich grinste bei dem Gedanken, bevor ich ihr einen weiteren heftigen Kuss auf die Lippen drückte. Ich spürte, wie sie sich unter mir zusammenzuziehen begann.

„Das ist es, Baby", murmelte ich. Ihre Augen flatterten zu, und ich prägte mir jedes ihrer Merkmale ein, solange ich die Gelegenheit hatte, sie ungestört zu betrachten.

„Du gehörst mir", knurrte ich erneut, und meine Stimme klang wie zerbrochenes Glas.

Sie öffnete die Augen, und ich sah etwas Trotziges in ihrem Blick, als hätte sie beschlossen, dass mir niemals jeder Teil von ihr gehören würde, egal was geschah.

Das würde nicht reichen.

Meine Selbstbeherrschung riss, und ich stieß wieder und wieder in sie, bis sie erneut kam und ihr Körper sich um den meinen schlang. Sie zog mich mit sich über die Klippe, und die Lust schoss mir über den Rücken, bis ich explodierte und meine Sicht schwarz wurde, um dann in einem Kaleidoskop von Farben zu explodieren. Ich biss ihr gedankenlos in die Schulter, bevor ich mich zusammenriss und sie schnell losließ.

Sie versteifte sich unter mir, während ich mit Schrecken beobachtete, wie ein paar dünne Linien Blut an ihrer Schulter herunterliefen.

„Was hast du gerade getan?", fragte sie heiser. Ihre Stimme war von all den Schreien, zu denen ich sie in der letzten Stunde, in der wir hier waren, gebracht hatte, erschöpft.

„Ich war nur ein bisschen aufgeregt", sagte ich schnell, auch wenn mir die Nerven durchgingen. Ich hatte das Paarungsband nicht initiiert, das wusste ich. Aber was ich getan hatte. Scheiße.

„Okayyyy", sagte sie müde. Rune entspannte sich langsam unter mir, ihr Atem wurde ruhiger, und ich versuchte, dem Befehl meines Wolfes zu widerstehen, sie wieder zu beißen.

Rune reduzierte mich auf ein Tier, ein Grund, warum ich die Paarungsbindung immer gefürchtet hatte.

Ich rollte mich auf die Seite und nahm sie mit mir, als ich sie an meine Brust zog. Der Raum war still, bis auf unsere leisen Atemzüge und das Klopfen unserer beiden Herzen. Ich schluckte, Vorfreude und Angst durchströmten mich, als ich mich darauf vorbereitete, das Thema anzusprechen, von dem ich dachte, dass es passierte. Von dem, was ich wusste, dass es geschah.

Sie würde mein sein wollen. Ich wusste, dass sie das wollte. Was wir gerade erlebt hatten war magisch. Schicksalhaft. In den Sternen geschrieben und all der andere Blödsinn, den die Leute immer sagen, wenn sie über ihre Partner reden.

Rune zeichnete träge unsinnige Formen auf meiner Brust nach. „Warum bist du so angespannt?", flüsterte sie leise. „Ich dachte, Orgasmen sollten dich entspannen."

„Ich muss nur etwas mit dir besprechen", sagte ich in ihr Haar, während ich ihren Duft wie ein verliebter Narr einatmete.

Sie versteifte sich. „Bitte sag mir nicht, dass du mir gleich eine ‚Es liegt nicht an dir, sondern an mir'-Rede halten wirst. Denn das wäre wirklich ätzend."

Ich schnaubte und dachte, wie daneben sie doch lag.

„Ich fange an, das Paarungsband zu spüren", sagte ich ihr schließlich widerwillig.

Sie war eine gefühlte Stunde lang völlig still, bis sie von mir wegkroch, als wäre ich eine Schlange, die zuschlagen wollte.

„Du fängst an, dich mit einem anderen Mädchen zu paaren, und du bist hier bei mir?", knurrte sie heiser, und der Ekel stand ihr in die hübschen Züge geschrieben.

„Was? Nein!", sagte ich entrüstet, als ich nach ihr griff. So hatte ich mir das nicht vorgestellt.

„Wovon redest du dann? Welches Paarungsband?"

„Ein Paarungsband mit dir!", schnauzte ich.

Wenn überhaupt, wurde der Ekel in ihrem Gesicht nur noch größer. Ihre Abscheu und ihre Angst.

„Das ist nicht möglich", sagte sie, sprang hektisch vom Bett auf und begann, sich anzuziehen.

„Rune", murmelte ich, stand vom Bett auf und ging beschwörend auf sie zu.

Sie hob die Hände, um mich aufzuhalten, ihre Augen waren wild und außer Kontrolle. „Ich habe einen Gefährten", sagte sie mir, und die Erinnerung daran war ein brutaler Schlag.

„Du hast mir gesagt, dass du nicht zu ihm gehörst. Du weißt, dass wir zusammengehören. Sag mir, dass du es fühlst", bat ich flehend und griff mir in die Haare, während ich splitternackt dastand.

„Ich hatte einen Partner und er hat mich abgewiesen. Ich bekomme keine weitere Chance", sagte sie kalt.

Und zugegeben, ich hatte noch nie von so etwas gehört, doch je mehr Zeit verging, desto sicherer war ich. Die Paarungsbindung fand statt.

„Rune, Baby. Entspann dich einfach. Wir kriegen das schon hin, aber es wird passieren. Und ich werde dafür sorgen, dass du es nie bereuen wirst."

Sie sah völlig zerstört aus, wie sie dastand, eine wunderschöne, herzzerreißende Gestalt mit ihren verwuschelten Haaren und den roten, geschwollenen Lippen. „Ich kann nicht zu dir gehören, wenn ich immer noch zu ihm gehöre", antwortete sie traurig.

Es fühlte sich an, als hätte sie mir mitten ins Herz

gestochen, als ich die Realität dessen, was sie sagte, in mich aufnahm.

„Dann muss ich wohl dafür sorgen, dass ich das ändere", antwortete ich schließlich, ehe ich meine Sachen packte und aus dem Zimmer stürmte.

Ich knallte die Tür hinter mir zu und schlüpfte in meine Klamotten, bevor mich jemand sah, obwohl Nacktheit an einem Ort wie diesem voller Wandler natürlich nichts bedeutete.

Ich legte einen Schwur ab, als ich die Treppe hinunterging und nach draußen schlüpfte. Rune würde mir gehören. Egal, was passierte. Selbst wenn ich ihren Bastard von einem Gefährten töten musste, um das sicherzustellen.

4

RUNE

Ich atmete scharf ein, als die Angst in mir aufstieg.

Ich verharrte wie erstarrt in meinem Schlafzimmer und starrte aus dem Fenster ins Leere, doch gleichzeitig schwirrte mir alles durch den Kopf, was in letzter Zeit geschehen war.

Ein Paarungsband mit dir.

Wilders Worte wirbelten in meinem Kopf herum.

Ich hatte meinen Gefährten bereits gefunden, das wusste er schon. Er war ein Monster, aber er war mein Seelenverwandter. Die Mondgöttin gab einem nur diesen einen. Meine Wölfin hatte ihre Wahl getroffen, und selbst jetzt, wenn ich an Alistair dachte, durchfuhr mich eine schmerzhaft dunkle Einsamkeit. Es war eine seltsame Sache, jemanden so sehr zu vermissen, dass es sich anfühlte, als könnte ich an der Qual sterben, und ihn gleichzeitig mit jeder Faser meines Wesens zu verabscheuen.

Die Art, wie Wilder mich angesehen hatte, als er ging, ließ mich erschaudern. Er war entschlossen, mir zu beweisen, dass ich falschlag, und diese wahnsinnige Idee, die er hatte, weiterzuverfolgen. Was sagte es über mich aus, dass ich mich immer nur mit Verrückten einließ? Die Realität schlug wie ein Vorschlaghammer auf meine Brust ein.

Ich schloss die Augen und klammerte mich an den Fensterrahmen. Tränen drückten sich aus meinen Augenwinkeln. Alistair hatte mich so gebrochen zurückgelassen, dass ich in Panik geriet, als ein umwerfender Mann mich für sich beanspruchen wollte, anstatt mich darauf einzulassen.

Für eine Sekunde erlaubte ich mir, von einer Welt zu träumen, in der ich Wilder zuerst begegnete, in der er mein wahrer Gefährte gewesen wäre.

Aber selbst der Gedanke daran war erschreckend, beachte man, wie beschädigt mich Alistair zurückgelassen hatte.

Wenn ich ehrlich zu mir selbst war, wusste ich nicht, ob ich jemals wieder mit jemandem so eng verbunden sein könnte. Ich wusste nicht, ob ich mir erlauben konnte, die Kontrolle zu verlieren. Ich wusste nicht, ob ich mich jemals so weit gehen lassen könnte, um Wilder oder Daxon die Verbindung zu geben, nach der sie zu suchen schienen.

Natürlich war mir klar, wie heuchlerisch es war, dass meine Vagina unbedingt Wilders Körper wollte, doch die Erwähnung der Bindung ließ mich erschauern.

Jedes Mal, wenn ich an Wilder dachte, schmolz ich dahin. Wenn er mich küsste, war ich bereit, die Welt zu zerstören, um in seinen Armen zu bleiben. Aber dass unsere Seelen miteinander verflochten waren, dass die Essenz dessen, was wir waren, miteinander verschmolz, war etwas ganz anderes. Eine, bei der ich mir nicht sicher war, ob sie überhaupt möglich war, oder ob ich sie noch einmal durchmachen wollte.

Ich wischte mir über die Wangen und war verwirrter denn je. Vielleicht brauchte ich frische Luft, das Zimmer fühlte sich an, als würde es mich ersticken.

Während ich frische Kleidung aus meiner Kommode holte, gingen mir immer noch die Bilder von Wilder durch den Kopf, wie er in mein Zimmer kam und mich beanspruchte. Warum konnte er nicht wie jedes andere Arschloch einfach nur an tollem Sex interessiert sein? Das hörte sich für mich viel sicherer an.

Ich knöpfte meine Jeans zu und zog eine verblichene blaue Bluse mit langen Ärmeln an. Der Ausschnitt war so locker, dass er über eine Schulter hing. Zum Glück hatte ich vor kurzem einen trägerlosen BH in einem Geschäft in der Stadt gekauft. Als ich mich noch einmal kurz im Spiegel betrachtete, stellte ich fest, dass ich relativ normal und so wenig bedrohlich aussah, wie ich es in Vorbereitung auf die Begegnung mit Einheimischen sein konnte.

Ich band mein weißblondes Haar zu einem Pferdeschwanz, wobei ein paar lose Strähnen mein Gesicht umrahmten, dann trat ich aus meinem Zimmer und ging nach unten. Die Nacht war in den Flur gekrochen, und es schien besonders still zu sein.

Unten war das Gasthaus leer. Keine Menschenseele in Sicht. Na ja, außer Jim, dem Besitzer des Lair Inn.

„Guten Abend, Rune", begrüßte er mich hinter der Bar, die er gerade abwischte. „Bist du hungrig? Es ist noch etwas von Carries irischem Lammeintopf übrig." Sein Lächeln wärmte mich und gab mir seit dem ersten Tag, an dem ich in sein Lokal gestolpert war, immer ein Gefühl der Sicherheit.

Wie aufs Stichwort knurrte mein Magen, und ich lachte darüber, wie laut er klang. „Offenbar bin ich sehr hungrig." Dann warf ich einen Blick zu beiden Enden der Bar. Überall standen Stühle und Tische, die Fenster und die Tür waren geschlossen, aber keine Menschenseele war zu sehen. „Ich bin überrascht, dass es hier so ruhig ist", sagte ich und erinnerte mich daran, wie voll das Gasthaus erst vor ein paar Nächten war, was ebenfalls in einer großen Schlägerei zwischen Daxon und Wilder endete.

„Die meisten sind heute Abend im Rathaus. Carrie ist auch dort."

Ich begegnete Jims grünen Augen, das Licht von oben erhellte sein kurzes, silbriges Haar und gab ihm einen sanften Ausdruck, doch der Schatten hinter seinem Blick war nicht zu übersehen.

„Gibt es in der Stadt eine Versammlung?", stichelte ich, aber als die Worte meinen Mund verließen, konnte ich nicht umhin, mich zu fragen, ob das alles mit Eves Tod gestern zu tun hatte. Redeten sie über mich und wie sie mich aus der Stadt werfen könnten? Wollten sie mir einen Mob auf den Hals hetzen?

Ich hatte offensichtlich eine sehr lebhafte Fantasie.

Mein Herz schlug mir fest gegen die Rippen, der frühere Kummer und die Sorgen prallten auf mich ein, und meine Finger zitterten, als sie sich nervös am unteren Rand meiner Bluse festhielten.

Jims Augenbrauen verengten sich. „Setz dich, ich bringe dir etwas zu essen. Es wird dir guttun."

Bei dem Gedanken an Essen wurde mir plötzlich schlecht. Zu wissen, dass so viele Leute zusammen waren und wahrscheinlich über mich sprachen, fühlte sich an wie eine Klinge, die sich in meinem Bauch drehte. Und warum hatte Wilder mir nicht davon erzählt? Ich konnte nur annehmen, dass das Treffen eine kurzfristige Entscheidung war.

„Danke, doch ich glaube nicht, dass ich jetzt etwas essen kann." Vielleicht war das alles nur in meinem Kopf, ein Hirngespinst, aber als ich meinen Blick wieder zu Jim hob, bestätigte die Sorge auf seinem Gesicht meine schlimmsten Befürchtungen. „Ich muss gehen", sagte ich, wandte mich hastig von ihm ab und eilte zur Tür. Egal, was alle dachten, ich hatte das Recht, mich zu verteidigen.

„Rune", rief Jim hinter mir, und ich blickte über meine Schulter zu ihm. „Ich glaube nicht, dass du für Eves Tod verantwortlich bist. Aber manchmal lassen Angst und Panik die Menschen verzweifeln und zu voreiligen Schlüssen kommen. Sei vorsichtig da drau-ßen, denn nicht jeder denkt im Moment klar."

Ich schluckte den Kloß in meinem Hals hinunter

und nickte ihm kurz zu, ohne die richtigen Worte zu finden. Ich schlüpfte hinaus in die kühle Nacht, die sich um mich herum zusammenzog. Einige lange Augenblicke stand ich unter den Lichtern des Gasthauses und versuchte, Atem zu schöpfen und mein rasendes Herz zu beruhigen.

Ich war erst seit ein paar Wochen in der Stadt. Ich würde gerne glauben, dass ich nicht wie eine Verrückte rübergekommen war. Trotzdem glaubten die Einheimischen schnell, dass ich zu einem solch brutalen Angriff fähig wäre. Frustriert schüttelte ich den Kopf.

Nach einigen langen Atemzügen wandte ich mich der Hauptstraße zu, wo die Lichter hell waren und die Schatten verjagten.

Das Rathaus befand sich am Ende der Hauptstraße, und so sehr sich die Angst auch durch mein Inneres schlängelte, so sehr zog es mich in diese Richtung. Ich rannte praktisch dorthin, mein Puls raste, während sich in meiner Brust Wut zusammenbraute. Eve hatte mir etwas bedeutet, ich hatte keinen Grund gehabt, sie zu töten.

Ich kam an einer Reihe von geschlossenen Geschäften vorbei, und sogar das Café und das Diner waren zu, was viel bedeutete, da diese Läden nie zu schließen schienen. Meine Schritte wurden immer länger, je mehr ich mir vorzustellen versuchte, was ich gleich vorfinden würde. Eine Stimme in meinem Kopf schrie mich an, dass ich ihnen die Chance gab, mich zu verfolgen.

Ich schob die Stimme beiseite.

Ich wollte, dass die Wandler, die in dieser Stadt

lebten, verstanden, dass ich unschuldig war. Ich konnte mich kaum dazu durchringen, einem Käfer etwas anzutun, und da ich mich noch nicht einmal in meinen Wolf verwandeln konnte, musste ich erst noch meinen ureigensten Tötungsinstinkt ausleben, der normalerweise mit der ersten Verwandlung eines Wolfs einherging.

Trotzdem schwirrte mir Jims Warnung im Kopf herum, dass Menschen irrational sind, wenn sie verärgert sind.

Vor mir tauchte das Rathaus auf, ein dunkles Backsteingebäude mit einem spitzen Dach in der Farbe von Mitternacht, das mit einer großzügigen Schicht grüner Flechten bedeckt war. Lange bogenförmige Fenster gaben dem Gebäude den Anschein einer längst vergessenen Kirche, und vielleicht war es einmal ein Gotteshaus gewesen, bevor die Wölfe in die Stadt Amarok zogen.

Helles Licht strahlte aus den Fenstern, und ich konnte die Schatten all der Menschen sehen, die sich darin bewegten. Im Vorgarten erstarrte ich und ließ meinen Blick über die verschlossene Eingangstür schweifen. Zweifel überkamen mich und sagten mir, dass ich umkehren sollte. Bevor ich es mir anders überlegen konnte, marschierte ich die drei Steinstufen zur großen Doppeltür hinauf und legte meine Hand auf die eiserne Klinke. Ich drückte mein Ohr an die Tür. Drinnen ertönten Stimmen, aber ich konnte keine bestimmte heraushören, um herauszufinden, wer sprach.

Ich leckte mir nervös über die Lippen, drückte die

Klinke langsam herunter und schob die Tür einen Spalt weit auf, bevor ich hineinspähte. Der Raum war sehr voll. Stuhlreihen über Stuhlreihen säumten den großen Ballsaal, alle mit Blick auf die vordere Bühne, auf der ein großer, blonder Mann stand, den ich nicht erkannte, und der, wie seine zitternde Faust zeigte, ziemlich wütend war und zu der Menge sprach. Bis in den hinteren Teil des Raumes waren fast alle Stühle besetzt und ich dachte mir, selbst wenn ich jetzt versuchen würde, mich heimlich hineinzuschleichen, würde ich sofort entdeckt werden.

Ich musterte die Gesichter und erkannte Carrie aus dem Gasthaus sofort, die in der hintersten Ecke saß. Aber aus meinem Blickwinkel war es schwer, ihren Gesichtsausdruck zu erkennen. Miyu und ihr Freund Rae saßen ganz hinten. Sie hatte die Arme vor der Brust verschränkt und sah beunruhigt aus. Die meisten Stadtbewohner, die ich erkannte, saßen verstreut unter den anderen, die ich noch nicht kennengelernt hatte.

„Wir stimmen also über ihre Schuld ab", verkündete der Mann auf der Bühne und erregte damit meine Aufmerksamkeit.

Mir drehte sich der Magen um, und mein ganzer Körper zitterte. Ich hatte das Gefühl, dass ich wusste, von wem die Rede war.

„Das wird nicht passieren", sagte eine tiefe, rauhe Stimme, und alle im Raum verstummten.

Wilder trat in mein Blickfeld, als er sich dem Sprecher näherte. Er stand aufrecht, und Wut umspielte seine Lippen. Er trug verblichene Jeans und ein dunkles Hemd, das er zugeknöpft hatte. Als ich ihn sah, flatterte mein Herz, und jeder Teil von mir sehnte sich nach ihm ... sogar jetzt. Ich war noch nie so berührt, verehrt und gefickt worden, wie er es mit mir getan hatte, und die Erinnerung an das, was er mit mir in meinem Schlafzimmer gemacht hatte, würde mir für immer bleiben.

„Ich habe alle zu Wort kommen lassen, doch es ist lächerlich. Wir haben keine Beweise dafür, dass Rune Eve getötet hat, aber die meisten von euch sind bereit, sie für das Verbrechen zu hängen. Sie sagte, sie hätte jemand anderen am Tatort gesehen, also werden wir dieser Spur folgen. Wir werden Teams zusammen-stellen und die umliegenden Wälder absuchen sowie alle Verdächtigen vor Ort befragen.“

Das Stimmengemurmel wurde schnell lauter, die meisten unterhielten sich untereinander.

„Das ist Wahnsinn, Wilder. Willst du etwa behaup-ten, dass einer von uns Eve umgebracht hat?“, rief eine Frau aus der Menge, ihre Stimme zitterte vor Wut.

Evas Mutter heulte in der ersten Reihe, während die Frau neben ihr sie umarmte. In diesem Moment wurde mir klar, dass ich Daniel in der Menge noch nicht gesehen hatte.

Alle fingen an, lauter zu reden, ihre Anschuldi-gungen wurden wie Schwerter benutzt, um mich zu verstümmeln, einige von ihnen standen auf und schienen bereit, Wilder herauszufordern. Stattdessen warfen sie ihm weitere Fragen und Anschuldigungen an den Kopf. Mein Herz schlug schneller, und ich spürte, wie ich noch ein bisschen mehr fiel, weil er sich für mich einsetzte. So etwas hatte ich in meinem Leben noch nicht oft erlebt. Nie.

Ein ohrenbetäubender Pfiff durchbrach den Lärm. „Genug. Setzt euch hin", bellte Daxon mit seiner dunklen und autoritären Stimme, die von irgendwo rechts von mir kam, wo ich den hinteren Teil des Saales nicht sehen konnte.

Alle, die standen, sackten sofort wieder in sich zusammen, als wäre sein Befehl ein Gesetz, und eine schwere Decke der Stille legte sich über den Raum.

Daxon tauchte in meinem Blickfeld auf und näherte sich Wilder an der Spitze der Menge. Er trug eine dunkle Jeans und ein langärmeliges T-Shirt, seine Muskeln füllten seine Kleidung aus. Er war verdammt schön, auf diese gefährliche Art und Weise, die mir sagte, dass ich nichts für ihn empfinden sollte. „Wir dürfen nicht den Kopf verlieren, auch wenn wir mit Wilders drakonischem Vorgehen nicht einverstanden sind." Dann drehte er sich zu Wilder um und flüsterte ihm etwas zu.

Was immer er sagte, ließ Wilder die Nasenlöcher aufblähen, seine Schultern hochziehen und seine Augen vor Wut leuchten.

Mein Herzschlag beschleunigte sich, da ich diesen Blick beim letzten Schlagabtausch der beiden im Gasthaus gesehen hatte.

„Ich habe deinen Scheiß langsam wirklich satt", spuckte Wilder Daxon entgegen, und nun standen sich die beiden gegenüber und schienen zu vergessen, dass der Rest der Stadt zusah. Vielleicht war es ihnen auch egal, denn so war es zwischen den beiden Kraftpaketen schon seit einer gefühlten Ewigkeit gelaufen.

Ein schabendes Geräusch kam von hinten, und meine Adern wurden zu Eis, als ich mich umdrehte.

Die Dunkelheit begrüßte mich, und der Wind blies Müll auf die Straße. Ich schloss für einen Moment die Augen. Beruhige dich, Rune.

Es war schon schwer genug, zu atmen, während ich die Bewohner der Stadt beobachtete, die mich verurteilen wollten, ganz zu schweigen von jedem kleinen Geräusch, das mich jetzt aufschrecken ließ. Die Spitzen meiner Finger kräuselten sich, als ich sie in die Taschen meiner Jeans steckte und mich wieder zur Tür drehte.

Von drinnen ertönte so plötzlich eine Explosion von Knurren, dass ich zurückwich. Mein Herzschlag dröhnte.

Donnernde Geräusche und Knurren kamen aus dem Inneren des Raumes, das Kreischen von Stühlen auf den Dielen hallte wider, und jemand schrie sogar.

Ohne nachzudenken, stürzte ich vorwärts und stieß die Tür zum Rathaus auf. Ich stand mit offenem Mund in der Tür und starrte auf den chaotischen Krieg, der den Raum eingenommen hatte, in dem Sekunden zuvor noch Ruhe geherrscht hatte.

Die Menschen waren auf den Beinen, einige drängten von der Bühne weg, andere rannten auf sie zu. Meine Beine zitterten, aber ausnahmsweise ignorierte ich meine Angst und rannte vorwärts. Schon sah ich Daxon und Wilder in einem Kampf, Schläge flogen, Blut floss. Mein Magen sackte zusammen, mein Herz zerbrach unter der Last der Angst. Ich wollte nicht, dass sie für mich kämpften. Sie mussten aufhören, bevor jemand verletzt wurde.

Eine Gänsehaut lief mir über die Arme, als ich mich an den Leuten vorbei drängte, die in alle Richtungen rannten.

Jemand packte mich am Arm und drückte zu, wobei er mich angewidert anschaute. „Bist du jetzt glücklich?" Er spuckte mir die Worte entgegen, seine Finger gruben sich in mein Fleisch.

Ich zuckte zusammen und drückte mich gegen ihn. „Lass mich los."

„Du wirst unsere Stadt in die Knie zwingen und sie zerstören."

„Ich habe Eve nicht umgebracht", erwiderte ich, krank und müde davon, zu Unrecht beschuldigt zu werden.

„Vielleicht hast du es nicht getan, aber das hat dich nicht davon abgehalten, ein Feuer zwischen den beiden Alphas dieser Stadt zu entfachen. Und jetzt werden sie den Ort und uns alle darin niederbrennen, um dich für sich zu beanspruchen. Was mich betrifft, hättest du das arme Mädchen genauso gut töten können, denn du wirst uns alle in den Tod schicken."

Nun, das schien mir ein wenig dramatisch.

Ich zitterte trotzdem, meine Beine wurden schwach, als die Menge mir den Mann aus den Augen riss.

Ich versuchte zu schlucken und einen klaren Gedanken zu fassen, aber das war schwierig bei all dem Wahnsinn um mich herum.

Stiefel klopften auf die Dielen um mich herum,

weil die Leute rannten und versuchten, das Rathaus zu verlassen, während andere sich nur um den Kampf scharten, anstatt ihn zu beenden.

Meine Haut prickelte vor Elektrizität, wie vor der Magie bei der Verwandlung eines Wolfes. Ich riss meinen Kopf hoch, als ich Wilder und Daxon in ihren Wolfsgestalten erblickte. Sie waren riesig und furchterregend, Daxons Fell war weiß wie Schnee, während Wilder die Farbe von Mitternacht hatte. Sie waren in jeder Hinsicht gegensätzlich. Die Lefzen nach hinten gezogen, die Ohren flach an den Kopf gepresst, stürzten sie sich aufeinander wie zwei wilde Tiere, die in den Krieg zogen.

Die Verzweiflung trieb mich vorwärts, und ich pflügte mich durch die Menschenmenge, die sich mir in den Weg stellte. Ich musste Wilder und Daxon erreichen, um dem Ganzen ein Ende zu setzen.

Ich war nicht die Art von Mädchen, um die sich die beiden streiten sollten. Sie hatten eindeutig ihren Verstand verloren.

Schließlich stolperte ich aus der Menge heraus und stürzte in den Kreis, der den Kampf beobachtete. Die meisten jubelten, andere knurrten, als warteten sie auf das Signal, mitzumachen. Waren in dieser Stadt alle verrückt?

„Stopp", brüllte ich, mit rauer Kehle und brennenden Augen.

Wilders Blick schnellte in meine Richtung, ein drohendes Knurren aus seiner Kehle, das mich zum Zurückweichen aufforderte. Ich kannte dieses

Geräusch nur zu gut. Blut sickerte von der Seite seines Kopfes, aber er ließ nicht locker.

Daxon nutzte den Moment, um mit Wilder zusammenzustoßen, und im Bruchteil einer Sekunde schlugen sie auf dem Boden auf, ineinander verschlungen, und ich konnte nur noch Fell, Reißzähne und Blut sehen. Rote Rinnsale hinterließen ihre Spuren und befleckten die Dielen.

Die Luft war voller Wut, und ich stieß einen Schrei aus, um ihre Aufmerksamkeit zu erregen, um ihre verdammten Ohren zu erreichen. „Bitte, hört auf zu kämpfen." Meine Worte kamen erstickt heraus, gerade als Wilder einen scharfen Biss in Daxons Hals machte.

Ihr erbitterter Kampf ließ mich auf sie zustürmen. Ich wusste es besser, als zu versuchen, den Kampf mit den Wölfen zu beenden. Aber mein Kopf drehte sich vor Verwirrung, vor Wut, vor Trauer, und ich rannte direkt in Wilders Seite, meine Hände stießen mit genug Kraft in seine Rippen, um ihn von Daxon zu lösen.

Ich wich genauso schnell zurück, aber nicht schnell genug, als Wilder sich herumdrehte, Wildheit in seinen Augen. Im selben Moment, als er sich auf mich stürzte, veränderte sich etwas in seinen Augen, etwas so Tiefes, dass ich die menschliche Seite in ihm erkannte, die mich im letzten Moment als das sah, was ich war - kein Feind. In diesem winzigen Sekundenbruchteil, als mein Herz aus meiner Brust zu platzen drohte und mich die Panik auf der Stelle erstarren ließ, als er auf mich zustürmte, wussten wir beide, dass es für ihn kein Zurück mehr gab.

Er schlug mir mit der Wucht eines Panzers in den

Bauch, und ich flog nach hinten und prallte gegen die Zuschauer, die meinen Sturz auffingen. Ich schrie auf vor Schmerz, der meinen Lungen den Sauerstoff entzog.

Wilder stolperte und schlug auf dem Boden auf, wobei er mit mir fiel. Ich schnappte nach Luft, verhedderte mich mit ihm und den Umstehenden, mit denen wir zusammengestoßen waren. Etwas Scharfes kratzte und riss so schnell und schmerzhaft in meinen Arm, dass ich aufschrie und zurückwich.

Aber danach ging alles zu schnell. In einem Moment verlor ich den Halt, und im nächsten flog Wilder zurück auf Daxon zu, der mit der vollen Wucht eines Tornados auf ihn zustürmte.

Ich rappelte mich wieder auf, während die Leute um mich herum wütend knurrten und mir jemand sogar in den Rücken stieß. Aber das war mir egal. Frustration und Wut durchströmten mich, weil ich so machtlos war, etwas gegen ... nun ja, irgendetwas zu unternehmen.

Ich blickte auf meinen Arm hinunter, wo das Blut an meiner Hand hinunter und über meine Finger lief und auf den Boden tropfte. Wilders versehentlicher Angriff hatte eine große Wunde in meine Haut gerissen. Aber damit veränderte sich etwas in mir, etwas, das ich noch nie zuvor gespürt hatte.

Ein plötzlicher Knall erschütterte den Raum, und ich riss meinen Kopf hoch, um zu sehen, wie Daxon Wilder zu Boden warf. Die Menge jubelte und stemmte ihre Fäuste in die Luft.

Eine feurige Wut stieg in mir auf, überwältigend

und zerstörerisch. Ich blickte mich um, die niederen Mitglieder der beiden Rudel, die nicht in der Nähe des Kampfes waren, sahen aus, als fürchteten sie um ihr Leben.

Das Klicken von Nägeln, die auf den Dielenboden schlugen, war zu hören, als die zwei weiterkämpften. Diese beiden waren unerbittlich.

Ich wurde gestoßen und geschubst, während sich die Leute weiter um mich drängten. „Verpiss dich", schimpfte jemand nach mir.

Ich stolperte rückwärts und stieß mit einem anderen zusammen, der mich zur Seite schob.

Feuer brach in mir aus, ungewohnt und überwältigend. Ich fühlte mich bereit, jemanden in Stücke zu reißen.

Die Dunkelheit ergriff von mir Besitz und raubte mir alles Licht in meinem Inneren. Stattdessen breitete sich eine Stille in meinem Kopf aus. Eine, die mich erschütterte, die mich meinen Wolf spüren ließ wie nie zuvor.

Ein Hauch von Fell. Ein Knurren. Eine Wut, wie ich sie noch nie gespürt habe. Die Wunde an meinem Arm stach tief und ließ mich zusammenzucken. Als die beiden Alphas an mir vorbeirollten, schrie ich meine Wut heraus.

„Halt!" Der Raum schien unter mir zu beben, so schwer atmete und zitterte ich, und eine brennende Hitze leckte an meinem Nacken.

Mein Inneres krampfte sich zusammen, weil so viele Gefühle auf mich einstürmten und mich zerfetzt zurückließen. Als mich jemand zur Seite stieß, riss ich den Kopf hoch, knirschte mit den Zähnen und verzog die Lippen.

Die Ränder meiner Visionen verschwammen, und ich hatte keine Ahnung, was mit mir geschah. Der Raum drehte sich, und ich hielt mich an der Lehne eines Stuhls fest, um das Gleichgewicht zu halten. Ich hatte mich so sehr aufgeregt, dass ich das Gefühl hatte, die Kontrolle zu verlieren.

Etwas Neues lag in der Luft. Ich schmeckte es in meiner Kehle, bitter und metallisch.

Ich glühte, meine Atemzüge sägten in meiner Brust, und mein verletzter Arm brannte fürchterlich. In meiner Brust brodelte die Wut bis zu dem Punkt, an dem ich mir die Haut vom Leib reißen wollte, um meinen Wolf zu entfesseln, um jemanden zu zerfleischen, um das warme Rinnsal des Blutes an meiner Kehle zu spüren.

Irgendetwas war mit mir geschehen.

Ein plötzlicher, unerträglicher Stoß in die Seite ließ mich aufschreien, und ich drehte mich um, um zu sehen, dass jemand einen Stuhl nach mir geworfen hatte. Um mich herum gingen nun auch alle anderen im Rathaus aufeinander los und warfen mit Stühlen und Schlägen um sich. Der Kampf wurde immer heftiger, und die Luft war von so viel Hass erfüllt, dass ich raus musste, bevor ich diejenige war, die etwas Verrücktes tat. Wie aufs Stichwort kräuselten sich meine Lippen, als ob mich etwas anderes kontrollierte.

Sogar Carrie kämpfte, nur dass die Szene um mich herum ganz falsch war. Sie schien nicht der Typ zu sein, der es mit jemandem aufnehmen konnte, der halb

so alt war wie sie, aber ihr Knurren und ihre Wolfs-
augen versprachen den Tod.

„Carrie", rief ich ihr zu. „Tu das nicht. Du musst
von hier verschwinden. Alle müssen damit aufhören,
verdammt."

Aber je lauter meine Stimme wurde, desto mehr
knurrten sie und griffen sich gegenseitig an, als ob
meine Worte sie ermutigten. Was lächerlich war.

Ich wandte mich von dem Chaos ab, meine Schritte
verschwammen, und mein Inneres wurde in verschiedene Richtungen gerissen. Ich wollte um Eves Verlust
weinen, mich gegen diese Wölfe zur Wehr setzen und
Daxon und Wilder zur Vernunft bringen.

Ich stürzte nach draußen, die kühle Luft umspülte
mich, als wäre ich aus einem Traum erwacht, und der
Nebel löste sich aus meinem Kopf.

Als ich auf der Treppe stolperte, blickte ich
zurück nach drinnen, wo Chaos herrschte. Das war
Wahnsinn, und wenn die Rudel in dieser Stadt
irgendetwas auf diese Weise regeln, dann werden sie
sich mit dem Hass, den sie füreinander hegten, selbst
zerstören.

Eine tiefe Vibration rüttelte an meinem verletzten
Arm, ein grausamer, stechender Schmerz, der mich
zusammenzucken ließ. Ich starrte auf meinen Arm, auf
das Blut, das über meine Finger tropfte. Ich musste
einen Arzt aufsuchen, ich war mir ziemlich sicher, dass
ich meinen Knochen sehen konnte.

Aber als ich die Wunde betrachtete, schien sie
immer kleiner zu werden.

Verzweifelt wischte ich das Blut von meinem Unterarm, weil ich sicher war, dass ich mir das nur einbildete.

Ich sah fassungslos zu, wie sich die Wunde vor meinen Augen schloss und die Haut wieder zusammenwuchs.

„Verdammt. Wie ist das möglich?"

Dann war es weg. Ich fuhr mit der Hand über die Haut, die nicht mehr schmerzte, die sich glatt anfühlte. Mein Herz klopfte und trieb mir das Grauen in die Adern. Ich hatte mich immer nur wie ein Mensch geheilt. Das war ... nun, das war definitiv neu.

Ein Schatten fiel auf mich, und ich hob den Kopf, um Daxon vor mir stehen zu sehen. Er trug nur seine blutverschmierte Jeans, seine Brust war mit Schnitten und blauen Flecken übersät, und seinem Gesicht erging es nicht besser. Noch mehr Blut verschmierte seine Haut, und doch starrte er nur auf meinen geheilten Arm.

Ich schluckte schwer und ließ meinen Arm sofort wieder sinken.

„Wie konntest du dich so schnell heilen? Das schaffe nicht einmal ich", fragte er.

Ich schüttelte den Kopf, während sich mein Magen zusammenzog. „I-ich weiß es nicht." Ich wich vor ihm zurück und hasste es, wie er mich anstarrte, als sähe er plötzlich einen anderen Teil von mir, einen, der Fähigkeiten verbergen würde, die einen anderen Wandler töten könnten.

Er griff nach meiner Hand und fuhr mit einem Finger zärtlich über meine Haut, wo kurz zuvor noch die Wunde gewesen war. Ein Kribbeln durchfuhr meinen Körper und ließ mich atemlos zurück. Als ich beobachtete, wie er meinen Arm untersuchte, erinnerte ich mich an die Zeit, die wir zusammen verbracht hatten. Als er mich zum kreolischen Essen ausgeführt hatte, wie er seinen Kuchen mit mir teilte, wie er mich mit seinen Küssen völlig in seinen Bann gezogen hatte. Dann hatte er mir sein wahres Gesicht gezeigt, als ich versuchte, diesen Ort zu verlassen. Ein Teil von mir befürchtete, dass sich hinter seinem goldenen Äußeren etwas viel Dunkleres verbarg, als ich zuerst gedacht hatte, und jetzt war ich mir über die Dinge zwischen uns nicht mehr so sicher.

„Rune", begann er und klang fast besorgt. „Ich habe noch nie jemanden gesehen, der sich so schnell heilt. Was bist du?"

Tränen stachen mir in die Augen, und meine Brust fühlte sich an, als würde sie sich in zwei Hälften teilen. Ich war mein ganzes Leben lang anders gewesen, aber, dass er mir diese Frage stellte, war, als würde er mir die Brust aufreißen und mich zerreißen.

Meine Gedanken rasten, suchten nach einer Erklärung, nach irgendetwas, dass ich ihm sagen konnte, aber es kam nichts dabei heraus. Stattdessen drehten sich meine Gedanken im Kreis, denn ich brauchte keine weiteren Komplikationen. Ich wusste, wer ich war. Ich war ein Nichts. Ich wusste nicht, wie ich eine andere Realität verarbeiten sollte.

Ich zog meinen Arm aus Daxons Griff, aber seine Hand schloss sich und hielt mich an seiner Seite fest. „Hab keine Angst davor." Seine Worte waren sanft, doch meine Gedanken ertranken in Verwirrung.

„Ich muss gehen", antwortete ich schließlich und löste mich aus seinem Griff.

„Rune", sagte er und schritt hinter mir her, als ich zurückwich.

„Nein, bitte nicht. Lass mich einfach in Ruhe." Ich wand mich ruckartig aus seinem Griff und rannte den ganzen Weg zurück zum Gasthaus, voller Angst vor dem, was mit mir los war.

5

RUNE

Es war mein erster Arbeitstag seit Eves Tod. Und alles fühlte sich falsch an.

Alles erinnerte mich an Eve, und ich musste mich ein paar Mal davon abhalten, zu ihr hinüberzusehen, um sie etwas zu fragen. Was dumm war. Aber ich schätze, es war schon zur Gewohnheit geworden, den ganzen Tag mit der sonnigen Blondine zu quatschen, während wir arbeiteten.

Zum gefühlt tausendsten Mal pochte der Kummer in meinem Bauch, umhüllte mich und legte sich auf meine Schultern, bis ich das Gefühl hatte, dass sich die Welt um mich herum verdunkelt hatte.

Es war seltsam, so sehr um eine fast Fremde zu trauern. Ich glaube, ein Teil von mir trauerte um den Verlust eines Neuanfangs. Eve war meine erste Freundin gewesen, ein Symbol für die Möglichkeiten an diesem Ort. Jetzt, wo sie weg war und die Stadt sich gegen mich gewandt hat ...

Ganz zu schweigen von dem Mörder, der irgendwo in der Nähe lauerte.

Oh, und meine seltsame neue Heilkraft, die aufgetaucht war.

Die Dinge hatten sich zum Schlechten gedreht.

Die ganze Stadt saß wie auf Nadeln, besonders nach der katastrophalen Bürgerversammlung. Nachbarn, die früher befreundet waren, beäugten sich nun gegenseitig misstrauisch, wenn sie aneinander vorbeigingen. Kämpfe zwischen Rudelmitgliedern waren an der Tagesordnung und die Kämpfe zwischen dem gebissenen und dem lykanischen Rudel nahmen kein Ende. Seit meiner Begegnung mit Daxon in der Nacht des Vorfalls im Rathaus vor einer Woche hatte ich weder mit Wilder noch mit Daxon gesprochen. Jedes Mal, wenn ich sie auf der Straße sah, wirkten sie angespannt, abgemagert, erschöpft. Von Jim und Carrie wusste ich, dass sie rund um die Uhr dafür gesorgt hatten, die Stadt zu beruhigen, was an sich schon eine Leistung war, da sie auch bereit gewesen waren, sich gegenseitig die Kehle rauszureißen.

Ich versuchte, Wilder nicht zu vermissen, oder Daxon. Ich versuchte, ihr Schweigen oder die Tatsache, dass sie nicht da waren, nicht zu deuten. Ich meine, warum sollte ein Mädchen, hinter dem sie her waren, so viel bedeuten, verglichen mit der Sicherheit ihrer Rudel und dem Leben, das sie für sich aufgebaut hatten?

Verstehst du, was ich meine? Ich war in einer Spirale.

Das Problem war, dass ich in den letzten Tagen viel Freizeit gehabt hatte. Ich sollte zwei Tage nach Eves Tod arbeiten, doch Marcus hatte mich wissen lassen, dass das Diner im Grunde eine Geisterstadt war, in der jeder für sich blieb und sie keine Hilfe brauchten. Ich konnte die Sorge in seiner Stimme hören, als er mit mir sprach, aber überraschenderweise hörte ich kein Misstrauen oder Urteil.

Wenn ich mir nicht bereits sicher war, dass Marcus ein guter Mensch war, dann jetzt.

Da ich nichts zu tun hatte und nicht in den Wald gehen und laufen konnte, war ich unruhig. Ich probierte es mit alten Sudoku-Rätseln, die Carrie unten herumliegen hatte, und ich versuchte, in meinem Zimmer Liegestütze zu machen und sogar spazieren zu gehen, wobei ich es riskierte, dass mich jeder anglotzte, an dem ich vorbeiging.

Aber dieser wahnsinnige Drang zu rennen, den ich noch nie verspürt hatte, bevor ich hierherkam, er ging nicht weg.

Ich lag nachts in meinem Bett, wälzte mich hin und her, der Schweiß rann mir den Rücken hinunter, während ich den Drang bekämpfte. Es wäre lächerlich und verrückt, mich da draußen in Gefahr zu begeben. Aber ich wusste im Hinterkopf, dass ich nicht ewig widerstehen konnte. Es gab etwas in mir, das die Freiheit spüren musste, die das Laufen mir zu geben begann. Es war ein Bedürfnis, kein Wunsch. Ich würde es einfach so lange wie möglich hinausschieben müssen.

Als ich schließlich einschlief, träumte ich von Eves leblosen Augen, die in den Himmel starrten, und von der Schattenkreatur im Wald.

Ich zwang mich wieder zurück in die Realität. Sagen wir einfach, dass ich im Moment nicht wie eine ausgeglichene, gut ausgeruhte Frau aussah.

Ich schüttelte den Kopf, als ich bemerkte, dass ich das Wasser aus meinem Krug auf den Tisch schüttete, anstatt in den Becher des Mannes. Der Mann warf mir einen bösen Blick zu, als etwas von dem Wasser an eine unangenehme Stelle auf seinem Schoß lief. Ich begann, den Tisch abzuwischen, wobei sich mein Lappen automatisch bewegte, um das Wasser, das auf ihn getropft war, aufzunehmen, bis ich merkte, dass ich dabei war, dem Mann im Schritt zu wischen. Er starrte mich mit weit aufgerissenen Augen an. Ich ließ meinen Blick zu seinem Tischnachbarn schweifen und stellte mit Schrecken fest, dass er mit seiner Frau hier sein musste. Sie dachte offensichtlich, dass ich ihren Mann anmachen wollte, und sah aus, als wäre sie kurz davor, mir ihr Messer in die Halsschlagader zu rammen.

Schnell zog ich meine Hand von dem unglücklicher Weise steif werdenden Schwanz des Fremden weg und wich mit flehend erhobenen Händen zurück, um jeden Angriff abzuwehren. „Ich hole dir ein paar Käsestangen, aufs Haus", platzte ich heraus, bevor ich davonhuschte.

Licia stand heute hinter der Theke, biss sich auf die Lippe und polierte das Glas in ihrer Hand kräftig, während sie sich bemühte, ihr Lachen zu unterdrücken. Sie hatte offensichtlich beobachtet, wie ich mich zum Narren gemacht hatte.

„Sag nichts", warnte ich sie, als ich die Bestellung der Käsestangen in die Computerkasse des Diners eingab und versuchte, nicht vor Verlegenheit rot zu werden.

„Du hättest dein Gesicht sehen sollen", sagte sie schnaubend, während sie sich eine Träne von der Wange wischte. „Vielleicht sollten wir Massagen als zusätzliches Angebot zum Abendessen anbieten. Harold sah aus, als hätte er Lust dazu."

„Harold", flüsterte ich angewidert, als ich einen Blick auf den fraglichen Mann warf. Seine Frau flüsterte ihm hinter ihrer Speisekarte wütend etwas zu, und Harold sah aus, als wollte er verschwinden.

Ich stöhnte wieder und lehnte meinen Kopf gegen die Wand, während ich dem Koch dabei zuhörte, wie er eine schräge Version von „Baby Got Back" pfiff. „Du kannst die Käsestangen auf meine Rechnung setzen", sagte ich ihr, als sie weiter lachte.

Sie wischte sich wieder über die Augen. „Soll das ein Witz sein? Das war vielleicht das Lustigste, was ich je gesehen habe. Ich sollte diejenige sein, die dich für die Unterhaltung bezahlt."

Ich streckte ihr die Zunge heraus und wollte gerade etwas sagen, als ein empörtes Bellen aus der Nähe meine Ohren erreichte.

Licias Nase rümpfte sich. „Herr, hilf uns", murmelte sie, als ich mich umdrehte, um zu sehen, woher das Geräusch kam.

Als Gefallen für einen seiner Kumpel hatte

Marcus die Schwester seines Kumpels eingestellt, um Eve zu ersetzen. Die neue Frau, Beverly ... war einzigartig.

„Was ist das?", fragte sie mit ungewöhnlich tiefer Stimme den verwirrt dreinblickenden Kunden an dem Tisch, vor dem sie stand. Beverly war klein und stämmig, mit hängenden Brüsten, die ihr bis zum Bauchnabel reichten. Ich wusste nicht, was für einen BH sie trug, wenn sie überhaupt einen trug, aber er war nicht sehr effektiv. Sie hatte eine Vokuhila-Frisur mit grauen Strähnen vorne und lange gewellte hinten. Ich bin mir nicht einmal sicher, ob Miyu das, was Beverly hatte, in Ordnung bringen konnte.

Abgesehen von ihrem ungewöhnlichen Aussehen, das, ehrlich gesagt, jede Vorstellung zerstörte, die ich jemals hatte, dass Werwölfe alle schön waren, hatte Beverly auch eine Einstellung, die nicht so recht zum Dienstleistungsgewerbe passte, oder eigentlich zu keiner Branche. Sie war mürrisch wie ein Pitbull, konnte die Kunden nicht einmal anlächeln, wenn es um ihr Leben ging, und schien den Eindruck zu haben, dass die Kunden ihr ein exorbitantes Trinkgeld geben sollten, egal wie ihr Service war.

Licia war wegen ihr kurz vor einem Nervenzusammenbruch.

„Ähm, Ihr Trinkgeld", antwortete der Kunde, zappelte nervös auf seiner Sitzbank und sah sich hilfesuchend um.

„Sie haben mir zehn Prozent Trinkgeld gegeben", fuhr Beverly fort, während sie wütend den fraglichen Beleg hochhielt.

„Sie haben nicht einmal mein Wasser aufgefüllt", versuchte der Mann zurückzuschlagen.

„Wenn Sie glauben, ich bin mehrfach durch das Restaurant gelaufen, um Ihnen für zehn Prozent Trinkgeld Ihr verdammtes Essen zu geben, haben Sie sich geschnitten", erwiderte Beverly, und ihre Stimme wurde mit jedem Wort lauter.

„Ich werde Marcus umbringen", stöhnte Licia, bevor sie entsetzt über ihre Wortwahl zusammenzuckte. Es war ein gefährlicher Zeitpunkt, um über die Ermordung von jemandem zu scherzen, nicht, wenn gerade echte Morde stattfanden. Ich schenkte ihr ein schwaches, beruhigendes Lächeln, ehe ich zu Beverlys Tisch hinüberging, um zu versuchen, sie zu beruhigen, bevor sie alle anderen Kunden im Laden vergraulte. Ich wollte zwar hier weg, aber ohne Geld war das nicht möglich. Zu diesem Zeitpunkt war ich mir nicht sicher, ob ich bei dem Tempo, das Wilder und Daxon vorlegten, jemals mein Auto zurückbekommen würde.

Beverlys Kunde holte seine Brieftasche aus der Tasche und fummelte mit zitternden Händen an einigen Scheinen herum.

„Mein Fehler", stotterte er verärgert und achtete darauf, Beverly nicht in die Augen zu sehen, wahrscheinlich aus Angst, dass sie ihn angreifen würde. „Ich wollte Ihnen natürlich zwanzig Prozent geben", sagte er, bevor er eilig aus der Nische rutschte und aus dem Restaurant eilte.

Ich hörte Licias schweren Seufzer, als die Eingangstür hinter ihm zuschlug. Ich bezweifelte, dass wir ihn wiedersehen würden.

Ich warf Beverly einen bösen Blick zu, aber sie sah ihn nicht. Sie war zu sehr damit beschäftigt, gierig ihr Geld zu zählen. Einen Moment lang überlegte ich, ob ich es vielleicht eine Weile mit ihrer Taktik versuchen sollte, sie bekam bestimmt viel Trinkgeld. Es würde eine Weile dauern, bis ihr die Kunden ausgingen, oder?

„Beverly, nach hinten", schnauzte Licia. Beverly straffte die Schultern, als wäre sie bereit, in den Krieg zu ziehen, und ging hinter zum Lagerraum, auf den Licia zuging.

Ich schüttelte halb amüsiert, halb verärgert den Kopf und begann, das Besteck anzurichten, während ich darauf wartete, dass die Käsestangen fertig wurden. Unsere Käsestangen waren wirklich gut. Hoffentlich war die Frau zu sehr damit beschäftigt, sie zu genießen, um mir nachzukommen, wenn ich von ihrem Tisch wegging. Vielleicht sollte ich ihr trotzdem das Messer wegnehmen, nur um sicherzugehen.

Die Klingel an der Eingangstür läutete, und ich rief dem Neuankömmling automatisch ein Willkommen zu, bevor ich überhaupt nachsah, wer hereingekommen war. Ich nahm schwach wahr, wie sich die Person an der Bar niederließ, während ich das letzte Besteck einpackte, an dem ich gearbeitet hatte.

Als ich spürte, wie sich der Blick von jemandem in mich hineinbohrte, sah ich schließlich auf, um zu sehen, wer hereingekommen war.

Das Silberbesteck fiel zu Boden, als ich sah, wer es war.

Es war Sterling, einer von Alistairs Vollstreckern. Meine Hände zitterten, als ich mich auf den Boden kauerte und versuchte, das Besteck aufzuheben. Ich spürte die Blicke der anderen auf mir, während ich herumfummelte und die Gabeln und Messer zusammensuchte, während ich versuchte, mir Zeit zum Nachdenken zu verschaffen.

Wie hatte er mich gefunden? Das konnte doch kein Zufall sein, oder? Unmöglich, dass Sterling einfach nur in der Gegend war und irgendwie den Weg hierher gefunden hatte?

Fuck, fuck, fuck. Was sollte ich nur tun?

„Bestellung fertig", rief der Koch. Ich wischte mir die verschwitzten Handflächen an der Schürze ab und stand auf, wobei ich versuchte, mein Gesicht ausdruckslos zu halten und die Panik, die ich empfand, nicht zu zeigen. Von allen Alistairs Vollstreckern war Sterling derjenige, der von Panik lebte. Er liebte es, wenn er die Gelegenheit hatte, über die Schwächeren zu herrschen. Er hatte eine besondere Vorliebe dafür, seine Autorität bei den Mädchen des Rudels einzusetzen. Ich hörte ihre Schreie manchmal aus dem Hinterzimmer des Hauses, das Alistair für „Rudelangelegenheiten" nutzte.

Ich konnte kaum einen Schauer unterdrücken, als ich losging, um den dampfenden Teller mit den Käsestangen und dem Ranch-Dressing zu holen, mit dem wir sie servierten. Sterling ignorierte ich geflissentlich, als ich an ihm vorbeiging, um zum Tisch zu gelangen. Ich stellte das Essen ab und registrierte kaum den mörderischen Blick der Frau. Sie war im Moment das geringste meiner Probleme.

Ich sah mich im Raum um, um zu schauen, ob noch

jemand etwas brauchte, das ich als Ablenkung benutzen konnte, aber alle sahen zufrieden aus.

Trotzdem schnappte ich mir einen Wasserkrug und begann, die bereits vollen Getränke aufzufüllen, während ich immer langsamer wurde, je weniger Gläser es noch aufzufüllen gab.

Ich wünschte mir, dass Licia und Beverly zurückkommen würden, aber was konnten sie schon tun? Selbst Beverly, so kämpferisch sie auch war, hätte keine Chance gegen einen Rudelvollstrecker wie Sterling.

Ich holte tief Luft und beschloss, es einfach hinter mich zu bringen. Ich wusste, dass Alistair hinter mir her war. Nicht nur, dass ich seine Gefährtin war, ob er mich nun zurückgewiesen hatte oder nicht, ich hatte dem Kerl auch noch seinen Augapfel herausgeschnitten und ihn und alle seine Männer unter Drogen gesetzt.

Ich hatte nur gehofft, dass er mit seiner Suche keinen Erfolg haben würde. Als ich hinter die Bar ging, um mich Sterling zuzuwenden, war es fast so, als ob ich im Hintergrund eine Todesglocke hören konnte, die mir bei jedem Schritt sagte, wie sehr ich am Arsch war.

„Was kann ich für dich tun?", fragte ich Sterling und bemühte mich immer noch, mein Gesicht ausdruckslos zu halten, als würde ich ihn nicht erkennen, auch wenn mein Tonfall vor Verachtung triefte.

Etwas in Sterlings Wange zuckte bei meiner Unverschämtheit. Solange er mich kannte, war ich praktisch stumm gewesen. „Ja, Sir. Nein, Sir. Bitte nicht, Sir." Das waren im Grunde die einzigen Worte, die ich zu ihm gesagt hatte.

Sterling starrte mich mit einem kleinen Grinsen im Gesicht an, während ich seine Gesichtszüge katalogisierte. Er sah gut aus, wie alle von Alistairs Männern. Er trug ein schickes Hemd mit hochgeschlagenem Kragen, ein sichtbares Zeichen für die Dummheit dieses Mannes. Offensichtlich hatte ihm immer noch niemand gesagt, dass hochgeschlagene Kragen nicht mehr in waren. Schade.

Sterlings Haare waren perfekt geschnitten, und ich war mir sicher, dass er falsche Strähnchen im Haar hatte. Ich dachte, er hätte sich sogar die Augenbrauen wachsen lassen, denn die sahen schon immer ein bisschen zu perfekt geformt aus, um echt zu sein.

Sterling sah vielleicht aus wie ein adretter Junge, der beim ersten Anzeichen von Ärger wegläuft, aber das war weit von der Wahrheit entfernt. Er hatte eine grausame Ader, die eine Million Meilen lang war. Ich hatte ihn persönlich bei den Kampfnächten erlebt, die Alistair veranstaltete, um Missstände im Rudel zu beseitigen, und wie er Männern, die doppelt so groß waren wie er, die Scheiße aus dem Leib prügelte.

Ich hatte Angst vor ihm, seit ich ihn kennengelernt hatte, doch im Moment? In diesem Moment konnte ich keine Angst empfinden. Alles, was ich fühlte, war Hass. Diese Stadt hatte vielleicht eine Menge Probleme. Vielleicht war sie im Moment auch nicht gerade besonders einladend. Aber zumindest hatte sie sich für einen Augenblick ein wenig wie meine Stadt angefühlt.

Und jetzt war Sterling hier und ließ Alistair in die Luft um mich herum durchsickern, damit ich mir diesen Ort nicht mehr vorstellen konnte, ohne ihn auch hier zu sehen.

Warum musste alles so beschissen sein?

Ich ballte frustriert die Fäuste und keuchte, als ich spürte, wie etwas in meine Haut schnitt. Offensichtlich hatte ich ein Messer genommen, ohne hinzusehen.

„Es ist auch schön, dich zu sehen, Rune", schnurrte Sterling, und ich zuckte zusammen, als ich meinen Namen von seinen Lippen hörte. „Wir haben uns seit dem kleinen Zwischenfall alle große Sorgen um dich gemacht."

Zwischenfall. So nannten sie es also?

Ein kleines Schnauben entrang sich meinen Lippen, doch mein Herz klopfte, als ich an Alistair dachte.

Überraschenderweise tat der Gedanke an ihn nicht so weh wie früher.

Ich lehnte mich dicht an ihn heran und ließ alle Hemmungen fallen. „Ich gehe nicht mit dir zurück", schwor ich ihm, und ich hoffte, er konnte die Entschlossenheit in meinen Augen sehen. Ich hoffte, er konnte sehen, wie sehr ich treten und schreien und es ihm so schwer wie möglich machen würde, mich von diesem Ort wegzuholen.

Es hatte mich alles gekostet, beim ersten Mal zu entkommen.

Und ich wusste, dass ich nie wieder die Chance dazu bekommen würde, wenn Alistair mich noch einmal in seine Fänge bekam.

Sterling sah ein wenig schockiert über meine Worte aus, was ich ihm nicht verübeln konnte. Ich erkannte mich heute kaum wieder. In gewisser Weise war ich wiedergeboren worden, als ich von Alistair geflohen war. Ich wollte nicht sagen, dass mir gefiel, wer ich geworden war. Aber zumindest war ich anders als die schwache Kreatur vorher.

Ich richtete das Messer auf Sterling und versuchte, es vor den Augen der Kunden zu verbergen. Ich war stolz auf mich, dass ich nur ein bisschen zitterte.

„Du musst sofort gehen", sagte ich ihm und versuchte, so viel Mut wie möglich aufzubringen.

Er warf den Kopf zurück und lachte. „Weißt du, die ganze Zeit über haben wir Alistair dafür bemitleidet, dass er dich als Partner hat, dachten, er hätte das Richtige getan, als er dich beiseiteschob, obwohl es ihm höllisch weh getan haben muss. Eine kleine Maus wie du mit dem nächsten Alpha? Das war eine Beleidigung, Rune", sagte er seidenweich und beugte sich näher zu mir. „Aber nach dem, was du getan hast, um zu entkommen, und dem, was ich jetzt sehe, fange ich an zu glauben, dass er es vermasselt hat."

Diesmal konnte ich den Schauer nicht zurückhalten, der mir bei der ungezügelten Lust in seinen Augen über den Rücken lief. Ich wusste nicht einmal, was ich sagen sollte.

Er blinzelte ein paar Mal und schüttelte den Kopf, und als er mich wieder ansah, war die Lust verschwunden. „Pech für dich, Rune. Ich glaube, der Boss ist nicht wirklich zufrieden mit dir. Verstehst du? Das war eine ziemlich unanständige Sache, die du da gemacht hast. Du wirst ihn noch lange Zeit um Verzeihung bitten müssen."

Er sprach absichtlich langsam, um zu betonen, wie lange ich betteln würde.

In diesem Moment kam Licia um die Ecke, gefolgt von einer mürrisch dreinblickenden Beverly. Ich wischte mir die verschwitzten Hände ab und eilte hinter der Bar vor, weg von Sterling. Licia runzelte die Stirn und warf Sterling einen fragenden Blick zu und dann mir, aber ich wich ihrem Blick aus. Ich wusste, dass es Sterling nichts ausmachen würde, alle Menschen hier abzuschlachten, um zu bekommen, was er wollte.

Ich muss hier weg. Ich muss weg, rief ich, am Rande einer Panikattacke.

Als ich um die Bar herum war, starrte ich ausdruckslos umher und wusste nicht, was ich tun sollte. In diesem Moment rief der Koch, dass eine weitere Bestellung fertig war. Bevor Licia oder Beverly sie nehmen konnten, warf ich das Essen auf ein Tablett und ging hinaus zum Tischbereich, wobei ich erst mit Verspätung bemerkte, dass ich keine Ahnung hatte, für welchen Tisch das Essen bestimmt war.

Sterling drehte seinen Stuhl herum, um mich anzusehen, und ich schwöre, ich war kurz vor einem Nervenzusammenbruch. So viel zu all der Tapferkeit, die ich vorgetäuscht hatte. Ich hatte mich nicht verändert. Ich war immer noch eine kleine Maus.

In diesem Moment läutete die Ladentür, und ich schwöre, dass ich fast in Tränen ausgebrochen wäre, weil Daxon gerade hereinkam. Ich warf das Essen auf einen Tisch in der Nähe, ohne mich zu vergewissern, ob es dort hingehörte, und stürzte mich dann auf den überraschten Daxon.

„Schatz, was ist los?", fragte er leise, und der süße Tonfall erinnerte mich daran, wie er gewesen war, bevor ich herausfand, dass die Stadt voller Wölfe war. Ich drückte ihn einfach fester an mich und war einen Moment lang unfähig zu sprechen.

Wann hatte er angefangen, sich so anzufühlen? Als ob er mein sicherer Ort wäre? Er hatte sicherlich nichts getan, um diesen Titel zu verdienen. Und doch lag ich hier in seinen Armen und war so verdammt glücklich, dass er hier war.

In diesem Moment kam Sterling vorbei und ging auf die Tür zu. Er hielt meinen Blick die ganze Zeit fest, während er den Raum durchquerte, das gleiche grausame Grinsen auf den Lippen. „Wir sehen uns, Rune", sagte er mit einer Stimme voller Versprechen.

Daxon erstarrte an mir, als er Sterlings Aussage hörte. Er setzte mich vorsichtig ab, bevor er sich umdrehte und Sterling mit einem furchterregenden Blick aufspießte. Sterling seinerseits behielt sein großspuriges Gesicht bei, sein Lächeln wurde nur ein wenig schwächer. Er hielt Daxons Blick eine lange Minute lang fest, bis er schließlich gezwungen war, sich zu fügen und den Blick abzuwenden. Das machte ihn offensichtlich wütend, denn er stürmte aus dem Restaurant, die Tür knallte hinter ihm zu. Wir hatten Glück, dass sie nicht kaputt war.

Es spielte keine Rolle, dass Sterling jetzt ging. Ich wusste, dass er zurückkommen würde.

Daxon sah Sterling hinterher, bis er außer Sichtweite war. Ich zuckte zusammen, als er sich plötzlich umdrehte und mich am Arm packte. „Wir müssen reden", verkündete er streng, während er begann, mich in Richtung Hinterzimmer zu ziehen. Licia warf mir im Vorbeigehen einen nervösen Blick zu, und Beverly schlug mit der Faust in ihre Hand, als wolle sie mich fragen, ob ich wolle, dass sie Daxon verprügelt. Es wäre sicher interessant zu sehen, wie sie es anstellen würde.

Ich quietschte, als er mich weiterzog und ich mich im Lagerraum wiederfand. Durfte er überhaupt hier sein?

„Wer war der Typ?", knurrte Daxon, und meine Augen weiteten sich, als ich sah, wie wütend er aussah. Oder vielleicht war wütend nicht das richtige Wort. Daxon war ... eifersüchtig?

„Ein Albtraum aus meiner Vergangenheit", sagte ich mit einem zittrigen Seufzer. „Sterling. Er ist einer der Vollstrecker meines Ex. Offensichtlich hat mein Ex nach mir gesucht." Ich schlang meine Arme um mich und versuchte, die plötzliche Kälte abzuwehren. „Und er hat mich endlich gefunden."

„Ist das der Ex, von dem du mir erzählt hast, dass du vor ihm wegläufst?", fragte er und eine seltsame Intensität legte sich auf seine Haut. Es war, als könnte ich sehen, wie es passiert. Während wir dastanden und uns unterhielten, wurde Daxon zu jemand anderem. Jemand dunkleres ... noch mehr außer Kontrolle.

Seine Bemerkung erinnerte mich an das Date, das wir hatten. Das schien jetzt eine Million Jahre her zu sein. Es war schwer zu glauben, dass das jemals passiert war. Besonders mit der Version von Daxon, die jetzt vor mir stand.

Ich nickte und versuchte, mich zu beherrschen, bevor ich in Tränen ausbrach. Aber es war schwer zu kontrollieren. Die Angst war heiß und dick in meinem Magen.

Plötzlich zog er mich in seine Arme. „Scheiße. Du hast eine Scheißangst, Schätzchen. Dein ganzer Körper zittert", sagte er, während er sich um mich schlang.

Ich sog die Wärme und die Dunkelheit, die ihn umgab, in mich auf. Es fühlte sich tröstlich an, beschützend. Wahrscheinlich hätte ich erschrecken müssen, wie viele Masken Daxon zu tragen schien. Ich glaubte nicht, dass ich sein wahres Ich schon kennengelernt hatte. Aber irgendwie war ich nicht beunruhigt. Irgendetwas in mir sagte mir, dass Daxon für alle anderen gefährlich war, nur nicht für mich.

„Ich kümmere mich darum", flüsterte er mir ins Ohr, und ich nickte, während ich mich weiter an seine Brust schmiegte. Es war schön, zu vertrauen ... auch wenn sich das Vertrauen ein wenig blind anfühlte.

Ich hatte schon einmal vertraut, darauf gebaut, dass mein Schicksalsgefährte nur das Beste für mein Herz im Sinn haben würde. Und ich war zerstört worden.

Es war schwer, den Sprung erneut zu wagen, vielleicht auch dumm, da Daxon immer noch ein Fremder war, aber die Wahrheit war, ich war erschöpft. Ich musste ihm vertrauen, dass er mir helfen würde, denn ich hatte keine anderen Möglichkeiten. Und so sehr ich weglaufen wollte, ich würde nicht weit kommen.

Bitte verrate mich nicht, flüsterte meine Seele ihm zu.

Und obwohl ich es mir wahrscheinlich nur einbildete, schwor ich, dass seine Seele zurück flüsterte, niemals.

Daxon

Das Schlimmste daran, ein Psychopath zu sein, ist, dass man die ganze Zeit so verdammt gut drauf sein muss. Eines Tages wollte ich mich einfach häuten, metaphorisch natürlich, und der Welt zeigen, wer ich wirklich war. Natürlich würde das bedeuten, dass ich den ganzen Spaß verlieren würde, den ich dabeihatte, alle um mich herum auszutricksen. Nur Wilder schien einen Verdacht zu haben, dass das Gesicht, das ich der Welt zeigte, nicht das war, was ich wirklich war. Er war schon immer ein schlaues Kerlchen gewesen.

Ich hatte Sehnsüchte. Verlangen, das sich manchmal überwältigend anfühlte. Das Beste, was ich tun konnte, war, alles zurückzuhalten, bis ich einen günstigen Zeitpunkt fand, einen, der mich nicht in die Zehn-Uhr-Nachrichten bringen würde. Aber im Moment hatte ich das Verlangen, Rune mein wahres Ich zu zeigen. Das Lächeln des Goldjungen abzuschütteln und zu sehen, was sie von dem Monster darunter hielt. Das Monster, das nach Blut lechzte, das sich an der Schönheit eines Schnittes auf der Haut erfreute, das den Klang des Schmerzes liebte.

Rune war schüchtern, ängstlich ... gebrochen. Aber

etwas in mir sagte mir, dass sie eine dunklere Seite hatte. Eine, der es nichts ausmachen würde, was meine Dunkelheit ihr geben würde.

Die Fähigkeit, sich keine Sorgen zu machen. Weil es da draußen keine Monster gab, die mehr Angst hatten als ich. Wenn sie jemals zustimmte, mir zu gehören, würde sie nie wieder Angst vor der Dunkelheit haben müssen.

Vielleicht würde sie sich mir dort sogar anschließen.

Sie schien ruhiger geworden zu sein, nachdem er gegangen war. Ich konnte das zerbrechliche Vertrauen spüren, das sie mir entgegenbrachte. Und ich hatte nicht vor, sie zu enttäuschen. Dass ich ihr half, passte zufällig zu einer meiner Lieblingsbeschäftigungen. Es war immer perfekt, wenn sich die Dinge so entwickelten.

Ein paar alte Hasen kamen vorbei, und ich schenkte ihnen mein schönstes Lächeln. Sofort fingen sie an zu kichern und zu erröten. Sie waren leichte Beute. Die meisten der Meute und der Stadtbewohner im Allgemeinen waren so. Sie sahen, was sie sehen wollten. Nur die, die mir an Macht am nächsten standen, meine Betas ... und Wilder, ein Alpha wie ich, hatten das Gefühl, dass etwas nicht stimmte. Ich konnte es manchmal in den Blicken meiner Betas sehen. Sie studierten mich und dachten, ich würde es nicht bemerken, obwohl ich verdammt noch mal alles bemerkte. In diesen Momenten konnte ich die Angst in ihnen riechen, weil sie sich fragten, wann ich meine Aufmerksamkeit in ihre Richtung lenken würde.

Natürlich habe ich mich nie einem von ihnen anvertraut, was ich wirklich gerne zum Spaß tat, doch ich bin sicher, dass ihnen der Gedanke manchmal durch den Kopf ging ... sie fragten sich, wer ich wirklich war. Sie haben aber nie tiefer geforscht. Als Wolf war es einem in Fleisch und Blut übergegangen, sich seinem Alpha zu unterwerfen. Und ich mag ein Psychopath sein, doch ich habe diese blinde Ergebenheit nie verraten. Vielleicht war es das einzig Anständige an mir.

In diesem Moment summte mein Handy, und ich zog es aus der Tasche, in der Hoffnung, dass ich die gewünschten Informationen erhalten würde.

Jawbone Pub, Sin, mein Beta, hatte mir eine Nachricht geschickt. Sobald ich den Fremden in der Bar bemerkt hatte, hatte ich meine Männer in Bewegung gesetzt, um sicherzustellen, dass er jederzeit im Auge behalten werden konnte.

Ich kümmere mich um ihn, schrieb ich zurück und signalisierte ihm, dass er sich um seine Angelegenheiten kümmern sollte. Wenn ich mit ihm fertig war, brauchte ich Sterling nicht mehr beobachten zu lassen.

Ich machte mich auf den Weg zum Pub. Ich war schon eine ganze Weile nicht mehr dort gewesen. Es war ein Ort, an dem ich meine Glücksdame für die Nacht abholen würde, aber seit ich Rune kennengelernt hatte ... nun, ich hatte nicht mehr den Drang dazu verspürt. Eines kann man dem Dämon, der in mir lauerte, nicht nachsagen: Nachlässigkeit. Er kümmerte sich um niemanden, außer um sie. Ein Blick auf sie, und wir waren besessen, entschlossen, jeden zu verstümmeln, zu töten, zu zerstören, auszulöschen, der zwischen uns und unserem Mädchen stand.

Sterling bemerkte mich sofort, als ich den Pub betrat. Er saß an der Bar in der Ecke, ein Zeichen für seine Ausbildung zum Vollstrecker. Es war einer der wenigen Plätze, an denen man sitzen und alle um sich herum sehen konnte. Er war nicht darauf aus, von hinten überfallen zu werden.

Ich schenkte ihm ein charmantes Lächeln mit einem Hauch von Zähnen, genug, um ihn darauf aufmerksam zu machen, dass ich eine Gefahr darstellte, ihn aber nicht in die Flucht schlagen würde.

Dietra schenkte mir ein breites Grinsen und beugte sich bereits vor, um mir einen möglichst guten Blick auf ihren Vorbau zu gewähren, ohne sich tatsächlich auszuziehen. Ich hatte den Fehler gemacht, sie bei einem Blue Moon zu ficken, und seitdem war sie hinter meinen Eiern her.

Ich war nicht interessiert.

Ich schlenderte zu meiner Beute hinüber und setzte mich neben ihn, um Dietra zu signalisieren, dass ich das Übliche haben wollte. Ich konnte die Blicke der anderen im Raum spüren. Bei einem Fremden und einem Gebissenen in der Bar hatten sie Mühe, ihre Augen von uns abzuwenden. Normalerweise würden sie zumindest so tun, als würden sie mich nicht anstarren, da wir seit Generationen in Frieden zusammenleben. Doch mit Eves Tod hatte sich das geändert. Sie hatten immer noch Angst vor mir, wie es sich gehörte, aber offensichtlich waren sie entschlossen, den großen bösen Wolf im Raum im Auge zu behalten.

„Ich habe das Gefühl, dass Sie nicht die Willkommensgarde sind", sagte der bereits tote Mann, während er einen langen Zug von seinem Bier nahm und seine Hände nur leicht zitterten. Das war mir auch im Restaurant aufgefallen, als ich mir überlegt hatte, wie genau ich ihn töten und seine Leiche zerstückeln würde. Er machte ein tapferes Gesicht, aber er hatte zittrige Hände. Ich bin mir sicher, dass sein Alpha genau das an ihm liebte.

Ich brummte kurz unverbindlich vor mich hin, als Dietra zu mir kam, um mir mein Lieblingsbier zu bringen, ein lokales Bier aus einer nahe gelegenen Stadt. Jawbone war der einzige Laden in der Stadt, der es führte. Sie schenkte mir ein hoffnungsvolles Lächeln. Sterling verschlang sie mit einem Funkeln in seinem Blick, das mir verriet, dass, wenn er die Nacht überleben würde, Dietra es vielleicht nicht tun würde.

„Ich sage dir Bescheid, wenn ich noch etwas brauche", sagte ich zu Dietra mit einem Zwinkern, und ihr Lächeln wurde schwächer, als sie den Hinweis bekam, dass sie nicht erwünscht war.

Sterling schnaufte neben mir, als sie ging, und ließ sich die Gelegenheit nicht entgehen, ihren Hintern zu beobachten, als sie wegging.

„Warnen Sie mich jetzt vor der Stadt?", sagte er schließlich, da mein Schweigen offensichtlich seinen Zweck erfüllte, ihn zu verunsichern.

Ich kicherte düster. „Ganz im Gegenteil, mein Freund. Ich freue mich, dass Sie in die Stadt gekommen sind."

Sein Blick schoss zu mir, eine weiße Linie erschien

um seine Lippen, während ich seinen Duft nach Angst riechen konnte.

Ich nippte an meinem Drink und summte ein wenig vor mich hin. Ich spürte, wie seine Angst wuchs.

Es war köstlich.

„Ich kenne dein Spiel, Beißer. Aber es wird nicht funktionieren. Du wirst mich nicht verscheuchen. Und weißt du was, ich habe beschlossen, dass ich es verdiene, ein bisschen zu spielen, bevor ich Rune zu meinem Alpha zurückbringe. Ihre Fotze muss doch etwas wert sein, meinst du nicht? Ich meine, es hat gereicht, um ihn in den Wahnsinn zu treiben, selbst, nachdem er sie zurückgewiesen hat." Dann lachte er, wobei der Ton ein wenig zu hoch war, um jemanden zu täuschen. Er war kurz davor, sich in die Hose zu machen. „Glaubst du, sie ist ein Schreihals? Steht sie auf ein bisschen Schmerz? Weil ..."

In diesem Moment stach ich ihm eine Spritze ins Bein, denn ich hatte es satt, mir seinen Scheiß anzuhören. Normalerweise spielte ich lieber mit meinen Opfern, aber wenn ich mir das Gerede eines anderen Mannes über Rune anhörte, ist meine Belastungsgrenze erreicht.

Mit dem nächsten Teil meines Vorhabens würde ich noch viel Spaß haben.

Die Droge setzte schnell ein, wanderte durch seinen Blutkreislauf und erzeugte eine euphorische Wirkung. Jeder, der ihn beobachtete, würde denken, Sterling hätte einen Drink zu viel gehabt. In Wirklichkeit hielt die Droge ihn in seinem Kopf gefangen. Sein

Körper konnte sich bewegen, doch er hatte nicht mehr die Kontrolle.

Aber ich.

„Komm, wir helfen dir auf, Kumpel", sagte ich und half ihm vom Stuhl. Ich schenkte Dietra ein kokettes Lächeln, und sie fiel beinahe in Ohnmacht, als ich Sterling zur Tür begleitete. „Ich glaube, er spürt das letzte Getränk. Ich werde ihm helfen, ins Hotel zu kommen."

Sie sah mich an, als wäre ich eine Art Held, und ich zwinkerte ihr zu, nur um sicherzugehen, dass alles, woran sie sich von dieser Nacht erinnern würde, der Gedanke war, dass sie mit mir endlich etwas erreichen könnte. Ich klopfte Sterling auf den Rücken, und er stolperte ein Stück nach vorne, bevor er wie in Trance zur Tür ging.

Als wir draußen waren, wies ich Sterling den Weg zum hinteren Teil der Bar, wo ich mein Auto geparkt hatte. Nicht viele Leute wussten, dass ich überhaupt ein Auto hatte, da ich normalerweise mit dem Motorrad überall hinfuhr. Es war perfekt, um zusätzliche Passagiere zu verstauen.

Sterling saß ruhig auf dem Beifahrersitz, starrte ausdruckslos vor sich hin und zuckte ab und zu zusammen. Ich schaltete das Radio ein und sang mir das Lied „Welcome to the Jungle" von der Seele. Es war ein Oldie, aber ein guter Song.

Wir fuhren aus der Stadt hinaus und über die einspurige Straße, die sich durch den Wald schlängelte, bis wir die Abzweigung zu meiner Hütte erreichten. Ein zugewachsener Feldweg bog links ab, und ich nahm ihn, wobei mein Gesang immer lauter wurde.

Nach einer Meile Fahrt kam ich um eine weitere Kurve, und dann war ich da. Ich konnte es kaum erwarten, diesen Ort eines Tages Rune zu zeigen, ich wusste, sie würde es verstehen. Man brauchte einfach einen Ort, an dem man dem Alltag entfliehen konnte.

Ich schnaubte bei dem Gedanken, während ich einparkte. Ich stieg aus dem Auto aus, atmete den Wald um mich herum ein und schnupperte die Luft, um sicherzugehen, dass sich niemand in der Nähe befand. Die Luft war herrlich klar.

Ich ging hinüber zur Beifahrertür und öffnete sie. Sterling saß ruhig da und schaute nicht einmal zu mir herüber.

„Willkommen zu Hause, Sterling. Ich glaube, es wird dir hier richtig gut gefallen."

Sterling stolperte, als ich ihn am Arm packte und aus dem Auto hievte. Ich schob ihn durch das Erdgeschoss der Hütte in das hintere Gästeschlafzimmer, wo sich hinter einem Regal in der Wand eine Treppe befand, die in den „Unterhaltungsraum" des Hauses führte.

Ich schob Sterling vor mir her und stieß ihn dann prompt die Treppe hinunter. Die Drogen wirkten so perfekt, dass er nicht einmal schrie, als er die gesamte Treppe hinunterfiel.

Das würde ich ändern müssen. Es war immer besser, wenn sie schrien.

In der Mitte des Raumes stand ein Stuhl, darunter ein Abfluss. Der Boden war in der Mitte etwas abgesenkt, so dass Flüssigkeiten leicht abfließen konnten. Ich setzte ihn auf den Stuhl, ging hinüber zu einem Regal und schaltete meine Musikanlage ein, die klassische Rockmusik spielte, während ich mich an die Arbeit machte.

Zuerst band ich seine Knöchel an den Stuhlbeinen fest und fesselte dann seine Arme hinter ihm. Dann nahm ich eine Spritze mit dem Gegenmittel für die Droge, die ich ihm zuvor gespritzt hatte, stach sie ihm in den Oberschenkel und legte mein Werkzeug bereit, während das Mittel wirkte.

Erschrockenes Atmen setzte ein, zusammen mit kurzen, stöhnenden Atemzügen.

Sterling war wieder da.

Ich ging um ihn herum und hockte mich dann vor ihn hin.

„Wie fühlst du dich, Kumpel?", fragte ich und lächelte wild.

Ich kicherte, als sich die Vorderseite seiner Hose dunkel färbte, weil er sich einpisste, und sein Keuchen nahm zu.

„Was machst du ...", begann er.

Prompt schnitt ich ihm mit dem Messer, das ich in der Hand hielt, die Zunge ab.

Seine Schreie erhellten den Raum.

Ich schloss meine Augen, der Klang war besser als jede Musik, die ich je gehört hatte.

„Du hättest sie in Ruhe lassen sollen, Sterling. Keiner wird mir Rune wegnehmen, niemand. Nicht du und schon gar nicht dein Boss. Und jeder, den er zu ihr schickt, wird sich in genau der gleichen Situation wiederfinden wie du jetzt."

Sterling blubberte, Tränen und Rotz liefen ihm

über das Gesicht, zusammen mit dem Blut natürlich. Wunden im Mund bluteten immer sehr stark.

Ich fuchtelte mit dem Messer vor seinem Gesicht herum und sah zu, wie Sterling verzweifelt versuchte, sich zu bewegen und wegzukommen, was ihm natürlich nicht gelang.

„Mal sehen, glaubst du, dein Alpha würde sich über deinen Kopf, deine Hand oder deinen Schwanz als kleines Geschenk freuen?"

Sterlings gedämpfte Schreie wurden lauter.

„Tut mir leid, Mann, ich kann dich nicht ganz verstehen." Ich lachte. „Hast du ‚Schwanz' gesagt? Du willst ihm deinen Schwanz schenken? Ich stimme zu, das ist wahrscheinlich das Beste. Das ist bestimmt die beste Warnung für ihn, was genau mit jedem Schwanz passiert, der Rune zu nahekommt."

Ich schlitzte die Vorderseite seiner Hose auf, so dass sein kleiner Schwanz zum Vorschein kam. „Kein Wunder, dass du so ein Trottel bist, Sterling. Das wäre ich wahrscheinlich auch, wenn ich so einen Stummel hätte." Ich kicherte wieder, als er aufschrie.

Ich ging zu meinem Tisch hinüber und nahm das große Fleischermesser in die Hand. „Das sollte ganz gut funktionieren. Es ist stumpf genug, dass es ein paar Schnitte braucht, um ihn zu entfernen."

Sterling war zu diesem Zeitpunkt schon voll am Schreien. Er war völlig verängstigt. Es war fantastisch.

Ich ging hinüber und stellte mich direkt vor ihn, als „Sweet Caroline" aus den Lautsprechern ertönte. „Jetzt sing beim Refrain unbedingt mit", ermahnte ich ihn, während ich das Messer hob. „Und grüße den Teufel von mir."

Ich schnitt mit dem Messer an der Wurzel seines Schwanzes entlang.

Ich hatte recht gehabt - das Messer war wirklich zu stumpf, um es mit einem einzigen Schnitt zu erledigen.

Der Soundtrack war zu etwas Dunklerem, Kantigerem übergegangen, während ich versuchte, mich nach dem Rausch, der immer nach einem Mord kam, zu beruhigen. Ich wusch mir die Hände, das Wasser war zunächst dunkelrot, wurde aber schließlich klarer. Sterling lag in Stücken neben dem Stuhl. Ich hatte für einen Moment die Kontrolle verloren, als ich über die Dinge nachdachte, die er über Rune gesagt hatte. Der Raum war ein wenig verwüstet. Zeit zum Aufräumen.

Ich warf meine Klamotten und Sterlings Leiche in den Schweinestall, den ich draußen hatte, natürlich ohne seinen Schwanz, der an Runes Ex geschickt werden würde. Um das Unvermeidliche hinauszuzögern, duschte ich und zog mir ein paar neue Klamotten an. Mein ganzer Körper zitterte von dem Adrenalinstoß. Es gab nichts Vergleichbares.

Aber schließlich konnte ich mich nicht länger zurückhalten.

Ich musste Rune sehen.

Ich fuhr wie ein Wahnsinniger zurück in die Stadt,

stellte zuerst mein Auto in einer Garage in der Nähe meines Hauses ab und schnappte mir dann mein Bike.

Irgendwie schaffte ich es bis zum Gasthaus.

Nimm dich zusammen, Mann. Sie ist noch nicht bereit.

Ich winkte mit dem Finger nach Jim, als ich durch den Bar- und Restaurantbereich ging. Er warf mir einen wissenden Blick zu, den ich ignorierte. Die Lykaner waren mir völlig egal. Alles, was mich interessierte, war, zu ihr zu gelangen.

Die Treppe schien eine Ewigkeit zu dauern, aber schließlich stand ich vor ihrer Tür.

Mein Körper zitterte wie ein verdammter Junkie, und ich wusste, wenn sie mich sah, würde sie sofort wissen, dass etwas nicht stimmte.

Ich holte tief und zitternd Luft und klopfte an die Tür.

*R*une

*I*ch schritt nervös in meinem Zimmer umher und fragte mich, wann Sterling wohl seinen Zug machen würde. Daxon hatte gesagt, er würde sich um ihn kümmern, aber was bedeutete das? Konnte es so einfach sein? Dass ein Mann mir tatsächlich etwas verspricht und sein Versprechen dann auch einhält?

Es schien zu schön, um wahr zu sein.

Es klopfte an die Tür, und ich sprang auf, mein Herz flatterte wild bei dem plötzlichen Geräusch.

War es Sterling? War er wegen mir gekommen?

„Wer ist da?", rief ich, obwohl ich wusste, dass ihn das nicht davon abhalten würde, hereinzukommen, egal, was ich tat. Doch wenigstens könnten die Leute unten meine Schreie hören.

Aber so, wie sie sich in letzter Zeit verhielten, war ich mir ziemlich sicher, dass sie mich sofort der Folter ausliefern würden.

„Ich bin's", sagte Daxon grob, und in seiner Stimme lag ein Hauch von Verzweiflung.

Ich stieß einen Seufzer der Erleichterung aus und riss die Tür auf.

Kaum hatte ich das getan, war Daxon auf mir, seine Lippen drückten sich wie wild auf mich, als hätte er sich noch nie in seinem Leben so sehr nach etwas gesehnt. Unsere Lippen prallten immer wieder in einer harten, schnellen Umarmung aufeinander. Eine Berührung von ihm, und ich war wie besessen. Wir umklammerten unsere Gesichter wie Rettungsringe, als sich unsere Münder auf einer so tiefen Ebene verbanden, dass ich schwor, seine Seele zu schmecken.

Wir zogen aneinander, beide verzweifelt bemüht, einander so nah wie möglich zu kommen. Unsere Körper bäumten sich vor Verlangen auf, als alles, was sich in den letzten Wochen angesammelt hatte - jede Berührung, jeder Gedanke, jeder schwere Blick - in diese Umarmung und ineinander überging.

Ich wollte nicht, dass es aufhört.

Er drückte sich gegen mich, und das war alles, was

ich brauchte, um in seine Arme zu springen, seine Hände drückten und kneteten meinen Hintern, während er uns zum Bett führte.

Eine kleine Stimme in meinem Hinterkopf erinnerte mich daran, dass ich Wilder erst vor kurzem auf diesem Bett gehabt hatte.

Ich sagte der Schlampe, sie solle verdammt noch mal die Klappe halten.

Er drückte wieder gegen mich, und ich presste meine Schenkel um ihn, selbst als er mich auf das Bett legen wollte, und zwang ihn, mir zu folgen. Ich wollte mehr, aber irgendwie wollte ich auch weniger. Weniger Kleidung auf jeden Fall.

Und vielleicht auch weniger Denken.

Als er mich berührte, schien die Vergangenheit zu entschwinden, fast so, als würde sie nicht existieren. Wenn es eine Möglichkeit gäbe, dieses Gefühl in Flaschen abzufüllen, würde ich es tun, damit ich es immer bei mir tragen und mich frei von den Erinnerungen fühlen könnte, die mich ständig verfolgten.

Ich hätte nie gedacht, dass ich Sex genießen würde, mich sogar danach sehnen würde, nach allem, was ich durchgemacht hatte. Wie alles andere in meinem Leben hatte meine Mutter es romantisch dargestellt, wie es sein würde mit dem Einen und Einzigen Liebe zu machen. Ich hatte mich sogar für meinen wahren Partner aufgespart.

Und während das bei einem anderen Paar vielleicht eine epische Liebesgeschichte gewesen wäre, war es einfach nur tragisch, mich für Alistair aufzuheben. Manchmal fühlte es sich nicht einmal real an, was er mir in jener Nacht antat, nachdem er mich zurückgewiesen hatte. Als wäre es jemand anderem passiert und nur ein Film, den ich leider immer wieder in meinem Kopf sah.

„Bleib bei mir", befahl er atemlos, während er eine Hand in mein Haar schob und es fest am Hinterkopf packte, meinen Kopf zurückzog und unseren Kuss vertiefte. Sein fester Griff fixierte mich. Meine Gedanken kreisten um die Art und Weise, wie sich seine Lippen auf meinen anfühlten, wie sein sonnengebräuntes Haar seidig über meine Wange strich.

Ich wollte, dass es nur ein Fick war. Aber da war etwas Wildes in seinem Kuss, genau wie bei Wilder. Daxons Kuss fühlte sich wie eine Forderung an. Er war unerbittlich und voller Druck. Seine Zunge tauchte ein und bettelte darum, dass meine sich ihm hingab.

Ich kann im Moment nur so tun, als ob, sagte ich mir.

Ich wollte so tun, als ob, denn es fühlte sich natürlich an, auf diese Weise Daxon zu gehören. Genauso wie es sich mit Wilder angefühlt hatte. Ihn meinen Körper besitzen zu lassen. Es dürstete mich danach.

Sein Mund wanderte zu meinem Hals, sein Atem war heiß auf meiner Haut, während ich nach seiner Jeans tastete. Meine Hände zitterten, als ich versuchte, sie aufzuknöpfen, ohne dass er sich weiter von mir entfernte. Schließlich schob ich sie ihm vom Hintern, wobei es mich nicht im Geringsten überraschte, dass Daxon keine Unterhose trug. Was auch immer ich mir anfangs über Daxon gedacht hatte, war in letzter Zeit über den Haufen geworfen worden. Er war ein Rätsel in einer engelsgleichen Verpackung. Aber ich wusste, dass das, was sich unter der Maske, die er trug, verbarg, ein ganz anderes Biest war.

Und irgendwie machte ihn das noch heißer.

Daxon schob seinen Schwanz in meiner Hand hin und her, während ich seine seidige Härte drückte, und stöhnte laut in meinen Hals, während er sich bewegte. Mit einer wilden Bewegung schlitzte er buchstäblich die Vorderseite meiner Leggings auf, offensichtlich hatte er seine Hand in eine Klaue verwandelt, um dieses Kunststück zu vollbringen.

Wilde Hitze stieg zwischen meinen Beinen auf, als ich die Wildheit in seinen Augen sah, deren goldener Glanz fast verschwand, so sehr hatten sich seine schwarzen Pupillen erweitert. Das Geräusch reißenden Stoffes ging durch die Luft, als er meine Leggings endgültig zerfetzte und sie irgendwo hinter sich warf.

Ich wollte ihn zwingen, mir Neue zu kaufen. Ich hatte schließlich nur begrenzte Kleidung und begrenzte Mittel, um Kleidung zu kaufen. Seine Hand fuhr zwischen meine Beine, und seine Finger glitten in den Schritt meines Höschens, das irgendwie seine Verwüstung überlebt hatte. Seine Finger kitzelten meine Öffnung, als er mich durch den dünnen, klatschnassen Stoff hindurch berührte. Er ging auf die Knie und leckte meinen Schlitz durch den Stoff hindurch, und irgendwie war ich fast nicht mehr zu halten. Er stöhnte, ein leises, dekadentes Stöhnen, das mich erröten ließ, obwohl niemand sehen konnte, was er tat.

Keine Ahnung, warum das so beschämend war,

aber der Anblick eines goldenen Gottes zwischen meinen Beinen war berauschend und überwältigend.

Plötzlich lehnte er sich zurück und schaffte es, mich umzudrehen. Ich gab ein lautes Quietschen von mir, als ich wieder auf dem Bett aufkam. Ein weiteres Ratschen signalisierte, dass nun auch mein Hemd ruiniert war.

Daxon leckte über meine Wirbelsäule, bevor er plötzlich in meine entblößte rechte Pobacke biss, die aus meinem Tanga herausschaute.

Warum war das nur so verdammt heiß gewesen?

Ein Klaps landete auf der anderen Backe. Das Geräusch ließ mich aufschrecken, und mir fiel die Kinnlade herunter. In weniger als zehn Sekunden hatte er mich gebissen und mir den Hintern versohlt.

„Oh", quietschte ich, als ich merkte, dass meine Arschbacken nicht das Einzige waren, was an meinem Körper pochte. Daxon begann wieder, Küsse auf meiner Wirbelsäule zu verteilen, während er meinen kribbelnden Hintern drückte und streichelte. Ich presste mich gegen seine Hände, die mich wahnsinnig erregten.

„Bitte", stöhnte ich. „Mach's noch mal."

Daxon erstarrte an Ort und Stelle, immer noch meinen Hintern streichelnd. „Was war das, Rune?", sagte er mit einer tiefen, brummigen Stimme, die ehrlich gesagt genauso viel in mir auslöste wie alles andere, was er getan hatte.

Ich hielt inne, ein kurzer Moment der Scham und des Schreckens überkam mich, als mir klar wurde, was ich gesagt hatte. Hatte mir so etwas gefallen? Und noch wichtiger, wie konnte mir so etwas gefallen, nach allem, was ich mit Alistair erlebt hatte?

Denke nicht an ihn, ermahnte ich mich.

Hmm ... vielleicht stand ich tatsächlich auf Prügel. Vielleicht war das ein Weg für mich, meine Macht zurückzuerobern. Ich wollte nicht zu sehr darüber nachdenken, beschloss ich.

„Mach es noch einmal", sagte ich, diesmal etwas fester. Daxon zögerte immer noch. Offensichtlich unsicher, ob ich wirklich meinte, was ich sagte. Ich konnte es ihm nicht verübeln. Die Version von Rune, die er gekannt hatte, war die sanftmütige Kirchenmaus gewesen. Und vielleicht entdeckte ich gerade, dass an Daxon mehr dran war, als man auf den ersten Blick sah ... wahrscheinlich entdeckte er dasselbe an mir.

Daxon kicherte schließlich düster, als er wieder begann, meinen Hintern mit seinen rauen, perfekten Händen zu massieren. „Rune, wiederhole die Worte. Sag mir, was ich mit deinem verdammt sexy Arsch machen soll. Dem geilsten, den ich je gesehen habe. Ich will, dass du es noch einmal sagst."

Daxon und Dirty Talk waren definitiv meine Schwäche, entschied ich in diesem Moment.

Ich räusperte mich und drückte mich gegen ihn, während ich sprach. „Versohl mir noch mal den Hintern. Bitte."

Ein weiteres Knurren entlud sich in seiner Brust und er begann, meine Wangen, meinen Hals und meine Schulter zu küssen. Er vergrub sein Gesicht an der gleichen Stelle zwischen meinem Hals und meiner Schulter, die Wilder so sehr geliebt hatte. Er verharrte dort für einen Moment, während sich sein Brustkorb schnell hob und senkte, und sein ganzer Körper angespannt war.

„Du bist verdammt perfekt. Ich wusste, dass du es bist", flüsterte er gegen meine Haut. Ohne ein weiteres Wort packte er meine Hüften und zog mich zurück an seine enorme Erektion, wobei er gegen meine Ritze stieß. Dann schoben seine Hände mein ruiniertes Hemd und den BH von meinen Schultern.

Ich zitterte, als sich meine Nippel aufrichteten. Mein Atem stockte, als Daxons Hände über meine Hüften, über meinen Bauch und schließlich zu meinen Brüsten glitten. Seine Bewegungen waren langsam und methodisch, darauf ausgelegt, mich mit jeder Bewegung zu zerstören. Er zog mich hoch, so dass seine Brust gegen meinen Rücken gepresst wurde, und dann begann er, meine schmerzenden Brüste zu massieren und zu streicheln. Plötzlich kniff er in eine meiner Brustwarzen, der stechende Schmerz schockierte mich, steigerte aber meine Lust noch mehr.

Mein ganzer Körper hob sich vor Verlangen. Seine Zähne kratzten an meinem Hals, als er flüsterte: „Vielleicht ist mein braves Mädchen doch kein so braves Mädchen."

Es. War. Offiziell.

Daxon würde mich zerstören.

„Vielleicht kennst du mich nicht so gut, wie du glaubst, Goldjunge", murmelte ich, wobei mir der Spitzname herausrutschte.

Er kicherte, ein bisschen böse, wenn ich ehrlich war. „Das Gleiche gilt für dich, mein Schatz", sagte er.

Er biss mir in den Nacken, fast wie Wilder, und drückte mich dann wieder herunter. Einen Moment lang drohten dunkle Gedanken aus der Vergangenheit mich zu überschwemmen. Ich atmete tief durch und schob diese Scheißkerle so weit weg, wie ich nur konnte.

Daxon ließ seine Hände gierig über meinen Arsch gleiten, drückte und streichelte das Fleisch. Irgendwie war es seltsam, zu wissen, dass jemand auf meinen Arsch starrte und ihn bewunderte. Vielleicht war anbeten sogar das richtige Wort für das, was Daxons Blick und seine Berührung gerade taten.

„Es hat dir also gefallen, versohlt zu werden", sinnierte er, während seine Lippen kurz über meine Haut tanzten.

Das Verlangen tropfte an meinen Schenkeln hinunter, in der Erwartung, dass er es wieder tun würde.

„Ja", murmelte ich und rieb mich schamlos an seinen Händen. Er fuhr fort, meine Backen zu streicheln, und ich wusste, auch ohne ihn zu sehen, dass er über mich lachte.

„Dann wollen wir mal sehen, ob es dir auch wirklich gefällt, was?"

Daxon bewegte sich kurz von mir weg, und ich sog scharf den Atem ein, als das scharfe Kratzen einer Klaue gegen meine Arschbacke fuhr. Sie schnitt abrupt durch den dünnen Bund meines Tangas. Er riss den Stoff weg und leckte dann unvermittelt über meinen Schlitz, was mich erschaudern und ein erschrockenes Stöhnen ausstoßen ließ.

„Schau dich an. Du bist völlig durchnässt, und ich

habe noch nicht einmal etwas mit dir gemacht." Sein Finger tanzte sanft über meine Klitoris und sandte elektrische Impulse durch meinen ganzen Körper. „Sag es noch einmal, Rune", befahl er.

Ich schaute über meine Schulter, meine Augenlider schwer vor Verlangen. Seine Pupillen waren geweitet, und ich war ein wenig fasziniert von dem dünnen Goldstreifen, den ich sehen konnte. Er grinste mich an, ein scharfzüngiges Grinsen, das zeigte, dass seine Schneidezähne länger geworden waren, als hätte er Schwierigkeiten, mich nicht zu verschlingen. Ich musste zugeben, dass es sexy war, wie sehr sich die Gebissenen nach Belieben verwandeln konnten. Oder zumindest war es bei Daxon sexy.

Ich holte tief Luft und versuchte, meinen inneren, praktisch nicht vorhandenen Badass zu kanalisieren, als ich ihm zuzwinkerte. „Versohlt mir den Hintern, Meister", sagte ich grinsend.

Er knurrte wieder, sein Wolf mochte das Bild, das „Meister" ihm vermittelte, sehr. Und ich musste zugeben, dass mir der Gedanke daran auch gefiel. Was wiederum überhaupt keinen Sinn machte.

Plötzlich traf seine Hand meine Arschbacke mit einem überraschend harten Schlag, der mich nach vorne fallen ließ, ... ganz anders als der vorherige Schlag.

Ich wäre fast gekommen. Ich wäre wirklich fast gekommen. Ich drückte meine Stirn gegen die kratzige, billige Bettdecke und versuchte, mich zu beherrschen, denn ich wusste, dass es Daxon viel zu viel Freude bereiten würde, wenn er mich mit nur einem Schlag zum Kommen bringen könnte. Ich schloss meine Augen fest, bis ich spürte, wie die Lust nachließ, und drängte mich dann wieder in ihn hinein, ein wenig zu besessen von seiner Wärme, seiner Haut, seiner Berührung.

Daxon stieß einen Finger tief in mein Inneres, und ich stieß einen Schrei aus. „So feucht und eng, Süße", knurrte er und drückte mir einen Kuss auf die immer noch pochende Backe, wo er gerade draufgeklatscht hatte. Seine Zunge strich obszön über meine erhitzte Haut, während er mir ins Ohr murmelte: „Verdammt perfekt".

Mein Stöhnen war verzweifelt, als ich begann, mich an ihm zu reiben und dem perfekten Rhythmus seiner Finger zu folgen, die in mich hinein- und heraus- pumpten.

„Nicht kommen, nicht kommen, nicht kommen", stöhnte ich leise vor mich hin.

Daxon musste mich natürlich irgendwie gehört haben, denn er lachte wieder einmal dunkel. Warum war dieses Geräusch so verdammt sexy?

„Will mein braves Mädchen mehr?", fragte er spöt- tisch, obwohl die Antwort offensichtlich war. Er umkreiste meinen Kitzler sanft mit etwas, das sich wie die Spitze seiner Klaue anfühlte, und ich schrie förm- lich vor Anstrengung auf, um nicht zu kommen.

„Ja." Die Bitte rutschte mir heraus, aber ich hatte gerade den Punkt erreicht, an dem es mich nicht mehr interessierte. „Versohle mich noch einmal, verdammt. Bitte mach es noch einmal", stöhnte ich immer wieder auf.

„Du wirst für mich kommen, genauso. Und dann werde ich in dir sein", versprach er mir. Und ich war dafür, dass er dieses Versprechen einlöste. Daxon streichelte ehrfürchtig mit beiden Händen meinen Hintern, sein tiefes Stöhnen hallte durch den Raum. Er ließ mich für eine Sekunde los, und ich hielt den Atem an und wartete auf den Schmerz und das Vergnügen, nach dem ich mich sehnte. Seine Schläge kamen schnell, wieder und wieder und wieder. Er schlug abwechselnd auf jede Backe, jeder Schlag kam in schneller Folge, so dass ich keine Chance hatte, mich aus dem Rausch zu lösen, indem er mich hielt. Der letzte Schlag traf genau meine Klitoris, und mein Körper geriet in eine Spirale der Erregung, von der ich nicht wusste, ob sie jemals übertroffen werden könnte. Unsinnige Worte brachen aus meinem Mund hervor, während seine Zunge meine zu empfindliche Klitoris streichelte und mein Orgasmus mich durchströmte. Ich spürte den Höhepunkt in jedem Zentimeter meines Körpers. Ich wusste nicht, dass es überhaupt möglich war, dass er so lange anhielt.

Daxons Zunge verschwand abrupt, und ich sackte auf das Bett, mein ganzer Körper zitterte und war verrückt nach dem, was gerade passiert war.

Diese Kerle machten mich kaputt, rissen mich in kleine Stücke und setzten mich wieder zusammen, und zwar auf eine Art und Weise, die sie irgendwie durch meine Adern fließen ließ. Ich atmete tief durch und schaffte es schließlich, mich auf den Rücken zu legen, wobei es mir sofort schwerfiel, zu atmen, als ich sah, wie Daxon mich ansah.

Daxons Augen funkelten mich an, das Gold in ihnen versuchte, die Dunkelheit zu überwältigen, als er mich mit Sehnsucht und Begehren und etwas Tieferem anstarrte. Ich wollte wegsehen, weil ich wusste, was er in meinen Augen sehen würde. Aber ich konnte nicht. Der Blick fühlte sich unmöglich und wichtig an, und ich wusste, dass ich noch lange nach diesem Moment davon besessen sein würde.

Ein roter Fleck fiel mir ins Auge, und ich runzelte die Stirn, als ich nach oben griff und ein bisschen Blut an seinem Ohr bemerkte.

„Bist du verletzt?", sagte ich nebulös und fragte mich, ob ich ihn irgendwie gekratzt hatte, als er mich dazu gebracht hatte, mich zu lösen.

Einen Moment lang war er still, sein Blick ruhte noch immer unnachgiebig auf dem meinen. Aber dieses Mal suchend. Details wurden deutlicher, als ich erkannte, dass das Blut nicht von ihm stammte. Daxon drückte seine Stirn gegen meine, so nah, dass sich seine Lippen gegen meine bewegten, als er schließlich sprach.

„Du wirst dir nie wieder Sorgen um Sterling machen müssen, Baby", murmelte er, ohne auf meine Frage zu antworten, und doch beantwortete er sie damit.

Ich erstarrte unter ihm. Sagte er, was ich dachte, dass er sagte? Die unterschwellige Spannung, die in seinen Worten mitschwang, machte deutlich, dass Sterling für immer weg war, nicht nur vorübergehend, als wäre er gerade aus der Stadt gejagt worden.

Eine Sekunde lang fiel es mir schwer, den goldenen

Gott Daxon damit in Verbindung zu bringen, dass er tatsächlich die Fähigkeit hatte, jemanden zu töten. Aber als ich sein Gesicht studierte, und erneut die dunklen Geheimnisse in seinen Zügen sah, erinnerte ich mich daran, wie er gewesen war, als er mich im Wald erwischt hatte.

Es war kein so großer Sprung, sich vorzustellen, wie er Sterling ausweidete.

Und der Gedanke, dass diese schöne Kreatur sich so sehr um mich sorgte, dass sie für mich tötete ... nun, ich liebte es.

Und da wusste ich, wie verrückt ich eigentlich war.

Und ich merkte, dass es mich nicht interessierte.

„Gut" knurrte ich.

Sein Körper bebte für eine Sekunde, als der Schock über sein Gesicht wehte. „Gut?", fragte er mit einem Hauch von Verletzlichkeit in seinen Worten.

„Ja, Daxon. Ich liebe das. Ich liebe es, dass du mich beschützt hast. Ich liebe es, dass er weg ist. Ich liebe ..." Ich unterbrach mich selbst, bevor ich etwas anderes sagen konnte.

Mit einem wilden, wütenden Knurren beugte Daxon seinen Kopf zu meiner Brust und begann, meine Brüste mit seinen Lippen und seiner Zunge zu verwöhnen. Dabei berührte er mich grob mit der Hand, so dass ich an der Grenze zwischen Schmerz und Lust wandelte. Sofort war ich wieder am Rande eines Orgasmus.

Ich stöhnte auf, als die köstliche Qual seiner Berührung unkontrollierbar auf meinem Kitzler pochte. Ich bestand nur noch aus Verlangen und Lust, ein Mensch, der völlig von der Realität abgekoppelt war. Er drehte mich auf den Bauch, während seine Hände über meine Hüften und Leisten wanderten. Er drückte seine seidige Härte gegen meinen Hintern, und das Gefühl verursachte eine Gänsehaut, die sich über meinen ganzen Körper ausbreitete. Offensichtlich war Daxon ein echter Arschfetischist. Einen Moment lang stellte ich mir vor, wie es sich anfühlen würde, wenn Daxon tatsächlich in meinem Arsch wäre ... aber das verschob ich auf einen anderen Tag.

Daxon überraschte mich, indem er mich mit sich in die Löffelchenstellung zog und mich in den Arm nahm, als er sich hinter mich legte. Er hielt mein Bein hoch und positionierte seinen Schwanz in meiner Mitte. Ohne ein Wort stieß er in mich hinein, seine Dicke war die Hölle und der Himmel auf meinem geschwollenen Gewebe zugleich.

Er umfasste meinen Kiefer und drehte grob meinen Kopf, so dass ich gezwungen war, ihn anzusehen.

„Rune", flüsterte er. Seine Augen waren wild. Sie erinnerten mich daran, wie Wilder mich immer wild genannt hatte. Wie er sagte, dass etwas in mir steckte. Aber diese Männer ... ihre Wildheit war greifbar, als könnte man sie schmecken, fühlen, in sie eintauchen. Und ich hatte nicht das Bedürfnis, sie in einen Käfig zu sperren. Ich wollte ihr folgen, so wild werden, wie sie es waren.

Scheißkerl. Ich verliebte mich in ihn. Ich verliebte mich in sie beide.

Wie zum Teufel war das passiert? Verdammt noch mal.

Daxon verschloss meinen Mund mit seinem und überfiel mich mit tiefen, betäubenden Küssen, während er immer noch in mir verharrte. Er küsste mich träge, als ob wir alle Zeit der Welt hätten. Und wäre es nicht schön gewesen, wenn wir sie hätten? Ich könnte mich definitiv damit anfreunden, eine Ewigkeit lang diese Delirium induzierenden Küsse zu genießen, die mich zum Orgasmus zu bringen drohten.

Ich war mir sicher, dass es so weit war, dass Daxon und Wilder mich nur ansehen mussten, und ich wäre sofort bereit. Meine Gedanken zerstreuten sich, als Daxon begann, seine Hüften gegen mich zu pumpen, sein harter Schwanz bewegte sich rein und raus, immer und immer wieder. So tief. So langsam. So verdammt, verdammt perfekt.

Ich umklammerte die Bettdecke, als er diese perfekte, geheime Stelle in mir streichelte. Ich würde vor Lust sterben. Das würde ich niemals überleben.

„Komm noch einmal für mich, Süße."

„Ja, ja, ja", sagte ich verzweifelt, mein Körper zitterte in seinen Armen, während meine heisere Stimme nach Luft schnappte.

„Ich wusste sofort, als ich dich sah, dass du perfekt für mich sein würdest. Wusste, dass du mir gehören würdest."

„Ja", stöhnte ich, während sich mein Aufstieg durch seine Worte und seine Bewegungen steigerte.

„Ich wusste, dass ich alles tun würde, um dich zu haben ... alles, um dich zu behalten."

Vielleicht hätte ich mich ein wenig mehr vor den Worten fürchten sollen, die von seinen schönen Lippen kamen. Vielleicht hätte ich schreiend aus dem Zimmer rennen sollen. Aber ich hatte mich gerade darüber gefreut, dass er jemanden umgebracht hatte. Also was soll's.

Wenn ich ehrlich zu mir selbst war, sehnte sich meine Seele nach den Worten der Hingabe, die mir diese beiden Männer gegeben hatten. Ich war von demjenigen zurückgewiesen worden, der mich am meisten lieben sollte. Derjenige, der mich für immer lieben sollte. Die Besessenheit, die von den beiden ausging, war etwas, von dem ich nicht wusste, dass ich es brauchte. Und vielleicht wollte ein Teil von mir schreiend davonlaufen oder ausrasten, wie ich es schon bei Wilder getan hatte. Aber jetzt, nur für diesen Moment, erlaubte ich mir, seine Worte der obsessiven Hingabe einzuatmen, zuzulassen, dass sie einige der Tränen und Risse in meiner Seele versiegelten.

Ich wusste, dass ich eigentlich nur mich selbst lieben sollte, und das war ein ständiges Unterfangen. Aber vielleicht, nur vielleicht, war es okay, wenn es sich gut anfühlte, dass sie sich auch in mich zu verlieben schienen.

„Rune. Schätzchen", stöhnte er und sein Gesicht zuckte. „Ich will, dass du kommst. Ich will, dass du jetzt kommst." Er glitt mit seiner Hand über meinen Bauch, zwischen meine Beine und umkreiste gekonnt meinen Kitzler. Meine Augen fielen zu, als in jedem meiner Nervenenden ein Feuerwerk gezündet wurde.

„Sieh mich an, Rune", befahl er, und ich öffnete meine Augen und biss mir auf die Lippe.

„Daxon", schrie ich, und er presste seinen Mund auf

meinen, um meine Lustschreie zu dämpfen, und dann fielen wir beide über die Klippe.

„Süße" murmelte er in meine Lippen und küsste mich, als könne er nicht genug bekommen. Er pulsierte in mir, seine Erlösung war heiß und schwer, während sein ganzer Körper bebte.

Wir schliefen den Rest der Nacht, er immer noch in mir.

Und ich dachte an nichts anderes als an ihn ... und an Wilder, die ganze Nacht lang.

6

RUNE

Den Tag allein zu verbringen, nachdem Daxon sich in den frühen Morgenstunden aus meinem Zimmer geschlichen hatte, fühlte sich wie Folter an, was bedeutete, dass ich unweigerlich an Sterling dachte. Ich hätte wissen müssen, dass Alistair seine Männer losschicken würde, um mich zu finden. Es war nur eine Frage der Zeit. Ich hätte besser vorbereitet sein müssen. Auch wenn mein Ex das größte Arschloch der Welt war, er würde immer der Typ sein, der nicht wollte, dass andere mit seinem Spielzeug spielten. Er würde immer entschlossen sein, das zurückzubekommen, was er für sich beanspruchte ... mich.

Ich beschloss in diesem Moment, dass ich lieber sterben würde, als jemals in dieses Leben zurückzukehren.

Sterling war weg. Aber ich wusste, dass noch mehr kommen würden. Denn wo eine Kakerlake auftauchte, lauerten ein Dutzend anderer in den Schatten. So lautet doch das Sprichwort, oder?

Die Frage war nur, wieviel Zeit ich hatte, bevor die anderen Kakerlaken auftauchten.

Alistair mochte mich früher für Dreck an seinen Schuhsohlen gehalten haben, aber nach dem, was ich ihm angetan hatte, würde er Rache und mein Leid fordern. Er war schon immer so rachsüchtig gewesen. Wenn mir jemand meinen Augapfel herausgeschnitten hätte, wäre ich vielleicht auch ein wenig rachsüchtig.

Nicht, dass der Bastard es nicht verdient hätte.

Ich fragte mich, wie Sterling mich gefunden hatte. Ich war so vorsichtig, hatte meine Spuren verwischt. Mir wurde klar, dass ich in den letzten Wochen irgendwie selbstgefällig geworden war. Ich hatte vergessen, dass diese Stadt nur ein vorübergehender Zwischenstopp war, um mich vor Alistair zu verstecken, und dass der Plan von Anfang an gewesen war, nie aufzuhören zu fliehen. Stattdessen ließ ich es zu, dass ich Freunde fand und so tat, als wäre dies mein Zuhause. Und dann war da natürlich noch die Sache mit Dax und Wilder, den beiden Alphas, die wie ein Tornado in mein Leben getreten waren - übermächtig und unaufhaltsam.

Der Gedanke, sie zu verlassen, fühlte sich an wie ein Messerstich ins Herz.

Es fiel mir immer noch schwer, die Tatsache zu begreifen, dass Daxon sich für mich um Sterling gekümmert hatte. Ich ... liebte ihn dafür. Mein Herz krampfte sich zusammen, als ich an seine Beschützerrolle dachte. Ich konnte immer noch nicht glauben, dass er sich genug sorgte, um überhaupt etwas für mich zu tun, geschweige denn ... den Kerl zu töten.

Ich starrte aus dem Fenster und fragte mich, nicht zum ersten Mal, wann ich angefangen hatte zu akzeptieren, dass es normal war, dass die Menschen um mich herum sich um mich kümmerten? Was sagte das über mich aus?

Je mehr ich über Sterling nachdachte, desto mehr wippte ich auf den Fersen und umarmte mich. Ich musste aufhören, auszuflippen, sonst würde es mit Sicherheit in einer ausgewachsenen Panikattacke enden. Was ich brauchte, war, wachsam zu bleiben, meine Wachsamkeit aufrechtzuerhalten. Sicher, Daxon war ihn losgeworden, aber Sterling hatte wahrscheinlich Zeit gehabt, Alistair anzurufen und ihm zu sagen, dass er mich gefunden hatte. Würde Alistair eines Tages mit seinem ganzen Rudel auftauchen?

Ein Schauer lief mir über den Rücken, und der Gedanke daran, wieder unter Alistairs Kontrolle zu stehen, ließ meine Gedanken dunkel werden. Hässliche Gefühle stiegen in mir auf. Hoffnungslosigkeit, das Gefühl, nutzlos zu sein, in der Falle zu sitzen. Schwere, beklemmende Klaustrophobie überkam mich.

Ich holte hastig und röchelnd Luft und schüttelte meine Arme, die von der Angst, die sich in meinen Adern festgesetzt hatte, prickelten.

Beruhige dich, Rune. Atme einfach.

Leichter gesagt als getan.

Ich musste einen Spaziergang machen.

Schnell verließ ich das Gasthaus und genoss die kühle Morgenbrise, die durch mein Haar wehte. Ich schaute auf den Fluss vor mir. Es gab nicht genug Worte, um die Schönheit dieser Stadt zu beschreiben, die Ruhe, die die Umgebung bot, die so anders war als die, in der ich aufgewachsen war.

Ich dachte, ein Spaziergang würde mir helfen, meine quälenden Gedanken zu ignorieren. Aber es schien, als wären sie mir hierher gefolgt. Ich drehte mich um und beschloss, dass ich etwas anderes tun musste, als meinen Gedanken freien Lauf zu lassen, also schlenderte ich über den grünen Rasen, vorbei am Gasthaus und auf die Hauptstraße. Überraschenderweise waren so viele Menschen unterwegs wie schon seit einigen Tagen nicht mehr. Sie liefen umher, gingen in die Läden hinein und wieder heraus, kümmerten sich um ihre eigenen Angelegenheiten, obwohl der fehlende Blickkontakt untereinander offensichtlich war. Die Spannung zwischen den Gruppen war noch immer zu spüren, und ich schüttelte den Kopf, als ich daran dachte, wie schlecht alles in der letzten Nacht im Rathaus gelaufen war. Mir entgingen auch nicht die abfälligen Blicke, die sie mir zuwarfen, als ich vorbeiging.

Ich war immer noch die mordverdächtige Nummer eins.

Ich versuchte, meine Gedanken auf andere Dinge zu lenken. Zum Beispiel, wie leicht Daxon und ich zusammenkamen, wie ich zu den Alphas scheinbar nicht nein sagen konnte. Wenn ich ehrlich zu mir selbst war, wollte ich sie nicht wegstoßen, besonders nach dem Vorfall mit Sterling. Mit Daxon und Wilder fühlte ich mich so sicher wie noch nie in meinem Leben.

In diesem Moment stieß ich mit der Schuhspitze gegen etwas, und ich stolperte nach vorne, wobei ich mit den Armen das Gleichgewicht halten musste. Schnell fing ich mich ab, bevor ich mit dem Gesicht auf dem Boden aufschlug, und blickte zurück auf den unebenen Bürgersteig, wobei mir wegen meiner Ungeschicklichkeit die Hitze über die Wangen lief. Es war sehr unangenehm, in einer Stadt voller Wandler so ungeschickt zu sein. Ich hatte hier noch nie jemanden gesehen, der nicht anmutig war.

Ein weiterer Grund, warum ich hätte wissen müssen, dass in dieser Stadt etwas anders war.

Ich blickte wieder auf und bemerkte, dass mich jemand von der anderen Straßenseite aus beobachtete.

Sein kurzes schwarzes Haar wehte unordentlich in der Morgenbrise, an den Seiten kurz rasiert. Sein Blick verengte sich, als er mich anstarrte, und seine Schultern schienen sich nach vorne zu biegen, als könnte er jeden Moment angreifen. Natürlich konnte ich mir das auch nur einbilden, bis er den Kopf hob und ich ihn sofort erkannte.

Daniel.

Mein Magen verkrampfte sich beim Anblick von Eves Freund.

Der Kerl, mit dem sie herumgeschlichen war, was, wenn ich jetzt darüber nachdachte, wahrscheinlich damit zu tun hatte, dass sie aus verschiedenen Rudeln kamen. In dieser Stadt gab es viel mehr Probleme, als mir zunächst bewusst war.

Plötzlich marschierte er über die Straße und kam direkt auf mich zu, mit einem eindringlichen und angriffslustigen Gesichtsausdruck.

Meine Beine bewegten sich wie von selbst, und ich wich zurück, bis ich mit dem Rücken an die Ziegelwand eines Gebäudes stieß.

Einen Meter von mir entfernt riss er den Kopf hoch, seine Augen waren rot und geschwollen, die Schatten unter ihnen dunkel, als hätte er tagelang nicht geschlafen ... was er wahrscheinlich auch nicht hatte.

„Du verdammte Schlampe, du hast sie umgebracht", bellte er, die Arme steif an den Seiten, die Hände zu Fäusten geballt. „Es ist mir egal, was die anderen sagen, ich weiß, dass du mir Eve genommen hast."

Ich schüttelte den Kopf, mein Atem blieb mir im Hals stecken. „Daniel, das würde ich nicht tun. Ich habe sie so gefunden. Es tut mir so leid für deinen Verlust, aber ich habe das nicht getan. Es war jemand anderes, der ihr das Leben genommen hat."

Ein tiefes Grollen rollte über seine Kehle, seine Brust pumpte wütend nach Luft. „Verdammt praktisch, nicht wahr? Du musst denken, wir sind alle Idioten in dieser Stadt. Das neue Mädchen, das hier ankam und so tat, als wüsste sie nicht, wer wir sind. Die Neue, die zufälligerweise auch noch ein Wolf ist. Das neue Mädchen, das sich so verdammt unschuldig und naiv verhält. Warst du eifersüchtig auf Eve? War es das?" Er schrie die Worte, sein Körper zitterte. „Du hattest ihr Blut an deinen bloßen Händen", fuhr er mit einem Schrei fort.

Es machte mich fertig, den Hass in seiner Stimme zu hören, die Gründe zu erfahren, warum er mich für schuldig hielt. Ich hasste das gebrochene Herz in seinem Blick. Ich hasste seine Angst.

Er trat vor, und ich drückte mich mit dem Rücken gegen die Wand, mein Herz klopfte schneller.

„Daniel, tu nichts, was du später bereuen wirst." Mit meinen Worten entwich ein Knurren aus meinem Mund. Wo zur Hölle kam das denn her?

„Killer!", brüllte er und zog damit die Aufmerksamkeit zweier älterer Frauen auf sich, die den Bürgersteig auf der anderen Straßenseite entlangschlenderten. Sie schauten in unsere Richtung, starrten mich an und zeigten keinerlei Mitgefühl. Sie wollten, dass ich für Eves Tod bezahlte. Ich sah es an ihren eisigen Blicken.

Was hatte ich vorhin darüber gesagt, dass sich dieser Ort langsam wie ein Zuhause anfühlte?

Schweiß rann mir den Rücken hinunter, während sich die Welt von allen Seiten um mich herum zu schließen schien. Ich war eine mordverdächtige, Sterlings Ankunft in der Stadt bedeutete, dass Alistair mich wahrscheinlich aufgespürt hatte, und zu allem Überfluss hatte ich auch noch eine Freundin verloren.

Die Erschöpfung zehrte an mir, und ich hatte es satt, mich ständig als Sandsack für alle zu fühlen. Alles, was ich wollte, war zu überleben, irgendwo dazuzugehören, und stattdessen wurde ich wieder einmal zur Zielscheibe.

Ein Knäuel von Gefühlen drückte sich unter meinem Brustkorb zusammen und machte jeden Atemzug zu einem Kampf. Ich zitterte und es schmerzte am ganzen Körper, während ich alle meine Lebensentscheidungen in Frage stellte, obwohl ich auf so vieles keinen Einfluss hatte.

Daniels Stirn zog sich in Falten, während er mich aus zusammengekniffenen Augen musterte. „Das wirst du büßen." Die Drohung kam ihm über die Lippen, als er sich auf mich stürzte und seine Hand nach meiner Kehle griff.

Panik durchzuckte mich, und instinktiv warf ich meinen Arm hoch, um seinen Angriff abzuwehren, doch in letzter Sekunde duckte ich mich. Ein Lufthauch strich über meinen Rücken, als seine Faust gegen die Wand knallte und mich verfehlte.

Er zischte.

Ich drehte mich zu ihm um, die Hände zur Faust geballt. Ich war keine Kämpferin, doch das silberne Glitzern in seinen Augen versprach mir Schmerzen. Aber scheiß drauf, ich hatte nicht vor, mich einfach zurückzulehnen, und es hinzunehmen. Nicht mehr.

Es war seltsam, dass meine erste Reaktion darin bestand, kampfbereit zu sein und mich zu verteidigen, etwas, das ich bei Alistair sicher nie getan hatte.

„Daniel, bitte."

Ein Schatten tauchte hinter Daniel aus dem Laden auf, und plötzlich wurde er am Genick nach hinten gezerrt.

„Das reicht", knurrte Mr. Jones und hielt den Jungen fest, den er zu sich herumgerissen hatte. Mr. Jones sah so viel größer aus als Daniel, sein weißes Haar wild und kaum gebändigt durch seine Melone, und seine riesigen blauen Augen funkelten vor Frustration. Er war ein älterer Mann, doch er beherrschte sich mit Leichtigkeit und riss den Jungen herum, als ob er nichts wöge. „Hältst du es für klug, eine unschuldige Person anzugreifen, weil du wütend bist, Junge?

Daniel stieß sich von Mr. Jones' Griff ab, sein Gesicht glühte rot. „Unschuldig." Er lachte bitter über das Wort. „Diese Schlampe hat Eve umgebracht", spuckte er und seine Augen tränten, als er anklagend auf mich zeigte. „Und sie verdient es, dafür zu bezahlen."

Es schien, als hätten wir es geschafft, eine kleine Schar von Schaulustigen zu versammeln, die stehen blieben, um den Tumult zu beobachten. Sie alle richteten ihre Aufmerksamkeit auf mich, mit hasserfüllten Augen, Stirnrunzeln und abfällig verzogenen Lippen. Ich schaute auf meine zitternden Hände und wollte weglaufen und mich verstecken.

„Hat er dir wehgetan, Rune?", fragte Mr. Jones, und als ich den Kopf hob, sah ich, dass Daniel den Bürgersteig hinunterlief und auf die Brücke über den Fluss zusteuerte. Er war im Nu verschwunden, doch ich fühlte mich wie ein Insekt unter einem Mikroskop, da mich immer noch alle beobachteten.

Meine Haut kribbelte, und ich drehte mich um, ohne zu antworten, weil ich verzweifelt von hier verschwinden wollte und es hasste, wie alle über mich urteilten.

„Komm mit ins Café, ich habe einen Tee, den du probieren musst", lockte er mich.

Mein Puls raste, und ich hielt inne, drehte den Kopf

und sah ihn an. „Sie geben mir nicht die Schuld an Evas Tod?", flüsterte ich.

Er schüttelte den Kopf, als ob ich verrückt wäre. „Trauer kann schreckliche Dinge mit Menschen anstellen. Und jetzt komm rein, Mädchen, weg von all den Wichtigtuern." Er streckte einen Arm nach mir aus, die Handfläche nach außen gerichtet, zu einer einladenden Geste.

Er trug einen gutsitzenden Anzug mit Nadelstreifen, der es einem leicht machte, sich vorzustellen, dass wir in einem Film der 1920er Jahre waren und er mich in seiner Kneipe oder so willkommen hieß. Nun, vielleicht passte seine weiße Schürze nicht ganz zu diesem Bild, aber es war ein guter Auftritt ...

Ich wartete keine Sekunde länger, froh, dass mir jemand eine Rettungsleine reichte. Ich war verzweifelt. Er zog mich mit sich in sein Café, wo der Duft von Kaffee durch die Luft wehte. Allein der Geruch ließ meine Muskeln sich entspannen. Irgendetwas an Kaffee hatte mich immer automatisch beruhigt.

Als Mr. Jones meine Hand losließ, ging ich tiefer in das Café hinein und betrachtete die beiden anderen Kunden, die an verschiedenen Tischen saßen, einer las Zeitung, der andere telefonierte, während er eine Tasse von Mr. Jones' Gebräu genoss.

„Du solltest wirklich öfter vorbeikommen", unterbrach Mr. Jones meine Gedanken, und ich blickte zu ihm hinüber, als er hinter den Tresen trat. Wie schon bei meinem letzten Besuch, fühlte ich mich mit der altmodischen Einrichtung und der Kasse sowie den riesigen, verchromten Espressomaschinen im Hintergrund in der Zeit zurückversetzt. Ich ertappte mich dabei, wie ich mich in dem Angebot an Kuchen und Gebäck hinter einer Vitrine auf der Theke verlor. Ich war bereit, sie alle zu inhalieren und in ihren Glücklichmachern zu ertrinken, um alle meine Sorgen zu vergessen. Ein Zuckerkoma hörte sich jetzt gut an.

„Ich muss definitiv öfter vorbeischauen." Ich hatte eine Schwäche für Süßigkeiten, aber hey, jeder hatte seine Schwäche. Meine hatte die Form von Gebäck. Mandelcroissants, Zimtschnecken, Plunder, Eclairs, Torten. Mir lief das Wasser im Munde zusammen, und ich blickte zu Mr. Jones auf, der mir den Rücken zugewandt hatte, um meinen Tee zuzubereiten, wie ich vermutete.

„Danke, dass Sie mir geholfen haben. Es scheint, dass alle anderen nur zusehen wollten."

Er ging zum Tresen zwischen uns und stellte eine überdimensionale Keramiktasse ab, die mit Sternen und dem Mond bemalt war. Als er zu mir hinübersah, rutschte ihm seine dunkel gerahmte Brille die Nase hinunter, und er schob sie wieder hoch. „In letzter Zeit gab es viele Spannungen in der Stadt, und es ist leicht, sich gegeneinander zu wenden. An manchen Tagen ist es sogar schwierig, zwischen den Bewohnern dieser Stadt und unseren Cousins in der Wildnis zu unterscheiden." Er lachte vor sich hin, was mich amüsierte.

Ich lächelte ihn an, denn als ich Mr. Jones dabei zusah, wie er einen grün gefärbten Tee aus einer Glaskanne in die Tasse goss, war er das komplette Gegenteil von wilden Wölfen. „Ich würde gerne das Nutella-Gebäck probieren, bitte. Es sieht köstlich aus."

„Ich wäre beleidigt gewesen, wenn du nicht gefragt hättest", stichelte er und tischte die Leckerei auf. „Setzen Sie sich, Madam, ich bringe Ihnen alles."

Ich setzte mich an einen kleinen Tisch direkt am Fenster, wo das Sonnenlicht einen perfekten Platz bot.

Auf dem Holzstuhl sitzend starrte ich auf die Berge in der Ferne, und je mehr ich über den Vorfall mit Daniel nachdachte, desto früher begann die Angst durch mich zu kriechen. Er hatte so sehr darauf bestanden, dass ich Eve getötet hatte, dass er mich sogar angegriffen hatte. Was wäre passiert, wenn Mr. Jones mir nicht zu Hilfe gekommen wäre? Wäre mir sonst jemand zu Hilfe gekommen, oder hätten sie gerufen, dass ich verprügelt werden sollte?

Mich schauderte bei dem Gedanken.

Ich hatte nichts Falsches getan, und ein Teil von mir warnte mich davor, dass man mich immer übergehen würde, wenn ich mich nie für mich einsetzte. Ich hatte mich schließlich gegen Alistair und sogar bis zu einem gewissen Grad gegen Sterling gewehrt, also würde ich es auch gegen Daniel und jeden anderen tun, der mich zu Unrecht beschuldigte.

Ich würde mich aufraffen und dafür kämpfen, meine Unschuld allen in der Stadt zu beweisen. Dazu gehörte auch, Alistair die Stirn zu bieten, sollte er auftauchen. Bei dem letzten Gedanken überkamen mich schnell Zweifel.

Doch ich hatte genug davon, immer die Schwache zu sein.

Mr. Jones kam an meinen Tisch und stellte mir das Gebäck und die Tasse grünen Tee hin. „Ich nenne ihn meine Beruhigungsmischung. Er schmeckt nicht besonders gut, aber trink ihn ganz aus, und ich verspreche, dass er helfen wird." Sein Lächeln war ansteckend, und ich nickte, verwundert darüber, dass er so nett zu mir war. Es waren Leute wie er, die mich dazu brachten, Amarok mein Zuhause nennen zu wollen, wenn sie mich hier aufnehmen würden.

Als Mr. Jones an den Tresen zurückkehrte, um den neuen Kunden zu bedienen, der das Café betreten hatte, nahm ich das Blätterteiggebäck in die Hand und biss hinein. Ich stöhnte bei dem Buttergeschmack und der Süße der Nutella, die meine Geschmacksknospen überflutete. Vielleicht hatte ich gerade einen kleinen Orgasmus in meinem Mund, weil es so unglaublich gut schmeckte. Ehe ich mich versah, leckte ich mir die Finger und schaute zur Vitrine hinüber, um weitere Leckereien zu holen. Wahrscheinlich sollte ich aber erst den Tee trinken.

Die Tasse war nicht so heiß, wie ich erwartet hatte, und es duftete nach Beeren und Gras. Ich war mir nicht sicher, ob ich mir die Nase zuhalten und ihn trinken oder aus dem Fenster schütten sollte. Aber ich wollte den Mann nicht beleidigen, zumal er mir immer wieder verstohlene Blicke zuwarf, um zu sehen, wie ich meinen Tee genoss, also nahm ich einen kleinen Schluck. Wärme strömte über meine Zunge, zusammen mit einem leicht bitteren Geschmack, doch im hinteren Teil meiner Kehle kam ein schöner Geschmack von Blaubeeren als Abgang. Ich konnte mir nicht einmal genau erklären, was ich da schmeckte, aber ich trank es weiter. Am Ende entschied ich, dass er mir schmeckte.

Mr. Jones ging an meinem Tisch vorbei und musterte mich. „Wie lautet das Urteil? War doch gar nicht so schlecht, oder?"

Ich schüttelte den Kopf. „Seltsamerweise finde ich ihn immer besser. Vielleicht nehme ich sogar eine zweite Tasse."

Er lachte und warf den Kopf zurück. „Noch nie hat jemand nach einer zweiten Tasse meines Beruhigungstees gefragt, aber ich empfehle nur eine pro Tag. Wie wäre es, wenn ich dir noch ein Gebäck bringe?"

„Ja, bitte." Ich machte es mir auf meinem Platz bequem, während er zurück zum Eingang des Cafés ging, und ich konnte mich nicht erinnern, wann ich mich das letzte Mal so entspannt und ruhig gefühlt hatte. Was auch immer in diesem Tee war, ich brauchte mehr davon. Vielleicht hatte er Teebeutel, die ich mit in mein Zimmer nehmen konnte, wenn die Dinge aus dem Ruder liefen, was in dieser Stadt und in meinem Leben ständig zu passieren schien.

Ein Kribbeln tanzte über meine Finger, und als ich die Hände hob, schienen sie zu glühen. „Wow!" Ich schaute mich im Café um, und der ganze Ort sah jetzt aus, als würde er glitzern. Hatte Mr. Jones ein paar Lichter angemacht? Ich erhob mich, streckte mich und fühlte mich so lebendig wie schon lange nicht mehr. Ich badete darin, wie befreit ich mich fühlte, wie alles glitzerte. Ich schlenderte durch den Raum, wo ein Mann, vielleicht in den Vierzigern, eine Tasse mit etwas genoss, das wie sprudelnder Kaffee aussah.

Sofort neugierig geworden, setzte ich mich ihm gegenüber auf den Stuhl. „Ich hoffe, Sie haben nichts dagegen, dass ich mich zu Ihnen setze?", fragte ich. „Ich konnte einfach nicht umhin, mich zu fragen, was Sie da trinken? Es sieht unglaublich aus."

Er hob den Blick, als er die Tasse von den Lippen nahm, und meine Aufmerksamkeit folgte seinem Gebräu.

„Du meinst den Milchkaffee?" In seiner Stimme lag ein Hauch von Neugierde.

Ich nickte und leckte mir fieberhaft über die Lippen, um die Aufmerksamkeit des Mannes auf mich zu ziehen. Er mochte älter sein als ich, aber er hatte etwas Schroffes an sich, und sein Augenwinkel glitzerte im Sonnenlicht, was ihm einen süßen Blick verlieh.

„Willst du mal probieren?", fragte er und reichte mir bereits seinen Becher.

Ich nickte eifrig, ohne zu wissen, was mit mir los war. Irgendetwas in meinem Hinterkopf sagte mir, dass ich seltsam war, aber die Stimme konnte die Leichtigkeit in meiner Brust nicht verdrängen, die ich plötzlich verspürte. Als könnte ich fliegen, wenn ich wollte. „Ich hätte nie gedacht, dass Sie mich fragen würden. Ich liebe glitzernde Dinge."

Er warf mir einen komischen Blick zu, als ich nach der Tasse griff. Unsere Finger berührten sich und er richtete sich in seinem Stuhl auf. Ich verschwendete keinen Moment damit, darüber nachzudenken, und nippte an dem Kaffee. Nussig und cremig, aber ... Ich blinzelte auf das Getränk. „Das schmeckt nicht besonders."

„Was ist für dich etwas Besonderes? Soll ich dir etwas Zucker holen?" Er begann aufzustehen.

Ich schüttelte den Kopf und stellte die Tasse wieder vor ihm auf den Tisch, dann sah ich den Mann an. „Du scheinst mich nicht zu hassen", sagte ich, während meine Beine unter dem Tisch gegen die seinen stießen, und ich konnte mir das kokette Lächeln nicht verkneifen, das ich ihm schenkte. Irgendetwas fühlte sich in mir anders an, fast spielerisch und verschwommen zugleich.

Schnell zog er seine Beine von mir weg und bewegte sich unbehaglich auf seinem Platz. „Ich weiß, wer du bist, aber es gibt keinen Grund für mich, dich zu hassen. Ich weiß auch, dass du mit Wilder zusammen bist, und ich habe nicht die Absicht, mich mit ihm anzulegen. Wenn du mich entschuldigen würdest." Der Mann trank seinen Kaffee in zwei Schlucken aus, stand dann auf und machte sich auf den Weg zum Ausgang.

Nun, das war unhöflich. Ich wollte nur jemanden zum Plaudern haben. Als ich mich umdrehte, hatte der andere Mann seine Nase tief in die Zeitung gesteckt, und ehe ich mich versah, schlenderte ich zu ihm hinüber, schwang die Hüften und fühlte mich besonders witzig.

„Rune, Schatz." Mr. Jones' Stimme kam plötzlich von hinten. Ich wirbelte herum und fing an zu kichern, als wäre ich ein kleines Kind, das gerade entdeckt hatte, wie man sich um sich selbst dreht.

„Oh, willst du dich mit mir drehen?" Ich fuhr mit den Fingern seinen Arm hinauf und stellte fest, dass er viel mehr Muskeln hatte, als sein Anzug verriet. „Mr. Jones, Sie haben da drunter einen heißen Körper versteckt, nicht wahr?"

Er grinste leicht und hakte sich bei mir ein. „Es scheint, als hätte mein Gebräu dich ein wenig zu entspannt gemacht. Wie wäre es, wenn ich dich nach Hause begleite?"

Bevor ich antworten konnte, rief er der Kellnerin, die mit ihm arbeitete, Anweisungen zu, und schon waren wir draußen.

„Ich weiß nicht, was in diesem Beruhigungstee war, aber ich möchte eine Hunderterpackung bestellen."

Da lachte er noch lauter. „Die sind nicht zu verkaufen, sondern etwas, das ich besonderen Kunden anbiete, wenn sie eine Auszeit brauchen."

„Vielleicht sollten Sie mit mir zu Daxon oder Wilder gehen." Ich warf einen Blick über die Schulter auf den Bürgersteig, den wir entlangschlenderten, und wehrte mich gegen Mr. Jones' Griff, aber seine Hand legte sich um meinen Rücken und brachte mich dazu, mich auf das Vorwärtsgehen zu konzentrieren.

„Oh, vertrau mir, Rune. Du wirst schlafen, sobald dein Kopf das Kissen berührt, und es wird der beste Schlaf sein, den du seit langem hattest."

Ich stolperte neben ihm her, und doch hatte ich die ganze Zeit das Gefühl, etwas Wichtiges vergessen zu haben, etwas, das wie ein Berg auf meinem Hinterkopf lastete.

Die ganze Nacht war wie im Fluge vergangen. Ich hatte immer wieder geträumt. Meine Gedanken kreisten um die Ereignisse im Rathaus. Wie schnell alles aus dem Ruder gelaufen war. Doch in Wahrheit war das nur eine normale Nacht, wenn es um Daxon und mich ging. Allein seine Anwesenheit brachte mich auf die Palme, und ich wollte ihm am liebsten die Faust ins Gesicht schlagen. Verdammt, ich schien in seiner Nähe immer so außer Kontrolle zu sein, und ihm ging es genauso wie mir.

Er mochte ein Rudel haben, das ihn anbetete, und ebenso viele Frauen in der Stadt, die verzweifelt nach seinem Arsch lechzten, aber irgendetwas stimmte mit dem Kerl ganz und gar nicht. Das Alphabild, das er allen präsentierte, war nicht sein wahres Ich, und das ärgerte mich zutiefst. Denn wenn er in seiner Heimatstadt nicht er selbst sein konnte, konnte man ihm dann überhaupt etwas anvertrauen? Jemanden?

Und das schloss mein Mädchen Rune ein. In dem

Moment, als ich neulich Abend im Rathaus ihren Geruch wahrnahm, hatte Daxon sie auch bemerkt. Ich sah es an der Art, wie er sich versteifte, wie er sich zur Tür drehte, um zu ihr zu gehen, und ich verlor die Kontrolle. Und von da an lief die Scheiße aus dem Ruder.

Verdammtes Arschloch.

Amarok war ein besonderer Ort, und keiner von uns war bereit, sich von unserer Heimat, von unserem Erbe zu trennen. Der Ort war in unseren beiden Rudeln von einer Familie an die nächste weitergegeben worden. Vor Jahrhunderten waren zwei Alphas in dieses Land gezogen, Freunde, die sich bereit erklärten, einen Zufluchtsort für Wolfswandler zu schaffen, einen Ort fernab der Menschen. Ein Ort, an dem sie sich in den Wäldern austoben konnten, ohne verfolgt und gejagt zu werden. Der Ort war riesig, viel größer noch, wenn man die umliegenden Wälder mit einbezog. Ausreichend Platz für zwei Rudel, die zusammenleben konnten. Und soweit ich weiß, hat es noch nie einen Krieg zwischen den hier lebenden Gebissenen und Lykanern gegeben ... bis jetzt jedenfalls.

Es ging aber nicht nur um Rune. Der Ärger hatte mit Arcadia begonnen und wurde von da an nur noch schlimmer.

Es war nur so, dass Rune den Einsatz erhöht hatte. Ich hatte nicht vor, sie an ihn zu verlieren.

Wenn ich an die Vergangenheit dachte, musste ich immer knurren, und ich hasste es, wie eine einzige Erinnerung einen zerstören konnte. Ich marschierte über den Rasen am Flussufer entlang, weil ich nach draußen musste, und ertappte mich dabei, dass ich zum Gasthaus ging, um nach Rune zu sehen. Ich hatte sie seit dem Vorfall im Rathaus nicht mehr gesehen und die letzten Tage damit verbracht, den entstandenen Schaden zu beheben. Die ganze Zeit über waren meine Gedanken bei Rune, ihren Küssen, ihrem weichen, kurvigen Körper unter meinem, ihrem Stöhnen, das nach mehr verlangte. Verdammt, ich hatte immer noch ihren Duft in der Nase, und mein Schwanz zuckte und erlag dem Verlangen. Sie erinnerte mich an etwas Tiefes und Dunkles in meiner Seele, und ich wollte mehr, so viel mehr als nur einen einzigen Moment der Lust.

Ich hatte die feste Absicht, sie für mich zu beanspruchen, sie an meiner Seite zu behalten.

Mein Kumpel, mein Wolf, knurrte in meiner Brust. Wie er es jedes Mal tat, wenn ich an sie dachte.

Sie würde mich zerstören, das wusste ich, aber ich ging die Sache trotzdem mit offenen Augen und offenem Herzen an.

Mein Wolf bestätigte meine Gefühle mit einem erneuten Knurren, und ich ging zügiger. Ich hob den Kopf und sah Rune, die von Mr. Jones gehalten wurde, während sie fast zu stolpern schienen, um den Haupteingang des Gasthauses nicht zu verfehlen. Selbst aus zwanzig Fuß Entfernung erreichte mich ihr leises Kichern.

In meiner Brust loderte es, als ich den Arm des alten Mannes um sie gelegt bemerkte. Eifersucht stieg in mir auf. Mein Verstand sagte mir, dass er sie nicht anrühren würde, denn er hatte eine Gefährtin und war etwa fünfhundert Jahre älter als sie. Aber ich hatte gesehen, wie andere Männer Rune anstarrten, als würden sie ihr eigenes Leben für einen Moment mit ihr opfern.

Scheiß drauf.

Ehe ich mich versah, stürmte ich hinter ihnen her, und mein Herz schlug mir gegen die Rippen.

Rune drehte ihren Kopf zu mir, als hätte sie meine Annäherung bemerkt, bevor ich sie erreichte, und ihr Lächeln brachte meine Seele zum Schmelzen.

„Wilder ist da!", gurrte sie, und sie lächelte etwas zu viel, lachte ein bisschen zu laut. Ich liebte es, sie weniger ängstlich zu sehen, aber irgendetwas war anders an ihr.

Mr. Jones hielt inne und drehte sich um, um mich ebenfalls mit einem Grinsen zu begrüßen, als Rune sich aus seinem Griff löste und zu mir lief. Ich würde lügen, wenn ich sage, ich wäre nicht erfreut. Eine Göttin wie sie zu haben, die zu mir rennt, als wäre nichts anderes wichtig. Das Glitzern des Glücks in ihren Augen zu sehen, ihre herrlichen Brüste unter dem blauen Sommerkleid, das sie trug, hüpfen zu sehen, ließ mein Herz ersticken. Wie sehr ich sie brauchte. Der Stoff schmiegte sich an ihren winzigen Körper, die Knopfleiste war sehr straff über ihrer Brust, und der Rock des Kleides fiel locker bis zu ihren herrlichen Schenkeln herab. Die kurzen Ärmel waren leicht über ihre Schultern gerutscht und enthüllten die sonnenverwöhnte Haut, die ich unbedingt kosten wollte.

Von einer solchen Schönheit begehrt zu werden,

konnte einen Mann aus der Fassung bringen, und als sie in meine Arme sprang, verlor ich mich. Ich umarmte sie und prägte mir ein, wie sie sich an mich schmiegte, ihr Körper war so weich und gehörte verdammt noch mal ganz mir.

„Ich habe dich vermisst", flüsterte sie mit gehetztem Atem. „Hast du mich auch vermisst? Ich konnte nicht aufhören, daran zu denken, wie deine Zunge jeden Zentimeter von mir geleckt hat. Aber wenn du mich willst, dann musst du mich erst einmal fangen."

Ihre Worte waren heiß und kamen so schnell und unerwartet, dass ich ein wenig brauchte, um zu begreifen, was sie meinte. Außerdem hätte ich ihr schon die Unterwäsche vom Leib gerissen, wenn wir nicht in der Öffentlichkeit wären. Mein Hunger nach ihr nahm zu, ebenso mahnte mich mein Wolf, dass sie uns gehörte und dass wir sie verdammt noch mal sofort markieren mussten, um keine Zeit zu verlieren, sonst wäre es zu spät.

„Es scheint, als hätte ich dich schon erwischt, aber Schmeicheleien sind immer gut", flüsterte ich und grinste ein bisschen zu breit.

Ihr Kichern bereitete mir Gänsehaut, die mich an den Rand der Erregung brachte. Hatte sie eine Ahnung, was sie bei mir auslöste? Ein einziges Wort hatte mich in ihren Bann gezogen, eine Berührung machte mich verrückt, ihr Körper machte mich zu ihrem Herrn.

Sie presste ihren Mund auf meinen, und die Welt um mich herum verschwand. Ich hätte sie wieder auf die Beine stellen sollen, bis ich sie in ihrem Zimmer hatte, aber die Versuchung war zu groß. Ich beugte mich vor und saugte ihre Unterlippe zwischen meine Zähne und atmete ihren süßen, honigartigen Duft ein.

Scheiße, ich musste sie wieder haben.

Alles an ihr verschlang mich und ließ meinen Verstand vernebelt zurück.

Mr. Jones räusperte sich. „Nun, ich werde euch beide mal in Ruhe lassen."

Da ich ihn völlig vergessen hatte, löste ich mich von Rune und ließ mein wunderschönes Mädchen an meinem Körper hinuntergleiten. Dabei genoss ich das Gefühl ihrer Brüste, die sich an mir rieben, und versuchte, nicht daran zu denken, wie sehr ich ihr am liebsten das Kleid vom Leib gerissen hätte.

Sicher, anfangs hatte ich gedacht, wir sollten über ihren Ex reden und darüber, wie sie neulich Abend reagiert hatte. Aber niemand hatte gesagt, dass wir nicht zuerst ficken könnten.

Rune sah mich stirnrunzelnd an, dann schlang sie ihre Arme um meine Mitte, ihr mürrischer Gesichtsausdruck war total das Gegenteil von dem, wie sie Sekunden zuvor noch drauf war.

„Was ist los, meine Schöne?"

Sie schürzte ihre Lippen, und ich richtete meine Aufmerksamkeit auf Mr. Jones. „Was ist mit ihr passiert?"

Er warf mir einen verlegenen Blick zu. „Es gab eine kleine Auseinandersetzung vor meinem Café, als Daniel versuchte, Rune für Eves Tod verantwortlich zu machen. Also habe ich ihr etwas von meinem Beruhigungstee gegeben, weil sie sich aufgeregt hat."

„Was zum Teufel, du hast sie mit deinen Glücksteekräutern high gemacht?" Meine Stimme erhob sich stärker, als ich erwartet hatte, aber das erklärte alles an Runes Verhalten.

„Ich bin nicht high", zwitscherte Rune, gerade als jemand um die Ecke des Gasthauses kam. Bevor ich meinen Blick heben konnte, um zu sehen, wer es war, kreischte Rune vor Aufregung und sprang plötzlich von meiner Seite.

Sie warf sich Daxon in die Arme, so wie sie es vorhin mit mir getan hatte, und ich zischte leise vor mich hin, wobei bei ihrer Reaktion ein Feuer in meiner Brust brannte. Meine Hände ballten sich zu Fäusten, und obwohl ich ihn neulich auf der Bürgerversammlung nicht fertig gemacht hatte, würde ich den Scheißkerl vielleicht einfach im Fluss ertränken, um ihn endgültig aus meinem Gesicht zu bekommen. Und vor allem, um ihm Rune aus den Armen zu reißen.

„Nun denn", murmelte Mr. Jones, wobei seine Stimme plötzlich zitterte, er schaute auf die Uhr. „Ich glaube, der Mittagsansturm fängt gleich an. Ich gehe besser zurück."

Er war in Sekundenschnelle verschwunden, und es war mir egal, dass er über den Mittagsansturm gelogen hatte. Ich marschierte hinüber zu Daxon, der mein Mädchen festhielt. Bei diesem Anblick wollte ich die ganze Stadt niederbrennen.

„Verdammt noch mal", spuckte ich.

Aber es war Rune, die antwortete und sich zwischen uns stellte. „Nein! Keiner streitet hier. Könnt ihr zwei euch nicht einfach vertragen?" Ihre Stimme zitterte, als würde sie jeden Moment die Stimme verlieren oder ohnmächtig werden.

„Was hast du mit ihr gemacht?", schnappte Daxon, sein Blick verdüsterte sich. Eine Hand hielt Runes Arm fest, um sie dicht bei sich zu halten, während ich den anderen Arm festhielt und mich weigerte, sie loszulassen.

Sie wippte auf ihren Füßen. „Warum ist die Sonne heute so hell?"

„Der alte Mr. Jones dachte, es wäre nett, sie mit einem seiner Gebräue zu beruhigen, nachdem Daniel Rune die Schuld an Eves Tod gegeben hatte."

„Verdammt noch mal! Warum sollte er ihr das geben? Und wieso hat sie es getrunken? Es schmeckt wie Scheiße." Er schüttelte den Kopf, während sie sich praktisch an ihn schmiegte. „Daniel wird es bereuen, jemals mit Rune gesprochen zu haben", sagte er und knackte mit dem Nacken, als sich ein Schatten über seine Miene legte.

„Einen Scheiß wirst du. Überlass ihn mir", bellte ich.

„Hey", maulte Rune und brachte uns beide dazu, zu ihr hinunterzusehen. „Wenn ihr euch nur streiten wollt, lasst mich gehen. Ihr könnt mich beide mal." Dann brach sie in hysterisches Gelächter aus. „Ich schätze, das habe ich mit euch beiden schon gemacht", sagte sie, ziemlich amüsiert über sich selbst.

Ich schnaufte, bereit zu explodieren, und sog jeden Atemzug ein. „Du hast mit ihr geschlafen?", fragte ich.

Daxon musterte mich eingehend, und das Kräuseln seines Mundwinkels verriet mir seine Antwort, und ich zerriss innerlich, weil ich nicht wusste, was ich neben der Wut, die mich überkam, fühlen sollte. Ich hatte diesen Weg schon einmal mit ihm beschritten und mir geschworen, nichts mehr mit ihm zu tun zu haben, geschweige denn mit derselben Frau.

In meinem Kopf drehte sich alles, und meine Hände zuckten mit dem Drang, ihm das Herz aus der Brust zu reißen. Ich knurrte vor Wut.

„Du hast die Kontrolle über dein Rudel verloren", zischte er mit zusammengebissenen Zähnen. „Wenn Daniel ihr etwas antut, werde ich ihn selbst töten."

Wut kroch mir den Rücken hinunter. „Ist das so?" Ein donnerndes Knurren zerriss meine Kehle, als ich nur noch rotsah.

Er lachte kalt und boshaft. Eine Sekunde lang flackerte etwas in seinem Blick, etwas Unerkennbares. Als ob ein Monster in dem Alpha lauerte. Nur so war zu erklären, wer mich aus der Tiefe seiner Augen ansah.

Plötzlich zerrte ein leichtes Gewicht an meiner Hand, und ich ließ meinen Blick zu Rune schweifen, die zwischen uns ohnmächtig geworden war, den Kopf nach hinten gesenkt, die Augen geschlossen. Nur weil wir ihre Arme festhielten, war sie noch nicht zu Boden gesunken.

„Verdammter Mistkerl, Daxon, sieh nur, was du getan hast." Ich schnappte mir Rune und riss sie in meine Arme. Ihr weicher Körper schmiegte sich an meine Brust, und ich knurrte, dass ich mich hatte ablenken lassen, anstatt mich auf sie zu konzentrieren. Mein Herz hämmerte, als ich das kleine Ding so high von den Teeblättern sah, dass sie bewusstlos geworden war.

„Du denkst, das ist meine Schuld?", knurrte er.

„Na ja, du meckerst ständig über alles."

„Fick dich!"

Ich stieß die Tür mit dem Fuß auf und marschierte ins Gasthaus. Jim stand hinter der Theke und servierte einen Drink, sein Kopf ruckte bei meinem Erscheinen hoch. Anders als beim letzten Mal, als ich dort einmarschiert war, nachdem ich seine Tür aufgebrochen hatte, schien er nicht schockiert darüber, sondern eher resigniert, dass ich nicht wegbleiben würde, solange Rune hier wohnte.

Ich ignorierte die anderen Gäste und ging die Treppe hinauf. Daxon hing mir an den Fersen und grunzte wie ein Wildschwein. Ich hielt inne und legte den Kopf schief. „Was glaubst du eigentlich, wo du hingehst?"

„Wenn du denkst, dass ich sie verlasse, hast du Wahnvorstellungen."

Meine Muskeln spannten sich zwischen den Schulterblättern an, und ich zuckte zurück, überzeugt davon, dass, wenn es jemals einen Tag geben sollte, an dem ich Daxon ermorden würde, es dieser sein könnte.

*R*une
Ich wachte abrupt auf, wurde aus dem Schlaf gerissen und hatte die Worte „Bitte hör nicht auf" auf den Lippen. Das Traurige daran war, dass ich mich nicht an meinen Traum erinnern konnte, aber

meine Gedanken flogen zurück zu der Zeit, als ich Daxon angefleht hatte, mich zu versohlen. Ich war definitiv nicht mehr dieselbe Person, die in diese Stadt gestolpert war. Ich hatte herausgefunden, dass ich Sex mehr liebte, als ich es mir je hätte vorstellen können, und dazu gehörte offenbar auch, dass man mir den Hintern versohlte.

Ich atmete schwer und brauchte einen Moment, um mich zu konzentrieren und die Tatsache zu begreifen, dass ich aufrecht in meinem Bett saß und Wilder und Daxon in meinem Zimmer waren und mich anstarrten.

Ich blinzelte sie an, unsicher, ob ich noch schlief oder eine seltsame Zeitverzerrung stattgefunden hatte. Die beiden konnten sich kaum ausstehen, aber keiner von ihnen sah tot oder angeschlagen aus, weil sie so nah beieinander waren.

„Warum seid ihr beide in meinem Zimmer?" Ich schob mir die Haare aus dem Gesicht und bemerkte, dass meine Stirn feucht vom Schweiß war. „Ihr wisst, dass es unheimlich ist, in das Zimmer von jemandem einzubrechen und ihn beim Schlafen zu beobachten." Ich schaute an mir herunter und vergewisserte mich, dass ich etwas anhatte, denn ich konnte mich beim besten Willen nicht daran erinnern, wie ich in mein Zimmer gekommen war oder welcher Tag heute war. Ich kratzte mich am Kopf, weil ich nicht wusste, was passiert war.

„Ich bin eher neugierig auf deinen Traum", murmelte Daxon, dessen Augenwinkel sich von seinem Lächeln verzogen hatte. „Erzähl uns mehr." Er grinste schelmisch, und als ich seinem Blick begegnete, erkannte ich den Blick von damals, als er mich in genau diesem Bett genommen hatte. Bei dem Gedanken daran wurde mir heiß in der Brust.

Wilder seufzte und warf ihm einen schiefen Blick zu, dann richtete er seine Aufmerksamkeit wieder auf mich. „Was ist das Letzte, an das du dich erinnerst?", fragte er und setzte sich an das Ende des Bettes. Daxon setzte sich in den Stuhl, den er neben mein Bett gestellt hatte. Als ob jeder darum wetteiferte, mir so nahe wie möglich zu sein.

Ich könnte das als Kompliment auffassen, hätte ich nicht die Befürchtung, dass diese beiden in einen Krieg ausbrechen würden, der das ganze Gasthaus zerstören könnte, so wie sie es mit dem Rathaus getan hatten. Obwohl das eine seltsame Nacht war, auf so vielen Ebenen.

Sie starrten mich erwartungsvoll an. Richtig, sie wollten eine Antwort. Aber mein Gehirn fühlte sich an wie Brei. Ich leckte mir über die trockenen Lippen und sah mich nach meiner Wasserflasche um, die ich auf dem Tisch auf der anderen Seite des Raumes fand.

Daxon hatte den Wink verstanden und holte sie für mich. „Danke", krächzte ich und verscheuchte die Trockenheit in meiner Kehle schnell mit mehreren Schlucken. Ich stellte die Flasche auf dem Nachttisch ab und setzte mich auf die Bettkante.

„Okay, also das Letzte, woran ich mich erinnere, ist, dass ich mit Mr. Jones im Café war und etwas mit Nutella gegessen habe. Oh, und er hat mir einen speziellen grünen Tee gemacht, der nicht geschmeckt hat." Ich dachte angestrengt darüber nach, was als

Nächstes kam, aber alles, was ich fand, waren Erinnerungsfetzen. Helles Sonnenlicht und die Begegnung mit Daniel davor ... etwas, an das ich lieber nicht zu viel denken wollte. „Sagt mir, wie ich hierhergekommen bin, das müsst ihr doch wissen, warum sonst wäret ihr beide in meinem Zimmer? Und sagt mir bitte nicht, dass ich etwas superpeinliches gemacht habe, dass ich umgefallen bin und mir den Kopf gestoßen habe." Ich redete nur noch wirres Zeug, aber mein Kopf fühlte sich an, als würde er sich drehen, also konnte man mir keinen Vorwurf machen.

Wilder blinzelte nicht einmal. „Du hast einen halluzinogenen Tee getrunken, der dich so sehr entspannt hat, dass du dich an nichts mehr erinnern kannst." Die Art, wie er das sagte, klang, als hätte ich das absichtlich getan.

Ich versteifte mich im Bett und drückte das Kissen an meine Brust. „Er sagte, es sei nur ein Beruhigungstee. So ein Mist. Habe ich etwas Verrücktes getan, nachdem ich ihn getrunken habe?" Vielleicht hätte ich Mr. Jones mehr Fragen stellen sollen, zum Beispiel wie entspannt ich mich fühlen würde? Oder einfach in Zukunft keine selbstgemachten Mittelchen mehr trinken. Hatte Miyu mich nicht vor so etwas gewarnt?

Daxon schnaubte, und allein dieses Geräusch reichte aus, um mich in Panik zu versetzen und mit den losen Haarsträhnen, die mir über die Schulter hingen, herumzufummeln. „Du warst sehr direkt, als du verlangt hast, dass ich dir den Hintern versohle", sagte er.

Mein Magen drehte sich bei seinen Worten um. Bitte sag mir, dass er einen Scherz gemacht hat.

Wilder schoss auf die Beine und stöhnte. „Niemand will diesen Scheiß hören", platzte er heraus.

„Du bist nur eifersüchtig", schoss Daxon zurück.

„Nun, ich denke, es kommt darauf an", begann ich und unterbrach sie. „Wenn ich Geheimnisse ausgeplaudert habe, dann ja, ich will es wissen." Ich kicherte halb und hoffte, dass ich nicht gerade alle peinlichen Dinge aus meiner Vergangenheit preisgegeben hatte. „Und solange ich niemandem wehgetan habe, kann es ja nicht so schlimm gewesen sein."

„Du hast nichts falsch gemacht, Süße", fuhr Daxon fort, während Wilder sich vor das Fenster stellte und nach draußen starrte, die Schultern hochgezogen, eindeutig, unglücklich. „Aber jetzt wissen wir alle, was du von uns hältst."

Ich drehte mich zu ihm um. „Was soll das denn heißen?" Beklemmung stieg bei seinen Worten in mir auf, und mein Mund schmeckte sauer. Ich verschluckte mich fast am Geschmack und befürchtete, dass er mit unserer gemeinsamen Zeit prahlen würde. Da Wilder bereits schmollte, waren wir auf dem Weg zu einem weiteren bösen Streit zwischen ihnen.

Daxon lehnte sich zurück und musterte mich eingehend, als würde er darauf warten, dass ich als Erster etwas sagte.

Ich runzelte die Stirn und hüpfte aus dem Bett, nicht gerade in der Stimmung für Spielchen, da ich aufgewacht war und die beiden Männer mich beobachteten. „Wenn du etwas zu sagen hast, dann tu es, ansonsten solltet ihr beide vielleicht mein Zimmer verlassen."

Wilder drehte sich zu uns um, und seine Pupillen verdunkelten sich auf eine Weise, die mich daran erinnerte, dass er ein gefährlicher Alpha war und sich sofort auf Daxon stürzen könnte. Sie waren wie eine brennende Zündschnur, an deren Ende jeden Augenblick etwas explodieren könnte.

„Du bist so ein Arschloch, Daxon", schnauzte er. Dann blickte er zu mir hinüber. „Wir haben dich beide vor dem Gasthaus gefunden, nachdem Mr. Jones dich aus dem Café gebracht hatte. Du warst sehr abwesend, und dann hast du uns beiden genüsslich gesagt, dass du uns wieder ficken willst."

„Habe ich das?" Ich leckte mir erneut über die Lippen, während die Nerven auf meinem Rücken tanzten und sich ein unangenehmes Gefühl in meinem Magen einstellte. Ich hatte schon fast erwartet, dass sie in eine Schimpftirade ausbrechen würden, aber sie starrten mich beide an, als hätten sie irgendwie darauf gewartet, dass ich aufwachte, um mit mir über genau diese Sache zu reden.

Obwohl mein Herzschlag in meinen Ohren pochte, erinnerte ich mich daran, dass ich nicht länger die Person sein wollte, die sich von anderen herumschubsen ließ, und dass ich versuchen würde, für mich selbst einzustehen. Ich stellte mich zwischen sie und warf frustriert die Arme hoch.

„Was soll ich denn sagen? Es tut mir nicht leid." Ich legte die Hände auf meinem Bauch, um ihr Zittern zu verbergen. „Ich habe nichts zu verbergen, und ich bin nicht wie eure Ex, falls es das ist, worüber ihr euch beide Sorgen macht. Vielleicht ist es besser, wenn wir das jetzt offen aussprechen, damit wir alle miteinander reden können und uns benehmen."

Die Blicke auf ihren Gesichtern waren alles andere als höflich, und jetzt hallte mein Herzschlag in meinen Ohren wider. Stattdessen starrten sie sich gegenseitig an.

„Erzählst du mir mehr über deine Begegnung mit Daniel?", fragte Wilder und durchbrach damit die Patt-Situation zwischen den beiden, und seine Frage verriet mir zwei Dinge. Erstens, er hatte nicht vor, mein Zimmer zu verlassen. Und zweitens, dass Daxon seinen sturen Arsch auch hierlassen würde, denn sie waren noch lange nicht fertig damit, dass ich mich zu beiden hingezogen fühlte.

„Mr. Jones hat es dir erzählt, nehme ich an?"

Daxon nickte. „Hat Daniel dir wehgetan?"

Ich schüttelte den Kopf. „Mr. Jones hat ihn aufgehalten, bevor er die Möglichkeit dazu hatte."

Der Schock auf seinem Gesicht war fast komisch. „Scheint, als hätte der alte Mann ein paar Tricks im Ärmel."

Daxon sagte nichts, sondern lehnte sich noch weiter in seinem Stuhl zurück, die Beine weit gespreizt, die Hände in die Hosentaschen gesteckt, mich mit einem seltsamen Blick studierend und Wilder völlig ignorierend. Bei Daxon fühlte ich mich wie ein Reh, das von einem Wolf im Wald entdeckt wurde. Er war völlig unbeeindruckt von Wilder, auch wenn sie Todfeinde zu sein schienen. Als würde ihn nichts auf der Welt erschrecken. War es seltsam, dass ich das gleichzeitig lächerlich anziehend und beängstigend fand?

„Es ist gut, dass Mr. Jones dich beschützt hat", antwortete Daxon schließlich. „Er ist wenigstens für etwas gut. Aber vielleicht solltest du nicht allein ausgehen?"

Meine Muskeln versteiften sich, und in meinem Kopf loderten augenblicklich Flammen auf. „Nein", antwortete ich. „Ich bin keine hilflose Frau, und ich habe mich auch ganz gut gegen Daniel gewehrt. Ich werde keine Gefangene in meinem Schlafzimmer sein." Die unausgesprochenen Worte darüber, dass sie mich in der Stadt bereits zu einer Gefangenen gemacht hatten, spannten sich zwischen uns.

Beide Männer beobachteten mich neugierig.

„Ich will nicht, dass du verletzt wirst", sagte Daxon, wobei sein Kinn nach oben wanderte, während Wilder wortlos zusah. Er stand still wie ein Soldat, ausdrucks- los, und ich hatte Mühe, mir einen Reim auf die beiden Männer zu machen. Sie waren grüblerisch, und allein ihre Anwesenheit verdrehte mir den Magen, ließ meine Gefühle und meine Erregung durcheinandergeraten. Ein Teil von mir fragte sich, ob es mir leichter fallen würde, in dieser Stadt Frieden ohne Drama zu finden, wenn sie schließlich aufeinandertrafen und sich gegen- seitig zerstörten. Oder würde mich das wiederum ruinieren?

„Vielleicht ist es keine schlechte Idee", sagte Wilder, brach endlich sein Schweigen und hielt meinen Blick fest. Offenbar trug es nicht gerade zu meiner Beruhigung bei, die beiden gleichzeitig in meiner Nähe zu haben, vor allem, wenn sie Dinge sagten, die mich in Rage brachten.

Er sprach, als würde er mir einen Befehl geben, und ich verengte meinen Blick auf ihn. „Vielleicht sollten wir, anstatt zu versuchen, mich in Luftpolsterfolie zu verpacken, daran arbeiten, die Stadt davon zu überzeugen, dass ich nicht der Mörder bin."

Ein lautes Klopfen kam von der Tür. Ich zuckte zusammen und bewegte mich zum Eingang.

Daxon schob sich auf die Beine, und auch Wilder war blitzschnell an meiner Seite, ein tiefes, gutturales Knurren in seiner Kehle.

„Wer ist da?", fragte ich laut, doch Daxon hatte bereits den Raum durchquert und die Tür aufgestoßen. Er versperrte den Eingang, so dass ich nicht sehen konnte, wer dort stand, aber dem eiligen Flüstern und dem tiefen Ton nach zu urteilen, klang es dringend.

Wilders Arm legte sich um meine Taille und zog mich an sich, als hätte er etwas gehört, was ich nicht gehört hatte.

„Okay, danke", sagte Daxon und drehte sich zu uns um. „Tolle Neuigkeiten. Jemand wurde soeben auf genau dieselbe Weise getötet wie Eve."

Es fiel mir schwer, zu denken, als ich seine Worte hörte, denn ich verstand nicht ganz, wie der Tod von jemandem in irgendeiner Weise mit einer guten Nachricht zusammenhängen konnte. Ich begriff, dass er damit andeuten wollte, dass, wenn es sich um einen kürzlichen Mord handelte, dies der ganzen Stadt endlich zeigen würde, dass ich Eve nicht getötet haben konnte. Allerdings hatte gerade ein weiterer Unschuldiger sein Leben verloren, was die Frage aufkommen ließ, was zum Teufel die Leute in der Stadt jagte.

„Wo? Wissen wir, wer es ist?", fragte Wilder.

„Beim Wald hinter dem Gemeindehaus. Ich gehe jetzt dorthin.", antwortete Daxon und marschierte bereits aus dem Raum.

Wilder sah zu mir hinunter. „Bleib hier, ich komme später vorbei."

„Du spinnst wohl, wenn du glaubst, ich bleibe hier und warte." Ich eilte durch den Raum und zog meine Stiefel an, bevor ich mir meine Brieftasche und den Zimmerschlüssel schnappte. „Ich komme mit."

Er zuckte mit den Schultern und schüttelte den Kopf, aber er tat nichts, um mich aufzuhalten. Ich musste sofort wissen, ob der Tatort derselbe war. Unruhe überkam mich. War es schlimm, dass ich wie Daxon plötzlich hoffte, dass die Person auf dieselbe Weise getötet worden war, um so meine Unschuld zu beweisen?

Das Wetter hatte umgeschlagen, der Wind war eisig, und der Himmel war mit blauen Wolken bedeckt.

Wir liefen durch die Stadt. Als wir schließlich am Rathaus ankamen, bemerkte ich eine kleine Ansamm-lung von Menschen auf der Rückseite des Gebäudes. Mein Magen krampfte sich zusammen, als ich Eve wieder vor mir sah, mit herausgerissener Kehle und toten Augen, in denen der Schrecken dessen stand, was sie durchgemacht hatte.

Ich blieb dicht an Wilders Seite, während sich die

Menge vor ihm teilte. Gegenüber ragte ein hohes, stolzes Stück Immergrün aus dem Wald heraus.

Mein Blick fiel sofort auf die Leiche, die einige Meter entfernt lag, und mein Herz pochte in meiner Brust. Die Angst umklammerte mein Herz, und das Atmen fiel mir schwer, als ich hektisch auf das Gesicht schaute, um zu sehen, ob ich es wiedererkannte.

„Du musst dir das nicht ansehen", flüsterte Wilder in mein Ohr, seine Hand auf meinem Rücken, und seine Wärme trug ein wenig dazu bei, die Kälte zu vertreiben, die sich über meine Knochen gelegt hatte.

Ich stolperte vorwärts, fand keine Worte als Antwort, wollte aber wissen, ob es derselbe Mörder war.

Daxon hockte neben dem Opfer, den Kopf gesenkt, und ein leises Grollen, das von ihm ausging, sagte mir, dass das Opfer zu seinem Rudel gehören musste. Es war ein junger Mann, den ich nicht erkannte. Er hatte kurzes goldenes Haar, einen kleinen Bart und trug legere Kleidung. Um seine Kehle herum sammelte sich Blut, das Fleisch war herausgerissen. Ich hasste es, dass ich den Blick nicht von den Blutspuren abwenden konnte, ich konnte Knochen sehen. Der Kopf wurde offenbar nach hinten gezogen, um leichter an die Kehle heranzukommen. Etwas Scharfes, wie Reißzähne oder Krallen, hatten durch das Fleisch geschnitten und dem Mann das Leben geraubt.

Genauso wie es Eves Leben gestohlen hatte. Die Morde waren zu ähnlich, um nicht vom selben Mörder begangen worden zu sein. Beide wurden auf dieselbe Weise ermordet, beide nicht weit vom Wald entfernt.

Aufgrund der Position der Leiche, die Beine zeigten in Richtung der Bäume, ein Schuh lag einige Meter hinter uns, konnte ich nur annehmen, dass er im Freien getötet und dann in den Wald geschliffen wurde.

Aber warum? Um den Anschein zu erwecken, dass es sich um ein wildes Tier handelte und der Mann zu nahe an den Wald herangekommen war? Bedeutete das, dass derjenige, der das getan hatte, in dieser Stadt lebte? Ich schlang meine Arme um mich. Der Mord war verheerend, und mit ihm kam die Befürchtung, dass uns etwas wirklich Schreckliches beobachtete.

Wilder stand Daxon gegenüber und ging in die Hocke, um mit ihm aufrichtig über den Verlust zu sprechen.

Je länger ich auf den armen Kerl hinunterstarrte, desto mehr überkam mich die Paranoia, dass es jeder in der Stadt sein könnte. Ich schaute mich um und zu den anderen Dorfbewohnern, die uns beobachteten. Ihre Mienen wurden bleich vor Angst. Als ich mich umdrehte, kniff ich die Augen zusammen und versuchte, tief einzuatmen und mich nur auf den Geruch zu konzentrieren, in der Hoffnung, dass ich vielleicht etwas riechen würde, das mir von Eves Tatort bekannt vorkam.

Da mein Wolf noch immer in mir blockiert war, konnte ich nur den Geruch von Blut wahrnehmen, und mir wurde übel, je länger ich ihn einatmete.

Ich trat näher an Wilder heran, der von der Leiche aufgestanden war. „Die Tötung sieht frisch aus. Er blutet noch, das Blut ist noch nicht geronnen."

Er nickte mit angespannter Miene.

Daxon war wieder auf den Beinen, Dunkelheit überzog sein Gesicht. „Schaff sie hier weg", bellte er Wilder an, dann stürmte er zurück in die Menge hinter uns und brüllte Befehle. Er verlangte Antworten.

Die Wut in seiner Stimme war deutlich zu hören. Daxon war niemand, der seine Gefühle offen zeigte, aber in diesem Moment war er wütend.

„Lass mich dich nach Hause bringen", beharrte Wilder, und ich protestierte nicht, sondern wandte mich vom Tatort ab, wobei sich mir der Magen umdrehte. Es war ein aussichtsloser Kampf, die Tränen über den erneuten Mord und Eves Verlust zurückzuhalten, und ich wischte mir schnell über die Augen. Ich hasste es, dass ich immer zu viel zu fühlen schien. Selbst für praktisch Fremde.

Wilder nahm meine Hand in seine, unsere Finger verschränkten sich, und wir machten uns auf den Weg zurück zur Hauptstraße.

„Daxon schien wegen des Opfers sehr aufgebracht zu sein. Wer war er?", fragte ich schließlich, als wir nicht mehr in Hörweite von Daxon waren.

„Asher Turner. Asher hatte seine Eltern mit acht Jahren an Wolfsjäger tief in den Wäldern verloren, und Daxon hatte immer eine Schwäche für den Jungen, der alles verloren hatte. Er hat ihm geholfen, eine Familie zu finden, bei der er leben konnte, und er hat ihn unterstützt, einen Job auf dem Bau zu bekommen. Das ist also ein schwerer Schlag für ihn."

„Das ist ja furchtbar." Ich kaute auf der Innenseite meiner Wange, mein Herz schmerzte mit Daxons. Ich wusste nicht, ob ich jemals wieder dieselbe sein konnte, nachdem ich Zeuge dieser sinnlosen Morde geworden war. Ich hatte genug Verwüstung durch Alistair gesehen, aber Amarok war ein Zufluchtsort für Rudel und Familien. Es sollte sicher sein. Oder das war nur das Bild, das ich mir gewünscht hatte.

Die Bilder vom Toten und das viele Blut verfolgten meine Gedanken, und ich unterdrückte das Erbrechen. „Es ist derselbe Mörder", sagte ich.

„Das glaube ich auch." Seine wunderschönen grünen Augen waren unscharf, als er den Blick abwandte, und verfinsterten sich, als sich seine Hand fester um meine legte. „Du musst in der Stadt besonders vorsichtig sein. Ich würde sterben, wenn ich dich so zugerichtet finden würde." Er blieb am Straßenrand stehen und drehte mich zu sich herum, seine Hände hielten meine Arme fest. „Versprich mir, dass du nachts nicht allein rausgehst und dich auch nicht in die Nähe des Waldes begibst."

Ich klapperte mit den Zähnen, als ich die Angst in seinen Augen sah. Wenn ein mächtiges Alphatier so verängstigt war, dann musste ich mich fürchten.

„Wie willst du den Mörder finden?"

„Ich werde in der Stadt und in den Wäldern Wächter aufstellen und jeden verfolgen."

„Ich weiß, dass Wandler erstaunliche Sinne haben. Ich konnte nichts außer dem Blut von Asher riechen, aber hast du den Geruch des Mörders wahrgenommen?"

Er runzelte die Stirn, als sein Blick über das Rathausgelände hinter mir schweifte. „Das ist es ja gerade. Ich hätte etwas riechen müssen, aber da ist nichts, als wäre es nie passiert, oder sie haben besonders darauf geachtet, nichts von sich zu hinterlassen."

Ich blinzelte ihm zu und schaute über meine Schulter zurück zu Asher, wobei mir ein Schauer über den Rücken lief, weil ich mich beobachtet fühlte. Mein Blick schweifte umher, aber nichts schien ungewöhnlich zu sein. Die Aufmerksamkeit aller war immer noch auf die Leiche gerichtet.

„Lass uns gehen." Wilder zog mich vom Rathaus weg. Wir waren auf halbem Weg zur Hauptstraße, als Schritte vor uns mich aufschrecken ließen.

Einige Meter entfernt schlenderte Arcadia auf uns zu, ihr pechschwarzes Haar fiel ihr perfekt gestylt über die Schulter, ihr Make-up war wie immer makellos. In ihren Skinny-Jeans und ihrem Trägertop, das die Farbe der Sonne hatte, sah sie perfekt aus. So dumm es auch klingen mag, in mir wuchs die Eifersucht, weil sie so schön war, dass man sie leicht mit einem Laufstegmodel verwechseln konnte. Ich trug immer noch die Klamotten, in denen ich eingeschlafen war, nachdem ich mich mit Tee berauscht hatte.

Wir waren uns überhaupt nicht ähnlich, aber andererseits hielt Wilder meine Hand, nicht ihre. Das bemerkte sie sofort, und als ihr Blick zu mir wanderte, rümpfte sie verächtlich die Nase.

„Du hast deine Ansprüche wirklich heruntergeschraubt, Wilder." Sie spuckte ihm die Worte praktisch entgegen. „Du gibst dich mit dem Stadtmörder ab. Ist das deine neue Masche? Wie lange dauert es, bis du es leid bist, diese Schlampe zu ficken?" Sie stand vor uns, die Schultern hochgezogen, die Lippen zusammengepresst ... der Hass strahlte aus ihrem Blick.

„Verpiss dich, Arcadia, und geh uns aus dem Weg", knurrte Wilder und zog mich näher zu sich, wobei sich seine Hand schützend um meine Taille legte.

„Jeder weiß, dass du es warst, Miststück", schnauzte sie mich an. „Und früher oder später haben sie genug von dir, und dann bist du weg, oder besser noch tot."

Hass flammte in meiner Brust auf, und ich versuchte, ihn zu verdrängen. Bei Arcadia konnte man sehen, dass es ihr Spaß machte, mich zu quälen. Zu ihrem Pech war ich ein Experte im Umgang mit Tyrannen. Dafür hatte Alistair gesorgt. Ich schaute ihr ins Gesicht und fragte: „Ich bin neugierig, wie kämmst du dir die Haare, damit man deine Hörner nicht sieht?"

Wilder stieß ein Lachen aus. Arcadias Gesicht wurde puterrot, sie kochte. Er zog uns nach vorne und hatte nicht die Absicht, Arcadia aus dem Weg zu gehen. „Lass uns ein paar Dinge klarstellen." Seine Mundwinkel zogen sich nach oben. „Rune hat auf keinen Fall jemanden getötet. Zum einen war sie die meiste Zeit des Tages mit Daxon und mir in ihrem Zimmer, auch zu der Zeit, als Asher abgeschlachtet wurde. Wie wäre es also, wenn du dich jetzt verpisst und seinen Tod respektierst, anstatt falsche Anschuldigungen zu verbreiten. Und zweitens, wenn ich jemals wieder höre, dass du Rune drohst, bist du diejenige, die verschwindet ..." Den letzten Teil ließ er unausgesprochen, aber die Botschaft war klar. Heilige Scheiße.

Arcadia blieb der Mund offenstehen, und sie schien

sich fast zusammenzurollen, als wäre sie bereit, von der Welt verschluckt zu werden.

Ich konnte die Genugtuung nicht leugnen, sie in die Schranken gewiesen zu sehen. Bei dieser Begegnung mit ihr musste ich grinsen wie eine Verrückte, als ich sah, wie sie sich bei Wilders Warnung praktisch in die Hose machte. Wir gingen an ihr vorbei und ließen sie zitternd hinter uns zurück.

„Oh Scheiße, das hat sich toll angefühlt. Hast du gesehen, wie geschockt sie war?" Ich warf einen Blick über die Schulter zu ihr, wie sie mit gesenktem Kopf die Straße entlangeilte.

„Sie hat etwas viel Schlimmeres verdient", antwortete er. „Und wie ich schon sagte, werde ich nicht zulassen, dass dir jemals wieder etwas oder jemand wehtut."

Schmetterlinge stiegen in meinem Magen auf. Das hörte sich so verdammt gut an.

8

RUNE

„Rune!" Miyus Stimme hallte den Bürgersteig hinunter, als sie sich aus der Tür des Salons lehnte. Ich brauchte frische Luft, nachdem ich den Tag zuvor auf Wilders Befehl hin in meinem Zimmer festsaß. Und ein Tag war schon genug. Den größten Teil des Morgens war ich auf der Suche nach einem anderen Café als dem von Mr. Jones gewesen, da es mir immer noch sehr peinlich war, was sein kleiner Beruhigungstee neulich mit mir angestellt hatte.

Erfolglos.

„Rune", rief Miyu erneut, bis jeder, der auf der Straße unterwegs war, sie ansah und bemerkte, dass sie wie eine Verrückte mit den Händen eine Art seltsamen Tanz aufführte.

„Ich habe dich schon beim ersten Mal gehört", schnauzte ich, als ich etwas näherkam.

„Ich weiß", sagte sie mit einem Zwinkern. „Ich wollte dich nur in Verlegenheit bringen."

„Mission erfüllt."

Sie schnaubte und öffnete dann die Tür. Ich musste an diesem Tag nicht arbeiten, also hatte ich definitiv Zeit für ein bisschen Mädchenzeit, wenn sie es wollte.

Ich hatte sie gemieden. Nach dem ganzen Desaster im Rathaus, als alle ihren Verstand verloren hatten, war ich mir nicht sicher, was sie über mich dachte.

Ich versuchte, in ihr zu lesen, als sie mich zu einem neuen Tisch führte, der an der hinteren Wand aufgestellt war. Sie schien völlig normal zu sein, oder so normal, wie eine Person, wie Miyu, sein konnte.

„Setz dich, setz dich!", befahl sie, als sie sich mir gegenüber an den Tisch setzte. Erst spät wurde mir klar, wozu der Tisch diente.

„Ein Nagelstudio?", fragte ich.

„Ja. Ja. Ja", sagte sie laut, während sie auf ihrem Stuhl einen weiteren kleinen, seltsamen Tanz vollführte.

Ich lachte vergnügt, als ich all die Werkzeuge betrachtete, die sie aufgestellt hatte. Hinter ihr befand sich ein Bücherregal, das mit allen möglichen Farben von Dip- und Gel-Lacken gefüllt war, die es auf der Welt gab.

„Weißt du, wie man Fingernägel macht?", fragte ich nach einem Moment, und sie nickte, bevor sie meine rechte Hand zu sich zog und begann, meine Nägel kritisch zu betrachten.

„Ja, das kann ich, und wir werden jetzt deine hässlichen Nägel machen, während du mir sagst, warum du mir aus dem Weg gehst", befahl sie.

Ertappt. Ich wollte den Mund öffnen, um zu lügen und zu leugnen, aber bevor ich etwas antworten konnte, warf sie mir einen langen Blick zu, als ob sie mich durchschaut hätte.

Prompt schloss ich meinen Mund, ohne ein Wort zu sagen.

Stille trat ein, und obwohl Miyu die Unbehaglichkeit überhaupt nicht zu spüren schien, widerstand ich dem Drang, mich nicht auf meinem Sitz zu winden.

Miyu brummte, als sie ihren Stuhl herumdrehte, um eine Schüssel zu holen, die sie mit einer rosafarbenen Flüssigkeit füllte, bevor sie sie auf den Tisch stellte und alle meine Finger hineinzwängte. Schließlich wandte sie ihre Aufmerksamkeit mir zu und starrte mich an, als wolle sie mich zum Sprechen auffordern.

Ich knickte sofort ein wie ein Trottel.

„Ich wusste einfach nicht, wie du dich bei all dem fühlst. Ob du so denkst, wie alle anderen in dieser Stadt im Moment zu empfinden scheinen.“

„Du meinst, du wusstest nicht, ob ich dich für einen Serienmörder halte?“, fragte sie mit einem schelmischen Lächeln.

Die Worte klangen lächerlich aus ihrem Mund, aber dann kam mir Daxons Gesicht in den Sinn. Man wusste nie, wer um einen herum ein Mörder war. Ich hätte jedenfalls nie gedacht, dass er einer sein könnte.

„Hey, das war nur ein Scherz“, sprach sie leise und tätschelte meinen Arm.

„Oh, ja. Tut mir leid, ich war nur einen Moment in Gedanken versunken“, sagte ich ihr und drängte alles, was ich über Daxon gedacht hatte, für den Moment weit, weit weg.

Sie runzelte verständnisvoll die Stirn, als sie eine meiner Hände sanft aus der Schüssel nahm und sie fieberhaft zu bearbeiten begann, wobei ihre Hände so schnell herumflogen, dass es schwer war, ihnen mit den Augen zu folgen.

„Weißt du, es ist so dumm, wie die Leute sich aufführen", knurrte sie wütend. „Wenn ich noch ein Wort höre, schwöre ich, dass ich sie ausweiden werde, und ich lebe seit Jahren mit diesen Leuten zusammen!" Sie hob einen Finger, als ob sie ihren Schwur vor einer Menschenmenge verkünden würde, obwohl wir in Wirklichkeit ganz allein hier drin waren. Ich war gerührt von ihrer Loyalität gegenüber einem Mädchen, das sie nicht sehr gut kannte.

„Ich war im Rathaus, ich weiß genau, was sie sagen", sagte ich mit einem Seufzer.

Miyus Gesicht verzog sich, als würde sie angestrengt nachdenken. „Weißt du, es ist seltsam. Ich weiß noch, wie ich mit Rae zum Rathaus ging. Ich weiß noch, wie ich mich hinsetzte und die Sitzung begann und alle über Eve sprachen. Und dann erinnere ich mich, wie die Leute anfingen, dir die Schuld zu geben. Ich hatte vor, aufzustehen und ihnen ihren Schwachsinn zu sagen. Aber ich weiß nicht, warum ich es nicht getan habe. Von da an war alles verschwommen. Ich kann mich schwach daran erinnern, dass alle um mich herum durchdrehten. Ich meine, ehrlich gesagt, bin ich auch ein bisschen durchgedreht. Ich bin mir sicher, dass ich Aleshia die Haare ausgerissen und sie ihrem

Freund in den Hals gestopft habe.", murmelte sie. Ich lachte, und sie grinste mich an. „Aber die Details sind unscharf. Als wäre ich da gewesen, aber ich war es auch nicht. Ergibt das einen Sinn?"

Ich nickte. „Es war eine seltsame Nacht. Es schien, als wären alle verrückt geworden."

„Manchmal werden Wölfe vor einem Vollmond verspielt und aufgeregt und während ... aber es war kein Vollmond und es ist sonst nie so", überlegte Miyu, während sie an meinem kleinen Finger feilte. Hoffentlich hatte ich noch Nagel übrig, wenn sie fertig war. Ich war mir nicht sicher, ob sie mir überhaupt Aufmerksamkeit schenkte.

Etwas drehte sich in meinem Magen, als ich daran dachte, wie die Leute sich verhalten hatten, seit ich hierhergekommen war. Wie die Szene in dem Lebensmittelladen mit Arcadia.

Plötzlich wollte ich es Miyu wirklich sagen. Ich hatte noch nie eine Freundin gehabt. Zumindest nicht, seit ich ein kleines Mädchen war. Und ich hatte auch noch nie eine beste Freundin in irgendeiner Form gehabt, wenn es um Leben und Tod ging. Ich betrachtete ihr Gesicht, während sie etwas vor sich hin summte, von dem ich ziemlich sicher war, dass es eine schiefe Version von „I'm a Slave 4 U" war.

„Manchmal habe ich das Gefühl, dass ich die Gefühle der Menschen beeinflussen kann", platzte ich heraus, bevor ich weiter darüber nachdenken konnte. Es war ein Gedanke, der mir schon seit Wochen im Kopf herumschwirrte. Etwas, über das ich nicht nachdenken wollte. Ich war Expertin in Verdrängung.

„Wie meinst du das?", fragte Miyu, und in dieser Sekunde mochte ich dieses Mädchen wirklich, denn in ihrer Stimme lag kein Urteil. Sie sah mich nicht einmal an, als ob ich verrückt wäre. Sie sah mich einfach nur an, als wäre ich interessant.

„Seit ich hier bin, gab es ein paar Mal Situationen, dass sich die Leute grundlos anders verhalten haben." Ich erzählte ihr von der Szene im Lebensmittelladen mit Arcadia und dem Rathaus und den Eltern am Grab ihrer Tochter.

Miyu kaute gedankenverloren auf ihrer Lippe, nachdem ich geendet hatte. Ich ging zum Fenster und wartete eine lange Minute, weil ich mir sicher war, dass sie mich rauswerfen oder in die Klapsmühle bringen würde. Schließlich schenkte sie mir ein breites, überschwängliches Lächeln und keuchte: „Was, wenn du eine Art Superheldin oder so etwas bist?"

„Was? Nein, ich bin keine Superheldin", sagte ich lachend, während ich mich wieder auf meinen Platz setzte und sie fortfuhr, meine Nägel zu bearbeiten. „Ich bin wahrscheinlich so weit von einer Superheldin entfernt, wie es nur geht. Ich würde vor meinem Schatten davonlaufen, wenn er nicht an mir hängen würde."

Miyu schüttelte den Kopf, während sie begann, überschüssige Teile meiner Nagelhaut wegzuschneiden. „Ich glaube, du siehst dich selbst nicht sehr klar, Rune. Oder die Art, wie andere dich sehen."

Sie rutschte auf ihrem Stuhl hin und her, weil sie plötzlich nervös wurde. „Natürlich hast du mir nicht viele Details über deinen Ex oder dein altes Leben erzählt, aber ich habe die blauen Flecken an deinem Hals an diesem Tag gesehen. Ich habe den Schmerz in deiner Stimme gehört. Der Mut, den es dich gekostet hat, von ihm wegzukommen und hierher zu kommen, das solltest du anerkennen. Du musst das nutzen, um dich selbst zu stärken. Denn du solltest dich als Heldin sehen, Rune. Jedes Mal, wenn eine Frau beschließt, dass sie genug hat und schwört, ein besseres Leben zu führen, wird sie zur Heldin."

Eine stumme Träne bahnte sich ihren Weg über meine Wange. „Ich bin immer bei ihm geblieben, weil er mein wahrer Gefährte war. Er hat schreckliche Dinge getan, und ich habe nie etwas dagegen unternommen. Erst als jemand mir den Weg ebnete, um da rauszukommen."

„Du hast deinen wahren Partner getroffen", keuchte sie, und ihre eigenen Augen glitzerten von ungeweinten Tränen. Ich wandte den Blick von ihr ab und schloss die Augen, um mich zum milliardsten Mal daran zu erinnern, wie es sich angefühlt hatte, als er mich zurückgewiesen hatte. Ich ließ den Schmerz über mich ergehen, wieder und wieder und suchte nach Anzeichen dafür, dass ich überhaupt geheilt war.

Und zu meiner Überraschung war es so. Der Schmerz war immer noch da. Er würde wahrscheinlich immer da sein, eine offene Wunde, die mich daran erinnerte, dass die Mondgöttin mich verlassen hatte. Doch während der Schmerz früher wie ein heißes Messer war, das durch meine Haut schnitt und ritzte, bis ich dachte, ich würde sterben, fühlte er sich jetzt wie ein dumpfer Schlag an. Spürbar, aber nicht zerstörerisch.

„Mein wahrer Partner hat mich zurückgewiesen", sagte ich ihr.

Sie starrte mich einen langen Moment an, Herzschmerz in ihren Augen. „Siehst du, du bist ein knallharter Typ", flüsterte sie schließlich.

Ich öffnete den Mund, um sofort zu widersprechen. Ich wehrte mich gegen Komplimente, die mich aus meinem Selbstmitleid rissen.

Dann hielt ich inne. Und ich dachte über das nach, was sie gesagt hatte, und über die Verwunderung in ihrer Stimme.

Ich hatte von Menschen gehört, die fast gestorben wären, als sie zurückgewiesen worden waren. Es war die Geschichte, die am Lagerfeuer geflüstert wurde, der Alptraum, an den alleinstehende Wandler nicht denken wollten, während sie darauf warteten, ihre Partnerin zu finden. Es galt als das Schlimmste, was einem je passieren konnte. Eine Tat, die so abscheulich war, dass man für den Rest seines Lebens als halber Mensch existieren würde.

Und doch saß ich hier.

Ich hatte Probleme, eine Menge davon. Aber nachdem ich jahrelang als Fußabtreter missbraucht wurde, hatte ich meine metaphorischen Fraueneier genommen und war geflohen. Ich hatte meinem Alpha sogar den Augapfel herausgeschnitten, um an seinen Safe zu gelangen. Und obwohl ich im Grunde in dieser Stadt gefangen war, habe ich überlebt. Irgendwie hatte ich mehrere schreckliche Begegnungen mit einer geheimnisvollen Bestie überlebt. Und ich hatte einen Job gefunden, eine Freundin, und ich hatte mich auf den besten Sex eingelassen, den ich mit den zwei umwerfendsten Männern hatte, die ich je gesehen hatte.

Ich blühte nicht auf, aber ich war definitiv keine Niete im Leben.

Vielleicht war ich tatsächlich ein knallharter Typ.

Dieser Gedanke war für mich lebensverändernd. Es war, als wären mir in diesem Moment Jahre der Selbstquälerei und des Selbstekels von den Schultern genommen worden. Ein Kichern entwich meinem Mund, und bald lachten Miyu und ich beide, obwohl ich mir nicht sicher war, ob sie wirklich wusste, warum wir lachten.

„Ich bin ein knallharter Typ", rief ich fröhlich, sprang von meinem Sitz auf und tanzte durch den Raum.

Miyu sprang ebenfalls von ihrem Stuhl auf, drückte auf einen Knopf an der Wand, und plötzlich setzte Musik ein. Aus den Lautsprechern in der Wand ertönte „Shake It Off" von Taylor Swift.

Wir tanzten und lachten, und ich erlaubte mir, von einem Leben zu träumen, in dem Alistair nicht vorkam und ich nicht an ihn denken musste. Ich erlaubte mir, von einem Leben zu träumen, in dem ich ausgelassen lachte und tanzte, indem ich das Leben ohne Angst vor der Vergangenheit oder der Zukunft lebte. Ich erlaubte mir, einfach da zu sein.

Es war einer der schönsten Momente in meinem Leben. Und das Glück, das in mir aufkeimte, hieß ich willkommen wie einen alten Freund, den ich schon lange nicht mehr gesehen hatte.

Und es hat mich sofort auch wieder willkommen geheißen.

Wir tanzten eine Stunde lang und setzten uns dann schließlich wieder auf unsere Stühle, wo Miyu sich erneut meinen Nägeln widmete. Nach meiner Offenbarung fühlte ich mich Miyu näher, als hätte ich durch das Loslassen meines Selbsthasses Platz geschaffen, um tatsächlich die Art von Freundin zu sein, die ich sein wollte.

„Ich habe diese Woche sowohl mit Wilder als auch mit Daxon geschlafen", war das Nächste, was ich ausplauderte.

Ihre Augen weiteten sich. „Mädchen, du bist ein Volltreffer", sagte sie und strahlte, als sie den rosa Lack wegstellte und eine Flasche mit tiefrotem Lack nahm. „Ich lackiere deine Nägel rot, weil du eine verdammte Sexgöttin bist. Und jetzt erzähl mir alles."

Das tat ich auch, mit Ausnahme meines Verdachts gegen Daxon. Wenn ich es zu diesem Zeitpunkt überhaupt noch Verdacht nennen konnte. Ich ließ auch die Gefühle, die wir dabei hatten, und die ganze Partnerschaftssache mit Wilder weg. Das fühlte sich ein wenig zu privat an.

Im Grunde beschränkte ich mich in meiner Geschichte auf Schwanzgrößen und sexuelle Fähigkeiten.

„Wer war der Bessere im Bett?", fragte sie grinsend, nachdem ich fertig war.

Ich zuckte mit den Schultern, unfähig zu antworten. Sie waren beide auf unterschiedliche Weise umwerfend gewesen.

„Glückliche Schlampe", hauchte sie, während sie einen weiteren Nagel lackierte.

„Und wie geht es dir und Rae?", fragte ich und fühlte mich schlecht, weil wir die ganze Zeit nur über mich geredet hatten. Miyu hatte so eine Ausstrahlung, dass man sich am liebsten zusammenrollen und ihr all seine Geheimnisse erzählen würde. Sie war das perfekte Geschenk für jemanden, der in einem Friseursalon saß. Alle ihre Kunden konnten im Grunde jedes Mal gleich eine Therapiesitzung machen, wenn sie hereinkamen.

„Ich glaube, er will mich heiraten oder so", sagte sie genervt.

Ich hob eine Augenbraue. „Und warum ist das etwas Schlechtes?", fragte ich. Sie und Rae waren das süßeste Paar überhaupt. Er schien jede lächerliche und wunderbare Seite an ihr zu lieben, was sich ziemlich toll anhörte, wenn man in Bezug auf Beziehungen nicht so gestört war wie ich.

Einen Moment lang schimmerte Verletzlichkeit in ihrem Blick, dann sah sie weg.

„Hey", sagte ich leise und lehnte mich zu ihr, da ich sie nicht berühren konnte, solange sie noch an meinen Nägeln arbeitete. „Was ist los? Ist etwas nicht in Ordnung?"

Sie lächelte traurig. „Alles ist wunderbar. Er behandelt mich wie eine verdammte Königin. Und er liebt mich. Er liebt mich wirklich."

„Aber ...?", presste ich hervor.

„Aber er ist nicht mein Schicksalsgefährte. Und was ist, wenn seine Schicksalsgefährtin oder mein Schicksalsgefährte in einigen Jahren plötzlich auftaucht, nachdem wir jahrelang glücklich verheiratet waren. Was ist, wenn wir Kinder haben und es passiert?" Sie biss sich auf die bebende Lippe, um nicht zu weinen. „Wir wären ruiniert. Ich ... Mein Vater war verheiratet, bevor er meine Mutter kennenlernte", platzte sie heraus. „Er war einkaufen, um etwas zu besorgen, das seine Frau zum Abendessen brauchte, und er sah meine Mutter. Sie war seine wahre Partnerin. Er und meine Mutter versuchten, der Bindung zu widerstehen. Aber egal, was mein Vater sich einredete, er konnte danach nie wieder dasselbe für seine Frau empfinden. Und sie konnte es nicht ertragen, dass er sich jedes Mal, wenn er bei ihr war, nach meiner Mutter sehnte. Das hat sie zerstört. Und mein Vater fühlt sich auch nach über zwanzig Jahren noch schuldig!" Miyu stieß einen zitternden Schrei aus. „Was, wenn mir das auch passiert?"

Die Geschichte ihres Vaters war eine der traurigsten, die ich je gehört hatte. Als Wandler hatte man nicht einmal die Garantie, dass man seinen Schicksalsgefährten treffen würde. Dass ihr Vater seine getroffen hatte, nachdem er eine andere geheiratet hatte, war also ziemlich niederschmetternd.

Ich zögerte, bevor ich etwas sagte. Weil ich nicht wusste, was ich sagen sollte. Ein Liebesexperte war ich nicht. Plötzlich überkam mich ein überwältigendes Gefühl des Friedens. Für eine Sekunde wusste ich mit absoluter Sicherheit, dass mit Miyu alles in Ordnung sein würde.

„Wow, Baby. Geht es dir gut?", fragte sie besorgt und zerrte an meinem Arm.

Meine Augen flackerten auf, und ich schüttelte den Kopf, als wäre ich gerade unter Wasser gewesen oder so.

„Du bist einfach unheimlich still geworden und deine Augen sind an deinen Hinterkopf gerollt", fuhr Miyu fort und zog weiter an meinem Arm, als hätte sie Angst, dass ich verschwinden würde.

„Ja, das war irgendwie komisch", murmelte ich und schob das, was gerade passiert war, entschlossen auf den Stapel „für ein anderes Treffen aufheben", der schnell anwuchs.

„Miyu, ich bin vielleicht das letzte Wesen, das etwas über Liebe oder Schicksalsgefährten oder so sagen sollte. Aber ich kann dir sagen, dass ich aus eigener Erfahrung weiß, dass dein Schicksalsgefährte nicht immer dein Ein und Alles ist. Er ist nicht garantiert der tollste Mensch, den du je getroffen hast. Falls du also glaubst, dass du in Rae jemanden gefunden hast, solltest du das nicht aufgeben. Wenn du die richtigen Gefühle für Rae hast, lass dich nicht von der Angst abhalten. Ich denke, es wird alles gut für dich, Miyu. Ich weiß nicht, warum, aber ich glaube es wirklich."

Sie sah mich hoffnungsvoll an, und wieder einmal war ich verblüfft, wie sehr dieses Mädchen mich als

Person und meine Meinung zu schätzen schien. Ich hoffte nur, dass ich ihr den richtigen Rat gegeben hatte.

„Danke", hauchte sie.

„Nichts zu danken", flüsterte ich zurück. Wir sprachen ein paar Minuten lang nicht miteinander, während sie meine Nägel lackierte, jeder in seine Gedanken versunken.

„Ach, was können wir denn sonst noch für ein tiefgründiges Gespräch führen?", sagte Miyu schließlich mit einem unbeholfenen Kichern, nachdem sie meinen letzten Nagel fertig hatte.

Ich musste zugeben, dass sie toll aussahen.

In diesem Moment tauchte Daxons Gesicht in meinem Kopf auf. Da es heute um Entdeckungen ging, konnte ich genauso gut mehr über ihn herausfinden.

Miyu stand auf und holte für uns beide eine Cola Light aus einem Kühlschrank im Hinterzimmer und brachte zwei Becher mit jeweils ein paar Eiswürfeln drin mit. Ich liebte diese Frau verdammt noch mal. Alles, was ich jetzt noch brauchte, war ein Keks.

„Wie war Daxon eigentlich, als er jung war?", fragte ich, während wir beide an unseren Getränken nippten.

Miyu rümpfte die Nase, als sie über meine Frage nachdachte. „Daxon war schon immer eine große Nummer. Der beliebte Junge. Immer der Goldjunge."

Ich schnaubte, als sie das sagte, und dachte an meinen Spitznamen für ihn. Wahrscheinlich war er nicht sehr originell.

„Aber ..." Sie brach ab.

„Was?", fragte ich und nahm einen langen Schluck.

„Es kam mir immer irgendwie unecht vor, weißt du?", sagte sie schließlich.

Ich legte den Kopf schief und war überrascht, dass sie bemerkt hatte, dass etwas mit ihm nicht stimmte. Mich hatte er auf jeden Fall getäuscht.

„Er war einfach immer gut drauf, weißt du? Abgesehen von dem ganzen Schlamassel mit Arcadia und der Sache mit Wilder in letzter Zeit ..."

Ich zuckte bei der Erinnerung an seine Ex zusammen.

„Er schien mir immer zu perfekt zu sein. Und vor allem wegen der Gerüchte über das, was die Leute nachts gehört haben."

„Was meinst du?", fragte ich, mein Verlangen nach einem Keks war nun vergessen.

Sie warf mir einen entschuldigenden Blick zu. „Die Leute hörten Schreie, die aus seinem Haus kamen. Als ob jemand gefoltert werden würde, als ob Daxon gefoltert würde."

Mein Blick weitete sich, und mein Herz tat mir weh für ihn. Irgendetwas sagte mir, dass Miyu wahrscheinlich gar nicht so weit daneben lag, nach der Dunkelheit zu urteilen, die ich in Daxons Blick versteckt sah.

„In der Schule wirkte er immer so verdammt gut gekleidet, dass ich nie das Gefühl hatte, dass irgendetwas davon echt war. Ich habe gehört, dass die Leute, die die Schreie gehört haben, manchmal die Polizei gerufen haben, aber die haben nie gesehen, dass etwas nicht stimmt. Und ich meine, hätte irgendjemand dem Alpha gegenübertreten und ihn beschuldigen können? Es war praktisch Selbstmord, dass einige Leute überhaupt die Polizei gerufen haben, denn die Polizei arbeitet für die Alphas."

Kalte Wut durchströmte mich bei dem Gedanken, dass Daxons Vater seinem Sohn etwas angetan haben könnte. „Was ist mit Daxons Vater passiert? Und mit Wilders?"

Miyu schürzte ihre Lippen. „Es war alles irgendwie seltsam. Ich meine, ich war noch ziemlich jung, als das geschah. Aber ich weiß, dass Wilder seinen Vater herausforderte und gewann. Und Daxons Vater ist einfach verschwunden. Man hatte seine Leiche im Wald gefunden, von Bären oder so gerissen, glaube ich. Und das war's."

Mir blieb die Spucke weg vor Schreck über das, was sie gerade gesagt hatte. Aber bevor ich noch etwas fragen konnte, denn ich hatte eine Million Fragen, kam Rae durch die Vordertür.

Miyu sprang sofort auf und stürzte sich auf einen überrascht und ehrlich gesagt erleichtert dreinschauenden Rae. „Baby", kreischte sie und überhäufte sein Gesicht mit Küssen.

Ich hatte das Gefühl, dass ich wahrscheinlich in naher Zukunft einer Hochzeit beiwohnen würde. Ich beschloss, dass es wohl am besten war, dem glücklichen Paar etwas Zeit für sich selbst zu geben, denn Miyu sah aus, als würde sie gleich anfangen, sich auszuziehen.

„Wie viel schulde ich dir?", rief ich ihr zu.

Miyu küsste weiterhin Raes Gesicht und winkte mir abwehrend mit der Hand zu. „Geht aufs Haus, Baby.

Das war eine gute Übung für mich", sagte sie zwischen zwei Küssen.

Ich schüttelte den Kopf und legte etwas Geld neben ihr Getränk, bevor ich mich an ihnen vorbeischob, um zur Eingangstür zu gelangen.

Keiner von ihnen bemerkte, dass ich weg war. Ja, dachte ich, Miyu und Rae würden gut zurechtkommen.

9

———————

DAXON

„**B**itte!!!!!!" Die Schreie des Mannes schallten durch die Luft, der perfekte Soundtrack, wenn ihr mich fragt. Dies war der dritte Vollstrecker innerhalb des letzten Monats, den Runes Ex geschickt hatte. So viel war in meiner kleinen Hütte noch nie los gewesen. Ich hatte gehofft, dass das Rudel ihres Ex eine unbegrenzte Anzahl von Leuten schicken konnte. Daran könnte man sich gewöhnen. Wenn ich nicht aufpasste, würde ich noch süchtig werden und am Ende meine ganze Zeit hier unten verbringen.

Ich lächelte vor mich hin. Nein, das würde nicht passieren. Es gab nichts, wonach ich mehr süchtig sein konnte als nach Rune. Zu diesem Zeitpunkt war ich nicht nur von ihr besessen, sondern sie war etwas, das ich brauchte, um weiterzuleben. Wenn sie sich jemals abwandte ...

Huch. Daran konnte ich nicht denken.

Ich hatte meinem brüllenden Gefangenen aus Versehen in die Oberschenkelarterie gestochen, als ich daran dachte, dass Rune gehen würde, und das Blut begann, überall hinzusprudeln.

Verdammt noch mal. Ich hatte versucht, meine Schnitzkünste mit dem Messer zu verbessern, um zu sehen, wie dünn ich die Schnitte machen konnte, während ich die Haut von dem Kerl abzog. Er hatte immer wieder versucht, sich vor mir zu wandeln, aber sobald ich einen Schnitt machte, erlosch seine Magie und er nahm wieder seine menschliche Gestalt an.

Ich schätzte, dass dies schnell vorbei sein würde. Ich seufzte und wickelte einen festen Verband um die Wunde, um zu versuchen, die Blutung zu stoppen, aber ich hatte viel zu tief gestochen. Ich meine, das Bein des Kerls war kurz davor, abzufallen.

Ich bin sicher, es gab noch mehr, da wo er herkam.

Ich seufzte, als ich dem Kerl die Kehle aufschlitzte, und war sauer, dass ich seinen Schmerz nicht hatte verlängern können. Ich hätte es wenigstens so schmerzhaft machen sollen, wie das, was er und sein Alpha für mein Mädchen auf Lager hatten.

Meine Betas hatten ihn erwischt, als er direkt vor der Stadtgrenze auf der Lauer lag, eine wahre Fundgrube an Bildern von Rune in seinem Auto. Offensichtlich waren viele Mitglieder von Runes Rudel scharf auf sie. Dieser hier ganz besonders. Ich bezweifelte, dass Rune es lebend zurückgeschafft hätte. Ihr Alpha sollte bei der Auswahl der Leute, die er schickte, wirklich schlauer sein.

Oder besser noch, er kommt selbst.

Allein der Gedanke daran ließ mir das Wasser im Munde zusammenlaufen. Ich hatte Alistairs Tod schon seit Wochen geplant. Rune hatte seinen Namen durchsickern lassen, und ich war besessen davon, so viel wie möglich über meine Konkurrenz zu erfahren. Und er war ein Konkurrent. Egal, was er ihr antat, solange er am Leben war, würde ich mit ihm um ihr Herz konkurrieren. Rune konnte ihn noch so sehr hassen, es würde die Bande, die die Mondgöttin in ihrer Dummheit geknüpft hatte, nicht völlig zerreißen.

Das machte es umso schlimmer, von seinem Gefährten zurückgewiesen zu werden. Denn selbst wenn man ihn hätte loswerden wollen, war immer ein Teil von ihm bei einem, egal was man tat.

Deshalb war Alistair ein toter Mann. Ich würde einfach meine Zeit abwarten. Abgelehnt oder nicht, ich wusste ganz genau, dass er von Rune besessen war. Und er würde nie wieder die Chance haben, sie zurückzubekommen.

Es war schon schlimm genug, dass Wilder an ihr schnüffelte und bei jeder Gelegenheit mit ihr schlief, die er bekam. Ich hätte ihn umgebracht, wenn ich nicht gewusst hätte, wie sehr sie das Arschloch mochte. Allerdings spürte ich, wie sich in ihrer Nähe ein Paarungsband bildete. Ich war mir nicht sicher, wie das geschah, aber ich hatte nicht vor, mich dagegen zu wehren.

Rune Celeste Esmeray war die beste Schöpfung, über die ich je gestolpert war. Und ich würde sie niemals verlieren.

Ich zwang mich, mich auf die Aufräumarbeiten zu konzentrieren, die vor mir lagen. Doch Rune ging mir nicht aus dem Kopf. Sie war der Mittelpunkt meiner Welt geworden.

Nachdem ich den Kerl in Stücke geschnitten und auf die Plane gelegt hatte, mit der ich ihn zu meinen wohlgenährten Schweinen schleppen würde, machte ich mich auf den Weg die Treppe hinauf. Gott sei Dank hatte ich die Kraft eines Wandlers, denn der Kerl war ein schwerer Brocken gewesen.

Ich hatte gerade das obere Ende der Treppe erreicht, als ich ein Klopfen an der Haustür hörte.

Ich rollte mit den Augen. Dieser Ort und meine Vergangenheit waren ein Geheimnis. Aber es gab eine Person, bei der ich den Fehler gemacht hatte, ihr mein Geheimnis anzuvertrauen ... vor langer, langer Zeit. Und das hatte ich sofort bereut, als die Worte meinen Mund verlassen hatten.

Ich machte mir nicht die Mühe, das Blut von mir abzuwischen. Wenn sie hierherkam, bedeutete das, dass sie eine Erinnerung daran brauchte, wozu ich fähig war.

Ich schwang die Tür auf, und da war sie, die Schlampe meiner Existenz.

„Arcadia, was für eine Überraschung. Ich würde sagen, es ist eine gute, aber du weißt, dass ich keine Lügner mag.“

Arcadias Gesicht verzog sich. Ich starrte meine Ex an. Ich hatte immer gedacht, sie sei die Art von Schönheit, um die Männer Kriege führen. Sie war in meinem dunkelsten Moment in mein Leben getreten, und ich hatte ihr zu Füßen gelegen, als wäre sie ein Engel, der mich retten konnte.

Ich hatte mich in meinem ganzen Leben noch nie so sehr geirrt.

Jetzt, wo ich sie mit der Perfektion von Rune vergleichen konnte, wollte ich mich selbst schlagen, irgendwie in der Zeit zurückreisen und dem Kerl sagen, er solle warten. Dass es sich lohnen würde, einsam und unglücklich zu sein, weil eines Tages Rune in die Stadt kommen würde.

Ich versuchte, mein Leben nicht zu bereuen. Ich versuchte, alles als einen Lernmoment zu betrachten.

Arcadia war eine Lektion, für die ich fast alles geben würde, um sie nicht gelernt zu haben.

Sie war zum Töten gekleidet, hatte so wenig Kleidung an, dass sie genauso gut nichts hätte tragen können.

Ihre Augen verschlangen mich und das Blut auf mir zügelte ihren Appetit keineswegs.

„Ich dachte, wir könnten reden", säuselte sie und streckte die Hand aus, um mich zu berühren.

„Du hast dich geirrt", sagte ich und begann, mich abzuwenden. Arcadia geriet in Panik, und diesmal griff sie nach meinem Arm, sie rutschte ab, das Blut an mir ließ ihre Finger zu meinen gleiten.

„Daxon, bitte. Was muss geschehen, damit du mir verzeihst?", fragte sie gebrochen.

Ich seufzte und dachte an die Verabredung mit Rune, auf die ich mich vorbereiten musste, und an die Leiche, die ich noch an die Schweine verfüttern wollte. Ganz zu schweigen von dem restlichen Schlamassel, der noch auf mich wartete.

„Es ist keine Vergebung nötig", sagte ich kalt. „Du

bist mir nicht wichtig genug, als dass ich dir irgendetwas verzeihen müsste."

Die Worte zerstörten sie, und sie zog ihre Hand
zurück, als hätte sie sich verbrannt. Sie rieb sich die
Brust, ihre Lippen bebten und Tränen standen in ihren
Augen, während sie mich ansah, als hätte ich ihr das
Herz gebrochen.

Wann würde ich begreifen, dass das unmöglich
war, weil sie überhaupt kein Herz hatte.

Während ich ihr dabei zusah, wie sie versuchte,
ihre übliche Show abzuziehen, begann ich mich zu
fragen, wie leicht es sein würde, mit ihrem Tod davon-
zukommen. Mein Blick bohrte sich in sie, während ich
darüber nachdachte, wie ich es anstellen würde. Ich
würde besonders grausam sein, die Schlampe würde
wahrscheinlich auf meine übliche Taktik hereinfallen,
nur weil sie gerade Aufmerksamkeit von mir bekam.

„Du bist meine wahrer Gefährte", flehte Arcadia.

Hmm. Das war mal was Neues.

Ich schnaubte und konnte dann den Rest meines
Lachens nicht mehr unterdrücken. Es quoll aus mir
heraus, bis ich mir eine Träne aus dem Auge wischen
musste. Das Mädchen könnte wahrscheinlich eine
Karriere als Komikerin machen.

Als ich endlich die Augen aufschlug und mit dem
Lachen aufhören konnte, war aus dem weinerlichen
Schauspiel, das Arcadia angestrebt hatte, Wut gewor-
den. Genau darauf hatte ich gewartet.

„Ich weiß, dass du es gespürt hast - die Bindung, als
sie entstand. Ich war für dich da, als es sonst niemand
war. Das allein sollte dir zeigen, dass ich deine wahre

Gefährtin bin, du musst dich erinnern. Ich weiß, dass du dich erinnerst!", zischte sie.

Ich schnappte zu und zog plötzlich mein Lieblingsmesser aus meiner Hose und hielt es ihr an den Hals, wobei ein kleiner Blutstropfen an ihrer Kehle heruntertropfte, als ich in die Haut schnitt.

Arcadias Augen funkelten, aber nicht vor Angst, sondern so, als hätte sie mich gerade zu einem tödlichen Sexspiel überredet.

Die einzigen Sexspiele, an denen ich interessiert war, fanden mit Rune statt, vielen Dank auch. Und es würde nichts Tödliches dabei herauskommen, denn wenn dieses Mädchen jemals sterben sollte, würde ich ihr schnell ins Jenseits folgen. Mein Schicksal war für immer mit dem ihren verwoben.

„Ich will dir mal was sagen, du kleines Miststück. Ich erinnere mich, dass du mich ausgenutzt hast, als ich niemanden sonst hatte. Ich erinnere mich, wie du mich mit dieser Kloake zwischen deinen Beinen angezogen hast. Ich erinnere mich, wie du mit mir gespielt und vorgegeben hast, jemand zu sein, der du nicht warst. Und dann erinnere ich mich daran, wie du so getan hast, als wärst du schwanger, weil du wusstest, dass Kinder alles für mich bedeuten würden, während du Wilder gevögelt hast." Ich grinste böse, und zum ersten Mal ließ ich meine inneren Dämonen in meinem Gesicht sichtbar werden.

Arcadias wurde blass, und der Duft ihrer Angst umgab mich mit einer dichten, berauschenden Atmosphäre. „Du bist am Leben, weil ich dich leben lasse, vergiss das nie. Es wird der Tag kommen, an dem ich entscheide, dass dein Leben zu Ende ist", sagte ich ihr sanft. „Vergiss das nicht, bevor du jemals wieder hierherkommst."

Sie pisste sich ein und begann, vor mir zu zittern, und ich schüttelte angewidert den Kopf über ihre Schwäche. Ohne Vorwarnung zog ich mein Messer von ihr weg und stieß sie weg. Sie fiel zu Boden und begann, zu ihrem Auto zu kriechen, schluchzend und stöhnend, während sie versuchte, von mir wegzukommen.

Der Anblick war äußerst befriedigend. Und auch eine weitere Erinnerung daran, was für ein Idiot ich als Welpe war. Ich schüttelte den Kopf und drehte mich wieder um, um mein Chaos aufzuräumen. Ich war mir sicher, dass Arcadia es nie wieder wagen würde, hierher zu kommen.

Und wenn sie es doch tun würde, dann würde sie mich wohl geradezu auffordern, sie zu töten, nicht wahr?

Mit diesem entzückenden Gedanken verdrängte ich Arcadia aus meinem Kopf und ersetzte sie durch die Göttin, die ich in Kürze sehen würde.

Zeit, an die Arbeit zu gehen. Ich hatte eine Verabredung, auf die ich mich vorbereiten musste.

10

„Rune, ich kann nicht glauben, dass du noch nie auf einem Jahrmarkt warst", sagte Rae, als wir uns dem Jahrmarkt näherten.

„Babe", zischte Miyu Atem holend, als sie ihm in die Rippen stieß. „Mensch, ist dein Sensibilitätsradar heute Abend überlastet?" Sie sah erst ihn an, dann mich mit einem entschuldigenden Stirnrunzeln, und ich lachte.

„Das ist keine große Sache", sagte ich. „Ich meine, ich habe sie im Fernsehen gesehen und weiß, was sie bedeuten."

„Falls es dich beruhigt", unterbrach Daxon, nachdem er den ganzen Weg über die Brücke und das offene Land bis zu dem Ort, an dem der Jahrmarkt aufgebaut war, nicht viel gesagt hatte, „das ist das erste Mal seit zehn Jahren, dass ich auf einem Jahrmarkt bin."

Miyu blieb vor Schreck der Mund offenstehen.

„Der Karneval von Utopia kommt jedes Jahr in unsere Stadt, und fast jeder nimmt daran teil."

„Nicht jeder." Er blickte zu mir hinüber, sein Arm streifte meinen. „Einmal in jedem Jahrzehnt klingt für mich nach viel."

„Du verpasst etwas", fuhr Miyu fort. „Fahrgeschäfte, Spiele, frittiertes Essen und Zuckerwatte."

„Das Zeug wird dir die Zähne verfaulen lassen", erwiderte Daxon.

Mir gefiel diese verspielte Seite von Daxon. So sehr mich die neue dunkle Seite von ihm auch anmachte, diese Version von ihm war viel besser, wenn er mit anderen Menschen zusammen war. Allerdings war mir aufgefallen, dass Rae in dem Moment, als Daxon zu uns stieß, ruhiger geworden war. Der Alpha machte sogar einen Witz darüber, dass wir zu einem Doppel-Date gingen, und als ich ihn daran erinnerte, dass es eher darum ging, dass Miyu die Wahrsagerin sehen wollte, bestand er darauf, dass ein Doppeldate sei.

Seine Hand glitt in meine, und es war nicht zu leugnen, dass wir als Paar hier waren. Als ich über ein Grasbüschel stolperte, hielt Daxon mich am Arm und verhinderte, dass ich mit dem Gesicht voran ins Gras fiel. Ich blinzelte und verfluchte mich dafür, dass ich in letzter Zeit nicht aufgepasst hatte und so ungeschickt geworden war. Obwohl ich fairerweise zugeben muss, dass ich davon gefesselt war, wie heiß Daxon heute Abend aussah und wie verführerisch seine vollen Lippen waren. So sehr, dass ich nicht darauf geachtet hatte, wo ich hintrat.

„Möchtest du lieber, dass ich dich trage?", neckte er

und zog mich näher an seine Seite. Ich verdrehte die Augen, woraufhin er den Kopf zurückwarf und lachte. Das Geräusch war wie Katzenminze für meine Vagina, oder was auch immer das Äquivalent für einen Wolf sein würde.

Ich fragte mich, welche Seite von ihm die Echte war. Diese lachende, offene Version oder die, die ein bisschen unheimlich war? Ich vermutete, dass es eher die grüblerische Seite war, was mich dann noch mehr wunderte, dass er sich bei unserem Doppeldate so viel Mühe gab.

„Normalerweise kann ich geradeaus gehen." Ich kniff die Lippen zu einem schiefen Grinsen zusammen, und er lachte mich wieder an, seine Hand drückte meine Seite, als er versuchte, mich noch näher an sich zu ziehen.

Er beugte sich dicht an zu mir und flüsterte: „Du siehst heute Abend wunderschön aus, das sexieste Mädchen, das ich je gesehen habe."

Ich errötete bis zu den Ohrenspitzen, obwohl die Bemerkung relativ harmlos war. Ich wusste, wozu dieser Mund fähig war. Miyu ging vor uns her, sie und Rae Hand in Hand, plaudernd, und ich war versucht, ihn für einen Moment in eine dunkle Ecke zu ziehen und mich an ihm zu vergreifen.

„Du hättest allerdings einen Rock tragen sollen", sagte Daxon.

Ich hob meinen Blick zu ihm, wohl wissend, worauf er mit seinem Vorschlag hinauswollte. „Du magst meine hautengen schwarzen Jeans nicht?"

Sein Grinsen bewirkte etwas bei mir. Schon auf

dem Weg zum Jahrmarkt hatte die Art und Weise, wie er mich ansah, wie sein Daumen zielstrebig meinen Handrücken umkreiste, ein Kribbeln tief zwischen meinen Schenkeln ausgelöst. Es war klar, dass mich die kleinste Sache erregte, wenn es um Daxon ging, und ich knabberte an meiner Unterlippe, um mich daran zu erinnern, dass ich die Kontrolle bewahren musste.

Als er sich noch einmal an mich lehnte, entwich meinen Lippen ein Stöhnen, und meine Brustwarzen reagierten, drückten gegen den Stoff meines BHs und des blauen, enganliegenden Tops. „Du hast keine verdammte Ahnung, was du mit mir machst." Ein langer Atemzug rauschte von ihm und wärmte meine Wange. „Ich will dich nicht nur, Rune. Ich brauche dich."

Ich konnte mich nicht von seiner Seite lösen, und wieder einmal ertappte ich mich dabei, wie ich das offene Land voller Schatten abtastete und mich fragte, wie leicht es für uns sein könnte, uns für einen schnellen Kuss davonzuschleichen. Oder etwas mehr. Sehnsucht und Logik führten einen stillen Krieg in mir, aber mit einem einzigen Gedanken an den Mörder, der sich in der Stadt aufhielt, wurde diese Fantasie schnell aufgelöst.

„Komm schon, wir hinken hinterher", sagte ich und zog ihn am Arm, damit wir Miyu und Rae einholen konnten, die bereits am Eingang waren.

„Ist das denn so schlimm?"

Ich wollte zugeben, dass er Recht hatte, aber ich weigerte mich, ihn zu ermutigen.

Je näher wir dem Jahrmarkt kamen, desto heller

blinkten die Lichter und umso schneller verjagten sie die Nacht. Daxon kaufte uns Eintrittskarten, und als wir das Tor passierten, hielt ich einen Moment inne, um alles in mich aufzunehmen.

Bunte Lichter in allen Farben funkelten gegen den dunklen Himmel an, Lachen und Musik dröhnten in der Luft, und eine seltsame Erregung machte sich in meiner Brust breit. Ich hatte Jahrmarktshows im Fernsehen gesehen, all die versteckten Küsse, die Streiche und den Spaß, den die Menschen auf diesen Plätzen immer hatten. Bei all dem, was um mich herum passierte, wollte ich vor Freude weinen, dass ich endlich etwas Normales erleben durfte. Sicher, für manche mochte es lahm sein, aber für mich waren die Tränen, die mir in die Augen stiegen, echt.

„Oh, wo gehen wir zuerst hin?", fragte ich und ließ meinen Blick über den Ort schweifen, an dem es so viele Menschen und Dinge zum Spaß haben gab. Ein Riesenrad in der Ferne, die Imbisswagen auf der rechten Seite, und geradeaus eine Reihe von Ständen, an denen man Preise gewinnen konnte.

„Such dir was aus", murmelte Daxon.

„Vielleicht die Wahrsagerin", schlug Miyu hoffnungsvoll vor.

In diesem Moment entdeckte ich einen Stand in der Nähe, der mit Plüschtieren vollgestopft war, und nun ja, es zog mich natürlich zu ihnen hin. Nicht, dass ich eins wollte. Wem konnte ich etwas vormachen? Ich musste eins haben.

„Können wir bitte erst einmal nur ein Spiel ausprobieren?"

„Natürlich", antwortete Daxon. „Was Rune will, bekommt sie auch."

„Ich bin auch mehr für Spiele als für den Gang zur Hellseherin", fügte Rae hinzu und führte Miyu bereits zu dem Stand, auf den ich zueilte.

„Juhu!" Ich sprang fröhlich herum vor einem Stand, der blau gestrichen war und an dessen Seiten eine Reihe von Stofftieren hing.

„Bist du gut im Werfen? „ fragte Miyu.

Ich zuckte mit den Schultern. „Es gibt nur einen Weg, das herauszufinden."

„Was ist der Hauptpreis?", fragte Rae, die bereits ein Auge auf die gestapelten Dosen warf, die am hinteren Stand standen.

Der Mann im Inneren des Standes zeigte auf ein riesiges Lama, das an der inneren Ecke hing und etwa halb so groß war wie ich.

„Es ist bezaubernd", sagte ich.

„Na gut, dann ist es eine Herausforderung." Daxon stand plötzlich neben mir und bezahlte den Mann. „Eine Runde für jeden von uns."

Der Mann kam dem gerne nach und stellte uns schnell auf. Jeder von uns vier hatte sein eigenes Ziel vor Augen, und ich hatte keinen Zweifel daran, dass Daxon besser werfen konnte als ich. Aber er hatte mir auch gesagt, dass der Karneval von Menschen betrieben wurde und wir deshalb vorsichtig sein mussten, unsere Stärke zu zeigen. Ich hob einen Lederball auf, der mich an einen Baseball erinnerte, und eine Welle der Zuversicht überkam mich. Miyu war zuerst dran und schaffte es, die oberste Dose nur knapp zu verfehlen. Ich war die Zweite und schleuderte meinen Ball auf die Dosen. Er traf genau in der Mitte, prallte aber sofort ab.

„Was, nein! Hast du das gesehen?", protestierte ich. „Warum sind sie nicht gefallen?"

„Du brauchst mehr Kraft hinter deinem Wurf, Süße", sagte Daxon zu mir und warf seinen Ball, ohne einen Blick darauf zu werfen, wobei er das Ziel völlig verfehlte ... eindeutig mit Absicht.

Daxon stellte sich hinter mich, sein Körper lag dicht an meinem Rücken, sein Unterleib drückte gegen meinen Hintern, und er ergriff meine Hand mit dem neuen Ball, den ich genommen hatte.

„Lass uns das zusammen versuchen", flüsterte er mir ins Ohr, was mir eine Gänsehaut bescherte. Wie sollte ich mich auf etwas konzentrieren, wenn er sich so an mir rieb, wenn sein heißer Atem über mein Ohr tanzte?

Ich warf ihm einen Blick zu. „Wenn du so weitermachst, wird keiner von uns beiden mehr einen Ball werfen."

„Ist das ein Versprechen?" Er strich mit seinen Lippen über mein Ohrläppchen. Im nächsten Moment schleuderte er meine und seine Hand nach vorne und der Ball entglitt meinem Griff. Er traf die oberste Flasche und riss sie vollständig herunter.

„Ja!" Ich hüpfte auf und ab und dachte, wie schön es war, Freude an den einfachen Dingen zu finden.

Plötzlich quietschte Miyu auf, als sie zwei weitere weitere Dosen traf und diese umstürzten. Der Mann gratulierte ihr und reichte ihr einen kleinen Teddy-bären von der Wand als Preis.

„Ich werde dich noch übertreffen", versprach Daxon, schnappte sich einen Ball und schleuderte ihn mit solcher Kraft auf sein Ziel, dass er nicht nur alle Holzflaschen zertrümmerte, sondern auch ein Loch in die Rückwand des Standes riss.

„Oh, Mist", murmelte ich.

Als der Typ sich umdrehte, um zu sehen, woher das explosive Geräusch kam, schleuderte ich schnell meinen Ball, um ihn von dem klaffenden Loch abzu-lenken. Aber mein Wurf ging quer durch die Kabine, prallte von Raes Dosen ab und flog direkt auf das Gesicht des Typen zu. Er schrie entsetzt auf und duckte sich, während Daxon seinen Arm ausstreckte und den Ball mit Leichtigkeit auffing.

„Heilige Scheiße, das war unglaublich!", behauptete ich.

Rae johlte und Miyu klatschte. Der Typ reichte uns das riesige Lama mit einem verärgerten Gesichtsaus-druck. Aber eigentlich hatten wir die Dosen umgewor-fen, also schnappte ich mir meinen Preis und drückte ihn an meine Brust, bevor er das klaffende Loch bemerkte.

„Das hat Spaß gemacht", sagte ich, als wir weggin-gen. „Danke für meinen Preis."

Daxon schenkte mir ein warmes Lächeln und ein Lachen. „Du hattest einen bösen Schmetterball."

„Sie hat den Kerl damit fast geköpft", scherzte Miyu und kicherte. „Okay, jetzt gehen wir zur Wahrsagerin."

„Vielleicht zuerst ein paar Fahrten?", fragte Rae.

„Babe", stöhnte Miyu protestierend.

„Ich könnte Fahrgeschäfte oder die Wahrsagerin machen", flüsterte ich. „Hauptsache, wir bekommen endlich einen Corndog. Ich wollte schon immer mal einen probieren."

Daxon verzog die Lippen zu einem amüsierten Grinsen.

„Ich hoffe, das ist nicht zu ermüdend für dich?", fragte ich, wirklich besorgt, dass er sich zu Tode langweilen würde. Daxon war das Gegenteil von dem, den man auf einem Rummel erwartet, wie er selbst zugab.

„Machst du Witze?", murmelte er leise. „Dich lächeln zu sehen und deinen strammen Hintern zu betrachten, gibt mir reichlich Zeit, mir die kreativste Methode auszudenken, wie ich dir später die Hose vom Leib reißen kann."

„Du schuldest mir übrigens immer noch ein neues Paar Leggings", stichelte ich und erinnerte mich daran, wie leicht er sie mit einer einzigen Bewegung seiner krallenbewehrten Hand zerrissen hatte. Seine zerstörerischen Neigungen würden wahrscheinlich noch viel mehr meiner Klamotten zerstören, wenn ich ihn ließe.

Es machte mir nicht wirklich etwas aus.

Miyu muss unser Gespräch gehört haben, denn sie warf mir einen Blick über die Schulter zu und zog die Augenbrauen zusammen. Ich grinste zurück und senkte den Kopf, weil ich mich freute, dass ich jemanden hatte, mit dem ich über Jungs und so Sachen reden konnte. Miyu war unglaublich, und sie war einer der vielen Gründe, warum ich anfing, in Amarok bleiben zu wollen.

„Okay, wir gehen zuerst zur Wahrsagerin", wies sie uns an.

Wir schlängelten uns durch die Menschenmenge, und ich konnte mich nicht erinnern, wann ich das letzte Mal so gelächelt oder mich so gefreut hatte. Als ich bemerkte, dass Daxon immer wieder in meine Richtung starrte, sagte ich: „Du siehst mich so komisch an."

„Du willst nicht wissen, was ich denke", antwortete er, und in seiner Stimme lag ein Zögern.

„Aber das will ich wirklich."

Sein Blick verfolgte jeden meiner Schritte und jede meiner Bewegungen, und das ließ mich nur noch heißer werden. „Ich möchte, dass du eine unglaubliche Zeit hast. Dass du weiterhin dieses sexy Lächeln trägst, dass du an meiner Seite bist."

Ich musterte ihn. „Lügner. Das ist nicht das, was du gedacht hast."

Er hob lässig eine Augenbraue, ohne jeglichen Ausdruck. „Richtig." Ohne ein weiteres Wort zu sagen, nahm er meine Hand und zog mich an einer Reihe von Leuten vorbei, die darauf warteten, in den Autoscooter zu steigen.

In diesem Moment stießen wir mit einer Welle von Leuten zusammen, die in die entgegengesetzte Richtung liefen. Daxon wurde zur Seite geschubst und riss sich von meiner Hand los.

Ich stolperte herum und suchte nach einem Ausweg aus dem Chaos, während mir jemand auf den Fuß trat und eine andere Person mir die Haare ins Gesicht schlug. Vielleicht hatte ich gerade die Kehrseite eines Jahrmarkts gefunden, und ich drängte mich nach links, als mir jemand in den Weg trat, und ich lief ihm buchstäblich in die Arme.

Ich schwankte rückwärts, hielt mich immer noch an meinem Lama-Plüschtier fest und wollte mich nur noch befreien. „Entschuldigung." Als ich aufblickte, stand ich Daniel gegenüber. Ich hasste es, dass meine erste Reaktion Angst war. Ich hatte mir eingeredet, dass ich mich von niemandem mehr herumschubsen lassen würde, aber der Instinkt hatte seinen eigenen Willen.

Er warf mir einen finsteren Blick zu, und Wut ersetzte die Angst. Natürlich würde er auftauchen, wo ich doch so viel Spaß hatte.

Ich hätte mich abwenden und in der Menge verschwinden sollen, aber ich rührte mich nicht.

„Was willst du, Daniel?", fragte ich ungeduldig.

„Ich weiß, dass du es warst, der Eve getötet hat", zischte er. „Und es ist mir scheißegal, was die anderen sagen. Du kannst mich nicht täuschen."

Verblüfft sah ich ihn ungläubig an. „Es gab einen weiteren Mord, der arme Mann wurde auf die gleiche Weise getötet. Und ich habe ein Alibi für seine Ermordung, also kann ich es nicht gewesen sein. Ich weiß, du willst unbedingt jemanden für Eve verantwortlich machen, aber das bin nicht ich."

„Du hättest nie in diese Stadt kommen sollen. Niemand will dich", brüllte er mich an und erregte damit die Aufmerksamkeit mehrerer Umstehender.

Ich schluckte schwer, weil ich nicht wusste, wie ich ihn zur Vernunft bringen sollte, wenn er sich entschieden hatte, einen Teil seiner Trauer mit Hass und Rache zu vermengen.

Er verringerte den Abstand zwischen uns mit einem langen Schritt, und ich warf meine Hände mit dem Lama dazwischen gegen seine Brust, um ihn abzuhalten, aber er lehnte sich gegen meinen Stoß. „Ich kann es kaum erwarten, bis jeder die Wahrheit über das verdammte Monster erfährt, das du bist."

Ein Schatten fiel auf ihn, und er zuckte beim Anblick von Daxon zurück.

„Was zum Teufel glaubst du, was du da tust?", knurrte er Daniel an. Ein tödlicher Ausdruck huschte über das Gesicht des Alphas, einer von verrückter Wut, von Feindseligkeit, einer, der mich zweifeln ließ, wie weit ihn seine Wut treiben würde.

Daniel wich zurück, seine Augen blickten zu Daxon, und sein Gesicht war grässlich weiß geworden. Er schüttelte den Kopf, und vor Schreck krümmte er sich fast zusammen. „Nichts, ich wollte gerade gehen."

Daxons Arm schoss so schnell wie ein Vipernbiss vor, packte den Jungen an der Kehle und zog ihn zu sich zurück. „Du glaubst, du hast die Erlaubnis, mit ihr zu reden? Sie auch nur anzuschauen?"

„I-Ich ..." Seine Augen weiteten sich, und sein Mund öffnete sich, doch es kamen keine Worte heraus. Bei jedem anderen hätte ich die Einschüchterungsshow vielleicht genossen, aber Daniel hatte sich in Eves Tod verloren. Der arme Kerl zitterte, und Eve hätte ihn niemals verletzt sehen wollen. So wie Daxon ihn festhielt, ihm praktisch in die Seele starrte, hatte ich keinen Zweifel, dass er ihm gerade eine Heidenangst eingejagt hatte.

„Du und ich haben ein Problem", stellte Daxon fest.

Ich schritt näher, mein Puls raste, und legte eine Hand fest auf seinen Arm. „Bitte, lass ihn einfach gehen. Er ist verängstigt und trauert. Er wird mich von jetzt an in Ruhe lassen, nicht wahr, Daniel?"

Er nickte verzweifelt.

Daxon ließ ihn zunächst nicht los, sondern hielt ihn noch fester und warf ihm einen Todesblick zu, der jeden erschrecken würde. „Ich gebe selten eine zweite Chance, aber Rune hat sich einen Gefallen von dir verdient. Du stehst in ihrer Schuld, doch wenn ich dich jemals wieder in ihrer Nähe finde, wirst du mich nicht einmal kommen sehen. Hast du verstanden?"

Daniel stieß einen gedämpften, niedergeschlagenen Schrei aus.

Daxon ließ ihn los, und Daniel wirbelte herum, drängte sich in die Menge und war in Sekundenschnelle verschwunden.

„Scheiße, er hatte schreckliche Angst", sagte ich.

Daxon trat auf mich zu, umfasste meinen Kopf und studierte mein Gesicht. „Hat er dir wehgetan?"

„Nein, er ist nur wütend und leidet unter dem Verlust von Eve."

„Das rechtfertigt nicht, dass er dir die Schuld gibt, Schätzchen. Ich habe gehört, wie er dich beschuldigt hat, und er hat Glück, dass ich ihm nicht sofort die Zunge herausgerissen habe. Wenn er klug ist, hält er sich für immer von dir fern."

Bei der Ernsthaftigkeit seiner Drohung lief mir

ein Schauer über den Rücken, denn ich hatte keinen Zweifel daran, dass er ihm wehgetan hätte, wenn ich nicht dagewesen wäre. Normalerweise würde ich zugeben, dass mich solche Beschützermaßnahmen zum Schwärmen brachten, aber bei Daniel konnte ich nichts anderes als Mitleid zu empfinden. Vielleicht lag es an dem Wissen, dass Eve ihn anbetete, also konnte er nicht so schlimm sein, oder?

Daxon zog mich zu sich heran und küsste meine Stirn. „Es ist meine Schuld, dass ich dich in der Menge verloren habe."

„Ist schon gut", sagte ich und sah Rae, der uns aus der Nähe eines großen, lilafarbenen Zeltes zuwinkte. „Komm, lass uns gehen und Spaß haben. Ich will mir den Abend nicht verderben lassen."

„Einverstanden." Sein Griff um meine Hand wurde fester, und er bahnte uns einen Weg durch die Menge zu meinem Freund.

Als wir ankamen, warteten Rae und Miyu beim Zelteingang auf uns. Blinkende Weihnachtslichter liefen um den Rahmen des Zeltes und sahen halbwegs festlich aus. Über dem Eingang hing ein Schild mit der Aufschrift „Der Schutzengel", und ich hätte bei dem Namen fast mit den Augen gerollt, bis ich die Aufregung auf Miyus Gesicht sah.

„Ich habe gehört, dass sie wirklich gut ist. Und dieses Jahr möchte ich sie ausprobieren", sagte sie.

„Geh du nur, Baby", murmelte Rae. „Ich warte draußen auf dich."

„Das glaube ich nicht", erwiderte sie und stemmte

die Hände in die Hüften. „Ich habe uns alle für eine Gruppensitzung angemeldet."

Daxon stöhnte hinter mir, und ich ergriff seinen Arm, dann folgten wir Miyu und Rae hinein. Das Lama in meinem Arm erwies sich als problematisch, denn es verkeilte sich und mich irgendwie im Eingang des Zeltes. Erst als Daxon an ihm zerrte, konnte ich mich befreien, und plötzlich fühlte ich mich wie eine dieser übergroßen Katzen, die in den YouTube-Videos in einer Hundeklappe stecken.

Als ich mich befreit hatte, stolperte ich in das Zelt, während Daxon hinter mir das Lama an die Zeltwand lehnte.

Eine einzelne, flackernde Kerze erhellte das Innere, füllte die Ecken mit Schatten und warf Licht auf eine Kristallkugel, die in der Mitte eines runden Tisches stand, der den größten Teil des Raumes einnahm. Wir waren nur zu viert, und ich schaute mich um, als Miyu und Rae sich setzten.

„Bist du sicher, dass du die richtige Zeit erwischt hast?", sagte Daxon. „Sieht so aus, als wäre niemand hier, und das ist wahrscheinlich ein Zeichen dafür, dass man nicht auf Hokuspokus vertrauen sollte."

Miyu wirkte leicht verletzt von seiner Bemerkung, und meine Brust zog sich zusammen, denn sie hatte jedes Recht, an alles zu glauben, was sie wollte, wenn es sie glücklich machte. Und wenn es Wolfsmenschen wie uns gab, wer sagte dann, dass es nicht auch Hexerei und Magie geben konnte?

„Komm schon, versuch, aufgeschlossen zu sein", murmelte ich und nahm neben Miyu Platz. Daxon brauchte nicht lange, um zu uns zu stoßen, und ließ sich auf den Platz neben mir fallen. Wir starrten alle auf den leeren fünften Stuhl, und ich blickte mich um, ohne eine weitere Tür zu sehen, die in diesen Raum führte. Die Wände waren mit Stoffbahnen in verschiedenen Lila- und Schwarztönen bedeckt. Ein rostig aussehender Kronleuchter baumelte von der Decke und wirkte leicht kitschig, sollte dem Zelt aber etwas Charakter verleihen. Er scheiterte kläglich, ebenso wie der schwere Duft von Sandelholz-Weihrauch.

Miyu flüsterte Rae etwas zu, und ihre Aufregung ließ sie auf den Ballen wippen. Der ganze Tisch wurde erschüttert, sogar die Kristallkugel in ihrer metallenen Halterung.

„Wird sie uns Fragen stellen?" Daxons Hand lag plötzlich auf meinem Oberschenkel und wanderte weiter nach oben. Mein Atem stockte, als ich merkte, wie schnell mein Körper auf ihn reagierte. Wie sich ein Feuer tief in meinem Bauch entzündete und dorthin drang, wo mein Verlangen nach Daxon erwachte.

„Vielleicht", antwortete Miyu, als es schien, als hätte ich vergessen, wie man spricht. „Aber du kannst ihr eine Frage stellen, wenn du willst. Ich dachte mir, wir könnten etwas machen, bei der sie einfach spürt, ob es irgendwelche Geister um uns herum gibt, vielleicht haben sie Botschaften aus dem Jenseits für uns."

Daxons Augenbrauen schossen mit einer überzogenen Antwort nach oben. „Ich bin nicht daran interessiert, was die Toten zu sagen haben." Er lachte über seinen eigenen Witz, den keiner von uns wirklich verstanden hatte.

Rae lehnte sich in seinem Sitz zurück. „Je schneller wir das hinter uns bringen, desto besser."

„Einverstanden", sagte Daxon, während seine Finger noch weiter nach oben wanderten. Ich schloss meine Schenkel und starrte ihn an, aber er grinste nur böse und zog meinen Schenkel zur Seite, wobei seine Hand schnell zwischen sie tauchte, bevor ich reagieren konnte.

Seine Berührung drückte gegen meine Hitze, und obwohl seine Hand über dem Stoff meiner Hose lag, hätte es genauso gut Haut an Haut sein können, denn er stellte sicher, dass ich ihn spürte. Ich wand mich auf meinem Platz und ein Stöhnen entglitt meinen Lippen als Antwort.

Die Art und Weise, wie mich alle ansahen, machte mich beschämt.

„Übst du für den Fall, dass die Geister kommen?", stichelte Rae und begann, ebenfalls ein Stöhnen von sich zu geben. Ich war mir sicher, dass meine Wangen so rot wie eine Tomate wurden. Daxon lehnte sich einfach zurück, grinste sein verdammt böses Grinsen und amüsierte sich.

In diesem Moment schien sich ein Teil der Wand vor uns zu verschieben, und eine Gestalt kam zum Vorschein. Eine Frau, vielleicht in den späten Dreißigern, trat zu uns. Sie trug ein violettes Korsett, das ihre üppigen Brüste betonte, und einen schwarzen Rock, der ihr bis zu den Knöcheln reichte. Ihr Gesicht wurde von einem schwarzen Spitzenstoff verdeckt, der von ihrem Kapuzenumhang gehalten wurde.

Hastig rutschte ich auf meinem Platz hin und her,

zog Daxons Hand zwischen meinen Beinen hervor und legte sie auf den Tisch, unter meine. Natürlich wollte ich seine Hand zwischen meinen Beinen haben, aber da alle so nah waren, wollte ich nicht diejenige sein, die stöhnte. Einmal war schon peinlich genug.

„Willkommen", sagte sie mit einer Stimme, die so spielerisch klang, an die Theatralik gewöhnt, die sie für ihre Kunden aufführte. Sie war wunderschön, soweit ich das durch den Stoff sehen konnte, mit einem herzförmigen Gesicht und großen Mandelaugen, die Lippen rot wie Kirschen. „Ich bin Angel, und es ist ein Segen, heute für euch zu lesen. Atmet ein paar Mal tief durch, um alle negativen Gedanken zu vertreiben."

Sie beugte sich über den Tisch und nahm die Kristallkugel, um sie auf einem Nebentisch abzustellen, dann nahm sie einen Satz Tarotkarten.

Nachdem sie sich zu uns gesetzt hatte, begann sie, die Karten zu mischen, ohne ihren Schleier abzulegen, was mich sehr faszinierte.

„Heute Abend werden wir meine Karten benutzen", wies sie uns an. „In einer kleineren Gruppe wie dieser ist es viel einfacher." Ihr sanftes Lächeln hatte eine seltsam beruhigende Wirkung, und ich dachte mir, dass das vielleicht ganz lustig werden könnte. Schließlich waren wir auf einem Jahrmarkt, der nicht ernst genommen werden sollte.

„Schließt die Augen und denkt an eine Sache, die ihr beantwortet haben möchtet", bat sie, und ich tat, was sie verlangte, obwohl mir die Frage leichtfiel.

Wird Alistair mich in Amarok finden?

Die Tatsache, dass sich meine erste Frage um ihn

drehte, enttäuschte mich, aber auch Sterlings Erscheinen war mir nicht aus dem Kopf gegangen. Ich war überrascht, dass niemand anderes aufgetaucht war. Vielleicht war es reiner Zufall, dass er diese Stadt und mich gefunden hatte, und vielleicht würde Alistair nie erfahren, dass ich entdeckt worden war.

„Wenn du bereit bist, öffne deine Augen."

Ich öffnete die Augen, und vor mir auf dem Tisch lag eine Karte, verdeckt. Auch vor allen anderen lag eine Karte.

„Dreht sie noch nicht um", sagte Angel, als Daxon genau das tat. „Oh, das ist okay", entschuldigte sie ihn. „Wir werden dich zuerst drannehmen."

Wir beugten uns alle vor, um seine Karte zu betrachten, auf der ein alter Mann in einem langen Umhang abgebildet war, der einen Stock und eine Laterne hielt und nach unten blickte. Es sah deprimierend aus.

„Der Einsiedler", sagte Daxon. „Das glaube ich nicht. Lassen Sie mich eine andere Karte ziehen." Er beugte sich vor und griff nach dem Kartenspiel, während die Wahrsagerin schnell ihre Hand über den Stapel legte.

„Es tut mir leid, aber so funktioniert das nicht. Jede Karte ist für Sie bestimmt und bringt eine Botschaft nur für Sie."

„Was steht auf seiner Karte?", fragte ich, während Daxons Gesichtsausdruck jedem verriet, dass er mit seiner Wahl nicht zufrieden war. Ich hatte den Eindruck, dass er ein Mensch war, der nur das Beste wollte und immer seinen Willen bekam.

Angel blickte einen langen Moment auf seine Karte. „Du bist eine stille Seele, und ich spüre, dass du dich vor deiner Vergangenheit versteckst, was es dir schwer macht, jemandem nahe zu kommen. Es ist schwer für dich, mit anderen in Kontakt zu treten."

Nun, der letzte Teil könnte unwahr sein, schätzte ich. Ich hielt Daxon nicht wirklich für zurückhaltend oder für eine stille Seele. Jeder bemerkte es, wenn er einen Raum betrat.

Daxon sagte kein Wort, doch sein Schweigen sagte alles. Es wurde nur noch unangenehmer, als sie weitersprach.

„Insgeheim willst du mit allen befreundet sein, aber du hast Angst, nicht gemocht zu werden."

Ein Schnauben entschlüpfte Rae angesichts der lächerlichen Dinge, die die Frau sagte. Je mehr sie redete, desto deutlicher wurde, dass sie sich nur Mist ausdachte.

„Was siehst du in seiner Zukunft?", fragte ich, da ich spürte, dass Daxon nicht die Absicht hatte, irgendwelche Fragen zu stellen, und die arme Frau tat mir leid. Daxons Hand fiel zurück unter den Tisch und fand die Wärme meines Beins, streichelte mich, lenkte mich ab.

„Einsamkeit", antwortete Angel, und Daxon leckte sich über die Lippen, rutschte in seinem Sitz hin und her, und ich merkte, dass es ihn alles kostete, sich einen Kommentar zu verkneifen.

Angel bemerkte sein Desinteresse und wandte ihre Aufmerksamkeit als nächstes Miyu zu, während Daxons Hand leicht auf meinen Oberschenkel drückte.

Er lehnte sich zu mir, seine Lippen auf meinem Ohr, und flüsterte. „Sie hat es falsch verstanden. Ich werde nie einsam sein. Denn ich werde dich nie gehen lassen. Um dich zu behalten, würde ich sündigen, ich würde Blut vergießen, ich würde sterben. Alles für dich, mein Schatz."

Als er sich zurückzog, schoss mir das Blut in den Kopf, und meine Brust rang nach Luft. Seine Pupillen weiteten sich, als er an meiner Reaktion bemerkte, wie sehr ich mich nach ihm verzehrte. Die Dinge, die er sagte, hätten mich erschrecken müssen, aber stattdessen ließen sie mich vor schmerzhafter Sehnsucht erzittern.

Ich muss mich in Daxons Blick verloren haben, in der Art, wie seine Finger wieder die Hitze zwischen meinen Beinen fanden. Es bedurfte eines Stoßes von Miyu in die Schulter, um mich aus dem Bann zu erwecken, den Daxon über mich verhängt hatte.

Ich wandte mich wieder Angel zu, die mich lächelnd anstarrte. „Bist du bereit für deine Lesung, Liebes?"

„Auf jeden Fall", sagte ich, räusperte mich und versuchte, mich zusammenzureißen. Es war nicht ideal, die ganze Zeit in einem Dunst der Lust zu verbringen.

Sie schloss die Augen, und fast augenblicklich überzog ein kalter Schauer den Raum, als hätte jemand die Klimaanlage eingeschaltet.

Plötzlich sackte Angel nach vorne und schlug mit dem Vorderkopf so laut auf dem Tisch auf, dass ich zusammenzuckte.

Miyu schrie auf, und Rae lehnte sich in seinem

Stuhl zurück. Daxon wurde totenstill, nicht einmal sein Brustkorb bewegte sich mit seinen Atemzügen, während er die Wahrsagerin mit großer Aufmerksamkeit beobachtete. Jeder Zentimeter an ihm schrie nach einem Raubtier, und während wir drei vor etwas Unbekanntem zurückwichen, war er der Typ, der auf das Monster zulief.

„Scheiße, ist sie tot?", fragte Rae.

„Sag das nicht", antwortete ich. „Vielleicht ist sie in einer Trance. Eine so starke, dass sie sich selbst ausgeschaltet hat?"

Daxon schnaubte ein Lachen. „Das wäre ja urkomisch, wenn sie das getan hätte, wo sie doch so viel Scheiße erzählt hat."

Miyu lehnte sich vor und griff mit einer Hand nach der Frau.

„Nicht die beste Idee", warnte Daxon.

„Wir müssen wissen, ob es ihr gut geht. Was ist, wenn sie einen Schlaganfall oder eine allergische Reaktion hat?"

„Auf was?", fragte Rae. „Rune's Lesung?" Er lachte und amüsierte sich.

„Wenn du das so sagst, klingt es nicht gut", sagte ich.

Das hielt Miyu nicht davon ab, der Frau einen Stoß in die Schulter zu versetzen.

Blitzschnell richtete sich Angel wieder auf, und Miyu schrie auf. Ich zuckte zusammen, mein Herz trommelte in meiner Brust und ich verkrampfte mich auf meinem Stuhl. Daxon bewegte sich nicht, er legte nur den Kopf schief, beobachtete sie und schnupperte an der Luft, als würde er nach Gefahr suchen.

Irgendetwas stimmte nicht. „Warum sind ihre Augen weiß?", murmelte ich, und Miyus Keuchen erfüllte die Stille.

Angel hob einen Arm und deutete mit einem langen, schlanken Finger in meine Richtung. „Rune." Die Stimme, die von Angels Lippen kam, gehörte nicht zu ihr. Sie klang dunkler, tiefer und heiser, als gehöre sie zu einer viel älteren Frau.

„Monster verfolgen dich in den Schatten, doch etwas Dunkleres, etwas Unheimlicheres wohnt in dir. Es wird Tod und Zerstörung zu deinen Füßen bringen. Aber du hast die Macht, dem Krieg, den du entfesselt hast, Frieden zu geben. Wenn du dich darauf einlässt, wird das, was in dir liegt, alles beherrschen."

Angels Worte verebbten, und sie fiel nach vorne und schlug erneut mit dem Kopf so heftig auf den Tisch, dass das ganze Ding wackelte.

„Was zum Teufel war das?" Meine Atemzüge kamen keuchend heraus.

„Verdammt, du hast die besten Prophezeiung von uns allen", sagte Miyu und schmollte, während ich irgendwie vermutete, dass das, was wir gesehen hatten, der Wahrheit entsprang.

Daxon war schon auf den Beinen und ergriff meine Hand. „Wir gehen jetzt." Noch bevor ich mich vergewissern konnte, ob Angel in Ordnung war, schnappte er sich mein Lama und führte mich aus dem Zelt.

„Ich glaube, das war echt", sagte ich, während Daxon sich vor mir aufbaute.

„Alles an ihr war unecht und sie hat eine gute Show hingelegt, das ist alles, was passiert ist. Wenn sie so getan hat, als wäre sie echt, dann hat der Rest von uns den Lesungen geglaubt."

Ich schüttelte den Kopf. „Hast du ihre weißen Augen gesehen, und sie hatte nicht einmal meine Karte umgedreht."

„Spielchen. Für mich roch sie wie ein Mensch", sagte Daxon. „Und wir haben dort genug Zeit verschwendet. Ich möchte Zeit mit dir allein verbringen."

Er hatte Recht, was die Theatralik ihrer Lesung anging. Rae und Miyu kamen bald zu uns.

„Geht es ihr gut?", fragte ich und meine Freundin nickte. „Sie sagte, sie könne sich an nichts erinnern und tat so, als sei nichts Seltsames passiert."

„Es war alles nur ein Scherz", fügte Rae hinzu, woraufhin Daxon nickte, obwohl es sich in meinem Kopf seltsam real anfühlte.

Wir setzten uns alle in Bewegung und machten uns auf den Weg zum Riesenrad, als ich neben Miyu schlüpfte. „Hey, hast du Angel zufällig unsere Namen gesagt, als du uns angemeldet hast?"

„Nein, sie hat darauf bestanden, nichts über uns wissen zu wollen."

Ein Schauer kroch mir über den Rücken. „Woher kannte sie dann meinen Namen?"

Miyu hielt inne und packte mich am Arm. „Ich habe dir doch gesagt, dass sie verdammt toll ist."

So würde ich es nicht gerade nennen, aber was auch immer im Zelt passiert war, ich bekam eine

Gänsehaut. Irgendetwas war sehr merkwürdig, ihre Stimme und dass sie von Rudeln sprach, obwohl sie nur ein Mensch war. Keiner der anderen schien sich darüber besonders aufzuregen. Hm.

Miyu legte ihren Arm um meinen und zog mich nach vorne. „Wir brauchen vielleicht eine weitere Sitzung im Salon, um über das Monster in dir zu sprechen." Sie kicherte, und ich kam mir irgendwie dumm vor, weil ich das, was diese Frau gesagt hatte, ernst genommen hatte. Es war nur ein kleiner Scherz einer offensichtlichen Schwindlerin.

Mein Leben war schon außer Kontrolle geraten, und ich wollte nicht akzeptieren, dass Angels Worte in irgendeiner Weise eine erschreckende Vorhersage waren.

„Beeil dich, Babe", rief Rae und hielt das Tor zum Riesenrad auf.

Wir eilten beide hinüber. Sie und Rae kletterten in die erste freie Gondel, während Daxon losging, um uns Fahrkarten zu holen.

Ich sprang eilig in die nächste Gondel, die nach unten schwang, um sie für Daxon und mich zu ergattern. Aber gerade als ich mich auf den Sitz plumpsen ließ, tauchte jemand anderes darin auf und schlüpfte zu mir in den Sitz.

Ich erschrak zuerst, bis ich sah, wer es war.

„Wilder?"

„Hallo, meine Schöne."

Der Mann, der das Fahrgeschäft bediente, ließ eilig das Metallgeländer über uns herunter, und bevor ich überhaupt begreifen konnte, dass Wilder auf dem

Rummel war, fuhren wir nach oben, und die Gondel schwang unter uns.

Ich blickte zu Daxon hinab, der uns verwirrt anstarrte, die Stirn in Falten legte und unter dem Arm mein ausgestopftes Lama hatte. Dass Wilder ihm zuwinkte, erleichterte die Situation nicht im Geringsten. Dann drehte er sich zu mir um, und ich sah nur strahlend grüne Augen, die so hell waren, dass sie in der Nacht leuchteten.

„Daxon wird sauer sein, dass du seinen Platz eingenommen hast", sagte ich, immer noch überrascht von Wilders plötzlichem Auftauchen. Obwohl mein Magen flatterte, als er sich an meine Seite drückte, war seine Wärme wie ein Feuer, das mich sofort wärmte, und als er einen Arm über meine Sitzlehne legte, lehnte ich mich natürlich näher zu ihm.

„Ich verlasse mich darauf", sagte er. „Außerdem hasst er Höhen, also kann er das aussitzen."

„Und ich nehme an, du liebst sie?" Jedes Mal, wenn sich das Riesenrad bewegte und anhielt, versetzte es uns in ein Hin- und Herschaukeln, das mir ein leichtes Schwindelgefühl vermittelte.

„Ich war jedes Jahr auf diesem Jahrmarkt in der Stadt. Ich liebe jede Art von Fahrgeschäft." Er lehnte sich näher an mich heran. „Und so, wie es aussieht, gefällt dir der Jahrmarkt genauso sehr." Ich verzog das Gesicht und konnte mir ein breites Grinsen nicht verkneifen. „Es ist erstaunlich. Ich kann mich nicht erinnern, wann ich das letzte Mal gelacht und so viel Spaß gehabt habe. Ernsthaftigkeit wird so überbewertet, und ich könnte problemlos einmal pro

Woche hierherkommen, um das echte Leben zu vergessen."

Er lachte, und das Geräusch war so schön, dass ich am liebsten in seinen Armen gelegen hätte, als wir uns in der Nachtluft hin und her bewegten. Allmählich fuhren wir nach oben, während unten neue Leute in die Waggons sprangen.

„Wie lange beobachtest du uns schon?", fragte ich.

Er hob eine Augenbraue und blickte nach unten auf den weitläufigen Jahrmarkt, auf dem überall Menschen herumliefen. Ich konnte die Imbisswagen sehen, die Fahrgeschäfte, die ich als Nächstes unbedingt ausprobieren wollte, und die Stellen, an denen nicht wahnsinnig viele Menschen waren. Das Riesenrad war ideal, um Leute zu beobachten.

„Du wärst erstaunt, wie einfach es ist, von hier oben jemanden zu finden", sagte er zu mir und sein Atem strich unerwartet über meinen Nacken. Ich drehte mich zu ihm um, nur um festzustellen, dass er sich so nah an mich heran lehnte, dass sich unsere Lippen und Nasen berührten.

„Das kann ich sehen", keuchte ich.

Diese kleine unschuldige Berührung entflammte mein Verlangen und erinnerte mich daran, wie die kleinste Berührung uns zusammenbrachte. Ich spürte die Wärme seiner Finger an meinem Arm, als sie zu meiner Schulter und unter meine Kinnlade glitten.

Ich erstarrte und dachte, dass dies nicht der beste Ort war, um sich hinreißen zu lassen. Ich neigte dazu, bei Wilder den Kopf zu verlieren ... bei beiden. Die Erinnerung an das letzte Mal, als wir Sex hatten, erregte mich jedoch, und die Bewegung seines Arms um meinen Rücken brachte mich näher zu ihm.

Das Verlangen brannte durch meinen Körper, und ich ergriff seine Hand, um ihn aufzuhalten, bevor es zu weit ging und ich ihn nicht mehr bremsen konnte, oder mich selbst. Göttin, ich war eines dieser Mädchen geworden, nicht wahr? Ich war mit zwei Männern zusammen, und obwohl ich wusste, dass es in der Hölle enden würde, konnte ich mich nicht zurückhalten.

Ich war zu geblendet von dem, was sie mich fühlen ließen, von dem, was ich ständig in meinem Kopf hatte. Ich sehnte mich nach einer weiteren Berührung, nach einem Kuss. Sie waren meine Sucht. Selbst die Art und Weise, wie Wilder und Daxon mich ansahen, brachte mich aus dem Konzept. Sie schauten mich an, als wären sie am Verhungern. Sie sahen mich an, als könnten sie nur daran denken, wie sie mich zum Schreien bringen und wie sie mir am besten einen Höhepunkt entlocken konnten. Wie sollte ich in ihrer Gegenwart nicht zum Sterben verurteilt sein? Scheiße, sie haben mich ruiniert. Und obwohl mir klar war, wohin das alles führen würde, bettelte ich um mehr.

Wir schaukelten noch einmal nach oben, bis wir an der Zwölf-Uhr-Position des Rades anhielten, damit unten ein- und ausgestiegen werden konnte.

„Du hast gefragt, was ich auf dem Rummel mache", sagte Wilder, seine Hand legte sich in meinen Nacken und er zog mich näher zu sich heran. „Ich bin wegen dir gekommen und nur wegen dir. Wenn ich woanders bin, fühle ich einen unsichtbaren Sog zu dir, und je länger ich fort bin, desto verrückter werde ich."

Ich schluckte schwer, weil ich nicht wusste, wie ich darauf reagieren sollte, aber das brauchte ich auch nicht, als sich seine Lippen auf meine pressten. Er küsste mich leidenschaftlich, seine Zunge drang in meinen Mund ein, seine Hand lag auf meinem Hinterkopf und er drückte mich an sich.

Er biss mir leicht auf die Unterlippe, und ich erzitterte unter ihm, als er seine andere Hand unter mein Oberteil schob. Ich konnte nicht widerstehen und lehnte mich an ihn, umklammerte sein Hemd, weil ich mehr wollte. Die Hitze seiner Brust verzehrte mich, sie schien mich zu umschlingen und mich an ihn zu fesseln.

Seine Hand umfasste die Wölbung meiner Brust, seine Finger fanden die harte Brustwarze. Ich wölbte meine Wirbelsäule und drängte mich an ihn. Er drückte meinen Nippel bis zum Schmerz, der köstlichsten Art von Schmerz. Mein Atem ging stoßweise, begleitet von einem Stöhnen.

Das zustimmende Knurren in seiner Kehle bewirkte etwas in mir, seine herrische Geste beeinflusste jede Faser meines Körpers.

Hitze brannte auf meiner Haut, und jeder einzelne Nerv kribbelte.

Mein Magen flatterte, denn ich hatte so etwas noch nie in der Öffentlichkeit vor so vielen Menschen getan. Daxon wartete unten. Bei dem Gedanken, dass er so nah war, kam mir die verrückte Idee, dass er sich uns vielleicht anschließen würde. Ich lachte fast laut auf bei der Vorstellung, dass zwei Männer, die sich hassten, jemals auf diese Weise zusammenarbeiten würden.

Aber es wäre heiß. Wahrscheinlich die heißeste Sache überhaupt.

Letzten Endes verstand ich die Gefahr, die in meiner Entscheidung lauerte, meine Beziehung zu jedem von ihnen weiter zu forcieren. Denn wie sollte ich mich zwischen ihnen entscheiden?

Aber als sein Mund über meine Wange glitt und meine Halsbeuge fand, waren meine Gedanken wie weggeblasen. Ich erschauderte bei seinem heißen Atem, dem sexy Stöhnen in seiner Kehle.

„Fuck", knurrte er und seine Hand drückte fester auf meine Brust. „Ich bin so kurz davor, die Kontrolle zu verlieren, dich gleich hier auszuziehen und zu ficken. Ich kann deine Erregung riechen, und ich bin so hart, dass ich für dich brenne."

Ich zitterte bei seinen Worten, Feuchtigkeit sammelte sich zwischen meinen Schenkeln. Es fiel mir sehr schwer, mich um die Menschen um uns herum zu kümmern.

Die Gondel unter uns erbebte, als sie sich wieder bewegte und uns nach unten fuhr. Wilder brach unseren Kuss ab, seine Hand glitt aus meinem Oberteil, und er lehnte sich in seinen Sitz zurück und lächelte auf diese verruchte sexy Art, wie er es immer tat. Ich war heiß, wollte unbedingt mehr, aber er zog sich einfach zurück.

Meine Schultern hingen herunter, und ich starrte ihn ungläubig an. „Ich habe dich nie für einen Witzbold gehalten", sagte ich.

„Oh, schönes Mädchen, heute Abend sind zu viele Wölfe um uns herum, also ist das alles, was ich dir bieten kann." Er sah mich unschuldig an, als hätte er das nicht geplant. Trotz der Lust in seinen Augen lächelte er, und ich hatte gar nicht mitbekommen, dass wir jetzt sittsam Riesenrad fuhren, wie es sich gehörte. Seine Hand hielt meine auf meinem Schoß, und ein Stöhnen entglitt meinen Lippen.

„Das ist einfach nur grausam." Ich senkte meinen Blick auf seinen Schoß, bemerkte das große Zelt in seiner Jeans und wusste, dass ich nicht die Einzige war, die heute Abend hungrig sein würde.

„Vielleicht will ich, dass du die ganze Nacht nur an mich denkst." Er grinste, und ich wusste, dass das die Wahrheit war. Ich bin sicher, es hatte alles mit Daxon zu tun. Wilder stürmte vor und erhob seinen Anspruch, und ich war schnell bereit. Ich stöhnte auf, denn er hatte recht gehabt - nach dieser kleinen Kostprobe würde ich ihn nicht mehr aus meinem Kopf bekommen. Meine ganze Aufmerksamkeit konzentrierte sich darauf, wie sein Daumen in kleinen Kreisen über meinen Arm strich und meine Haut zum Erröten brachte.

„Nur damit du es weißt, ich bin nicht glücklich mit dieser Situation." Irritation zuckte in meiner Brust, aber eigentlich hätte ich nein sagen können. Ich drehte meinen Kopf und tat so, als wäre ich wütend.

„Das merke ich."

Das Arschloch genoss jede Sekunde, in der er mich hängen ließ. Seine Hand legte sich um meine, und ich konnte nicht glauben, wie sehr ich mich nach ihm verzehrte. Der Ur-Hunger überflutete mich wieder, ein Bedürfnis, das ich nicht abschütteln konnte.

Er grinste mich an, und ich spürte, wie die Stacheln der Lust zwischen meinen Schenkeln tanzten.

Das Riesenrad kam schließlich zum Stehen, und der Metallbügel, der uns sicherte, sprang auf.

Wilder kletterte heraus und reichte mir seine Hand, während er mit der anderen Hand sein Hemd über die Hose zog, um seine Erektion zu verdecken. „Lass uns gehen, es sei denn, du willst noch eine Runde drehen?"

Verlockung durchströmte mich, aber ich warf ihm einen bösen Blick zu, der ihn nur zum Lachen brachte. In Sekundenschnelle war ich neben ihm auf den Beinen, und als wir hinausgingen, stand Daxon da, hielt immer noch mein Lama und sah verdammt wütend aus.

„Oh, sieh mal, es ist Wilder", sagte Miyu, in deren Stimme mehr Sarkasmus als wirkliches Erstaunen lag. Rae war zu sehr damit beschäftigt, Daxon anzustarren, um eine Reaktion zu zeigen.

„Was zum Teufel machst du hier?", platzte Daxon heraus und drückte mir das Plüschtier in die Arme.

Wilder straffte die Schultern und starrte ihm direkt in die Augen. Die beiden waren im Begriff, einen auf Alpha zu machen, und keiner von ihnen würde einen Rückzieher machen.

„Ich kämpfe heute Abend nicht mit dir, also halt dich verdammt noch mal zurück", knurrte Wilder.

„Dann verpiss dich. Du ruinierst meine Verabredung mit Rune."

Wilder blickte mit zusammengekniffenen Augen zu mir hinüber. Dann wandte er sich wieder Daxon zu.

„Betrachte mich als das dritte Rad am Wagen.“, grinste er.

Ich seufzte angesichts ihrer Machoshow. Ich drehte mich zu Miyu um und schüttelte den Kopf. „Lass uns eine Runde drehen, während die beiden ihr Ding machen.“

„Bist du sicher, dass du nicht zusehen willst?“, fragte Rae.

„Nö. Ich habe genug von ihren Aggressionen gesehen, und ich möchte den Rummel genießen, bevor sie mit ihren Kämpfen den ganzen Ort zerstören.“

11

---

*D*iese Idioten waren wie verdammte Kakerlaken, beschloss ich, als ich den letzten Idioten verprügelte, den Runes Ex geschickt hatte. Ich hatte ihn direkt hinter dem Restaurant auf der Lauer liegen sehen, offensichtlich hatte er Runes Witterung aufgenommen.

Ich hatte dafür gesorgt, dass ich ihm als Erstes die Nase brach, aber ich war mir nicht sicher, ob ihn das daran hindern würde, Rune zu riechen. Ihr Duft war berauschend.

Und er schien von Tag zu Tag stärker zu werden.

Ich war mir nicht sicher, ob das daran lag, dass sich das Paarungsband festigte, oder daran, dass etwas mit ihr geschah. Aber es war ein wenig beunruhigend.

Denn alle anderen schienen es auch zu bemerken.

Ich hatte sogar gesehen, wie Marcus neulich an ihr herumgeschnüffelt hatte, und er war hoffnungslos in seine Gefährtin verliebt.

Sie roch einfach so gut.

„Wann kommt denn dein Alpha, Großer?", fragte ich, während ich ihm meinen Schlagring in den Bauch rammte. Er stöhnte und hustete etwas Blut.

Eines war sicher, die Kerle, die kamen, wurden immer kräftiger. Das bedeutete natürlich nicht, dass sie auch schlauer waren. Offensichtlich schätzte Runes Ex Kraft mehr als Verstand.

Zum Pech für ihn und seine Männer hatte ich beides.

Ein weiterer Schlag, dieses Mal ein Treffer auf seinen Mund. Ich lachte, als ihm ein paar Zähne ausfielen, und er anfing zu brüllen.

Das war wirklich erbärmlich.

Beschütze unsere Gefährtin, knurrte mein Wolf. Und ich stöhnte auf, weil ich wusste, was als Nächstes passieren würde.

Mein ganzes Leben lang hatte ich meinen Wolf perfekt unter Kontrolle gehabt. Seit unserem ersten Kennenlernen hatten wir in perfekter Harmonie gelebt. Bis jetzt.

Wenn es um Rune ging, war mein Wolf völlig durchgedreht. Es war seine Welt, und ich lebte einfach in ihr. Jeden Tag, an dem ich als Mensch aufwachte, war ich schockiert, denn ich hatte irgendwie erwartet, dass mein Wolf die Kontrolle übernehmen würde, Vollmond hin oder her.

Der Blutrausch legte sich über meinen Verstand, und dann gab es nichts mehr als das ständige Schlagen meiner Faust auf die Haut des Wandlers, um ihn zu zerstörten, weil er es gewagt hatte, hinter unserer Gefährtin her zu sein.

Beschützen.

Ein dunkles Glucksen hallte plötzlich durch die Gasse. Mein Wolf erkannte sofort, zu welchem Arschloch es gehörte.

Daxon.

„Na, sieh mal einer an. Was für eine angenehme Überraschung", schnurrte er und pirschte sich an mich heran. Ich drehte den Kopf und fletschte die Zähne, denn mein Wolf war nicht erfreut, unterbrochen zu werden. Nicht, wenn wir gerade versuchten, Rune zu beschützen.

„Was hat dieser arme Kerl dir angetan? Er sieht schrecklich aus."

Daxon sah aufgeregt auf den riesigen Kerl hinunter, der zu meinen Füßen wimmerte.

Ich habe mich nie anderen gegenüber erklärt. Vor allem erklärte ich mich nicht vor Daxon.

Aber ich musste zugeben, dass das ziemlich übel aussah.

„Hör zu", begann ich.

„Hat ihn dieser beschissene Ex von Rune geschickt?", knurrte er, und in seinem Blick lag so viel Verrücktheit, dass bei seinem Anblick sogar ich ein wenig Angst bekam.

Moment mal ... „Du kennst diese Typen."

Es gab eine lange Pause, als ob Daxon etwas entscheiden würde. „Ich habe bisher fünf von ihnen beseitigt", gab er zu, bevor er dem bereits am Boden liegenden Kerl, der vor uns schluchzte, einen Tritt in die Magengrube verpasste.

Das Knacken seiner Rippen schallte durch die Gasse, und Daxon und ich lächelten beide.

„Das ist mein dritter", sagte ich ihm, hockte mich hin und schnürte mit meinen von Handschuhen geschützten Händen ein Seil mit Silber um die Handgelenke des Kerls. Sein Wimmern wurde lauter, als das Silber begann, sich durch sein Handgelenk zu brennen. Schließlich brannte es sich bis zum Knochen durch, und er würde keine Erleichterung verspüren, bis das Seil entfernt wurde.

Zu seinem Unglück würden die Seile nie entfernt werden. Zum Glück für ihn würde er bald tot sein.

„Das ist wirklich clever", sagte Daxon bewundernd und hockte sich neben mich, um mein Werk zu begutachten.

„Tu nicht so überrascht, Arschloch", knurrte ich, während ich ein Lächeln verbarg.

Er grinste mich an, sein dämliches Goldjungenlächeln im Gesicht, das mich immer wieder dazu brachte, ihn erwürgen zu wollen.

Daxon klopfte nachdenklich auf das Seil. „Hast du das selbst gemacht?", fragte er.

„Es ist immer dann praktisch, wenn ich meinen Standpunkt untermauern will." Ich schmunzelte über die zahme Beschreibung.

„Hmm. Diese Idee muss ich mir wohl abgucken", sagte er, bevor er aufstand und mich musterte. „Vielleicht haben wir doch mehr gemeinsam, als ich dachte."

Ich rollte mit den Augen. Wir wussten beide, dass

wir uns irgendwann einmal näher als Brüder gestanden hatten.

Die Kluft zwischen uns schien zu groß, um sie zu schließen. Es gab einen Teil von mir, der ihn mehr hasste als jede andere Person. Dieser Teil neigte dazu, alles in mir zu verdrängen, das ihn noch als meinen Bruder betrachtete.

„Er wird einfach weiter Männer schicken", sagte ich zu Daxon, während wir den Mann zu unseren Füßen beobachteten.

Daxons Augen glitzerten, als er nickte. „Darauf verlasse ich mich."

Daxon kam ein bisschen wie ein Verrückter rüber. Was hatte er vor mir und allen anderen unter dieser bescheuerten Netter-Typ-Nummer verbergen können, die mich immer dazu gebracht hatte, ihn schlagen zu wollen?

„Irgendwann wird er selbst kommen müssen", sagte ich, ehe ich mich bückte und den Kerl unter den Achseln packte, um ihn wegzuhieven. Verdammt, dieser Typ war wirklich ein Mistkerl.

Ich sollte den Kerl wohl wegbringen, bevor noch jemand aus der Stadt vorbeikam.

Obwohl ein Teil von mir ernsthaft bezweifelte, dass Daxon mich nur zufällig gefunden hatte. Ich hatte das Gefühl, dass Daxon mich schon seit Wochen beobachtete, seit Rune in die Stadt gekommen war. Ich bin mir sicher, dass er versuchte, etwas herauszufinden, das er gegen mich verwenden konnte, um Rune ganz für sich allein zu haben.

Daxon überraschte mich, indem er die Füße des

Kerls anhob und mit mir ging, mit einem Pfiff auf den Lippen, der wohl das Gruseligste war, was ich je gehört hatte.

„Weiß Rune schon, dass du gruselig bist?", spöttelte ich.

Daxons Grinsen wurde noch breiter. „Vielleicht" murmelte er und pfiff weiter.

Wir sagten nicht viel, während wir hinter den Gebäuden langgingen, um Blicken auszuweichen. Wir waren die Alphas, es würde nicht zu viele Fragen geben. Aber wenn es acht Tote von uns beiden gab und Rune bereits von den meisten in der Stadt verdächtigt wurde, war es am besten, so unauffällig wie möglich zu bleiben, wenn man einen fast toten Mann herumschleppte.

Ich liebte mein Rudel, aber ich traute ihnen zu, etwas Verrücktes zu tun und Rune an einen der Kerle zu übergeben, bevor Daxon und ich sie aufhalten konnten.

Und dann würde ich verrückt werden und wahrscheinlich das ganze Rudel zerstören.

Also sollte ich alles tun, was ich konnte, um das zu verhindern.

Ich beobachtete Daxon, während wir gingen, und bemerkte die Unterschiede zwischen seiner Körpersprache in diesem Moment und der, die er normalerweise an den Tag legte.

Für den Rest der Welt war er perfekt. Der perfekte Alpha, der perfekte Wolf, der perfekte Kerl. Ich hatte ihn dafür gehasst, fühlte mich immer mit ihm verglichen, ehrlich gesagt.

Ich hatte die Loyalität meines Rudels, daran hatte ich keinen Zweifel. Aber wenn man mit jemandem zusammen eine Stadt leitete, wurde es ein wenig komplizierter als das. Daxon gefiel es, sich selbst als den Guten darzustellen und mich bei den meisten Entscheidungen in der Stadt als den Bösen dastehen zu lassen.

Das habe ich ihm übelgenommen, aber ich vermute, dass er es mir auch übelgenommen hat, dass ich mit seiner Freundin geschlafen habe, also waren wir in diesem Punkt vielleicht sogar quitt. Nicht, dass ich von ihrer Beziehung gewusst hätte, als das alles passierte.

Warum dachte ich gerade jetzt daran?

Ich schüttelte den Kopf, um meine Gedanken zu ordnen, und Daxon grinste mich wieder an, als könne er meine Gedanken lesen. Wir liefen jetzt in den Wald hinein. Wir hätten wahrscheinlich nach Schattenwesen Ausschau halten sollen, aber zu zweit hatten wir nicht viel zu befürchten.

In diesem Moment öffneten sich die Augen des Mannes, und sie weiteten sich, als er seine missliche Lage erkannte.

Es gab nur einen Grund, warum wir in den Wäldern waren, und das wusste er. Er fing an zu treten und zu schreien und verursachte einen Krach, der um uns herum widerhallte. Daxon ließ sofort die Beine des Mannes fallen und zog dann ein wild aussehendes Messer aus seiner Hose. Er riss den Mund des Mannes auf und schnitt ihm die Zunge ab. Ich erschauderte, als sie auf den Waldboden fiel.

Ich starrte Daxon ungläubig an. Er lächelte mich nur an, fast engelsgleich, als wäre es völlig normal, jemandem die Zunge herauszuschneiden.

Ich meine, er hatte mir erzählt, dass er schon mindestens fünf von diesen Kerlen losgeworden war. Aber ich dachte, dass er es auf die gleiche Weise, wie ich getan hatte - eine Kugel in den Kopf, bevor sie tief im Wald vergraben wurden.

Jetzt war ich verwundert.

Der Eindringling war von den Schmerzen ohnmächtig geworden, also schätzte ich, dass wir uns zumindest keine Sorgen mehr machen mussten, dass er jemanden mit seinen Schreien alarmierte.

Doch es dauerte eine Weile, bis ich dieses Bild aus dem Kopf bekam. Ich hatte in meinem Leben schon viele Dinge getan, aber jemandem die Zunge abzuschneiden gehörte nicht dazu.

Daxon beobachtete mich genau.

Ich räusperte mich. „Machst du so etwas oft?“, fragte ich, wobei ich seine Worte von vorhin wiederholte. Ich sprach ruhig und erinnerte mich daran, was für ein Junge er war. Der Sonnenschein war damals keine Maske gewesen. Er war ausgeflippt, wenn ich aus Versehen eine Ameise zerquetscht hatte. Daxon hatte sogar eine Zeit lang versucht, Veganer zu werden, was für einen Wolf praktisch unmöglich war. Er konnte es nicht ertragen, einem anderen Lebewesen wehzutun.

Ich erinnerte mich daran, dass mir aufgefallen war, dass er die goldene Fassade mehr als Waffe einsetzte, als dass sie tatsächlich zu seiner Person passte. Und ich war mir nie ganz sicher gewesen, was diese Veränderung ausgelöst hatte.

Aber der Kerl, der mir gegenüberstand ... Ich war mir plötzlich nicht mehr sicher, ob noch ein bisschen von dem kleinen Jungen in ihm steckte. Er hatte sich verändert, und ich hatte es nicht bemerkt oder nicht bemerken wollen.

„Ich werde alles tun, um sie zu beschützen“, verkündete Daxon grimmig. Ich konnte das Versprechen hinter seinen Worten spüren. Sein „alles“ bedeutete buchstäblich alles.

Aber konnte er sie vor sich selbst schützen? Und hatte er das überhaupt nötig?

Daxon hob die Füße des Mannes wieder an, und wir marschierten weiter. Mir wurde klar, dass ich Daxon nicht gesagt hatte, wohin wir gingen, doch er lief genau in die richtige Richtung. Der Scheißkerl hatte mich wirklich verfolgt.

Ich verdrängte es für einen Moment, da ich nicht in der Stimmung war, einen weiteren Streit mit ihm anzufangen, der auf jeden Fall Aufmerksamkeit auf sich ziehen würde, und das zu einem Zeitpunkt, an dem ich das nicht wollte.

Hinter dem Fluss gab es einen Teil des Waldes, der mir schon immer unheimlich vorkam. Ich hatte gehört, wie die Stadtbewohner über den Ort sprachen, den sie selbst in Wolfsgestalt nie aufsuchten. Jahrhundertelang hatten sie behauptet, dass es an diesem Ort spuken würde.

Ein perfekter Ort, um Leichen zu lagern.

Vor allem, weil es einen Riss im Boden gab, der

ewig tief zu sein schien. Selbst mit einer Taschenlampe konnte man den Boden nicht sehen, und ich hatte nicht vor, nachzusehen, was sich dort unten befand.

Hier hatte ich immer ein mulmiges Gefühl, fast ein Kribbeln unter der Haut. Daxon sah jedoch völlig entspannt aus. Der Wichser hat sich wahrscheinlich an dem Gefühl aufgegeilt.

Wir ließen den Kerl fast gleichzeitig los. Er fiel mit einem lauten Knall auf den Boden und wachte auf. Er starrte uns mit flehenden Augen an, und ein unmenschlicher Laut kam aus seinem Mund, als er versuchte, um sein Leben zu betteln.

Wie immer begannen Schuldgefühle in meinem Bauch zu flackern, aber ich verdrängte sie. Dieser Kerl hätte mir Rune weggenommen, erinnerte mich mein Wolf.

Und das wollte ich nicht zulassen. Niemals.

„Willst du die Ehre haben, oder soll ich?", fragte Daxon, legte den Kopf schief und starrte mich animalisch an. Ich konnte den Wolf in seinen Augen sehen, der unter der Oberfläche auf eine Gelegenheit wartete, zuzuschlagen.

„Auf jeden Fall du", sagte ich, weil ich diesen neuen Daxon in Aktion erleben wollte. Ich hatte das Gefühl, dass sich meine ganze Welt plötzlich verändert hatte und ich in ein äußerst wichtiges Geheimnis eingeweiht worden war.

Daxon grinste wild, und ich ertappte mich dabei, wie ich zurück grinste, wobei mir der Blutrausch in die Adern sickerte, als würde ich ihn einatmen. Ich zog meine Waffe, um sie ihm anzubieten, aber er winkte nur ab. Er kniete sich hinter das sich windende Bild erbärmlichen Elends und zog sein blutverschmiertes Messer heraus.

„Du warst so dumm, dem nahezukommen, was mir gehört", sagte er leise, während er mit dem Messer seitlich über das Gesicht des Mannes schnitt und eine Blutspur zog.

Mein Wolf knurrte, weil er es gewagt hatte, Rune als sein Eigentum zu bezeichnen, aber ich hielt ihn im Zaum.

Ohne Vorwarnung stach Daxon dem Kerl plötzlich direkt in die Kehle. Dann pfefferte er die gesamte Brust des Kerls mit Stichen voll, bevor er schließlich sein Leben mit einem scharfen Stich in den Kopf beendete.

Heilige verdammte Hölle.

Daxon stand auf, seine Augen waren geweitet, als wäre er high. Er taumelte ein wenig, ein mürrisches Grinsen im Gesicht.

Also gut, ich befand mich offiziell in der Gegenwart einer verrückten Person. Ich stieß den toten Kerl in die zerklüftete Spalte, ohne darauf zu achten, dass die Leiche auf dem Boden aufschlug. Er landete so tief, dass ich ihn nicht hörte.

Vorsichtig beobachtete ich Daxon, um sicherzugehen, dass er sich nicht plötzlich auf mich stürzte. Aber er war damit beschäftigt, sein Messer abzuwischen und wieder zu pfeifen.

Als er fertig war, steckte er das Messer wieder ein und begann, den Weg zurückzugehen, den wir gekommen waren, ohne einen Tropfen Blut an sich zu haben.

„Sag mir Bescheid, wenn du noch mehr Wanderer findest", sagte Daxon. „Und ich werde wieder dasselbe für dich tun."

„Ich weiß die Hilfe zu schätzen", antwortete ich nach einer langen Pause. Es war seltsam, sich mit ihm zu verstehen.

„Für Rune tue ich alles", sagte Daxon leise, seine Worte waren ein Echo seiner früheren Aussage. „Und wenn das Arschloch endlich selber kommt, werden wir auf ihn vorbereitet sein."

Ein Kribbeln der Vorfreude, aber auch eine Vorahnung überflutete mich.

„Wir werden bereit sein", stimmte ich zu, als wir uns auf den Weg aus dem Wald machten.

Daxon war definitiv geistesgestört, doch solange er seine Bösartigkeit für Rune einsetzte, konnte ich damit leben.

Ein kleiner Teil von mir war auch ein wenig froh, nach so vielen Jahren des Kampfes einen Moment des Friedens mit ihm zu haben.

Aber das würde ich nie zugeben.

*R*une

Die Mondgöttin rief nach mir. Ich konnte sie spüren, als ich mich im Bett aufsetzte und aus dem Fenster schaute, von wo der Vollmond hereinströmte. Wie in Trance stand ich auf, zog mir ein paar Shorts an und stolperte aus meinem Zimmer, die Treppe hinunter und durch die Hintertür hinaus. Ich lief, bis ich mich am Flussufer wiederfand. Erst dort stellte ich fest, dass ich barfuß war.

Ich reckte meinen Hals nach hinten und wollte so viel von ihrem Licht wie möglich durch meine Adern fließen lassen. Ich saugte das Mondlicht in mich auf und begrüßte es mit jeder Faser meiner Seele.

Ich gab ihr die Schuld für Alistair und den Zustand meines Lebens, aber ich konnte ihrem Ruf nicht widerstehen.

Die Zehen in den Schlamm des Flussufers gekrallt, genoss ich die Kühle des Bodens. Ich ging einen Schritt näher an das Wasser heran und ließ zu, dass es an meinen Füßen leckte. Es fühlte sich an, als würde ich von oben und von unten mit Energie versorgt, die Mondgöttin sandte ihre Kraft durch ihr Licht und die Erde erdete mich von unten.

Etwas hüpfte in meiner Brust, und ich griff danach. Das geschah immer wieder, bis ich sicher war, dass ich eine Art Herzinfarkt hatte. Ich sank auf die Knie, als eine Kraft über meinen Körper strömte, bis ich mich nach vorne beugte und mich vor der Göttin und ihrem Spiegelbild im Fluss verneigte.

Ein Puls der Macht - anders konnte ich es nicht beschreiben - nach dem anderen überflutete mich. Mein Atem kam in kurzen Atemzügen, während sich meine Finger in die Erde gruben und versuchten, dem, was geschah, zu widerstehen.

Ich riss meinen Kopf gen Himmel und stieß einen unmenschlichen Schrei aus. Das Geräusch war von einem eigenen Machtimpuls durchzogen. Ich schrie den Himmel an. In meinem Schrei waren all die Dinge enthalten, die ich nie laut ausgesprochen hatte.

Wie sehr ich sie dafür hasste, meine Seele an jemanden zu binden, der sie nicht so schätzte, wie sie es mir versprochen hatte.

Wie sehr ich sie dafür hasste, dass sie mir meine Mutter weggenommen hatte.

Wie sehr ich sie dafür hasste, dass sie zuließ, dass mir mein Wolf genommen wurde.

Bei diesem Gedanken fühlte es sich an, als würde ich bei lebendigem Leibe verbrannt. Feuer schoss durch mich hindurch und versengte mein gesamtes Inneres, bis ich sicher war, dass nur noch Asche von mir übrig war.

Bei dem Schmerz in meiner Schulter schrie ich auf, genau an der Stelle, an der ich in jener schicksalhaften Nacht vor so langer Zeit gebrandmarkt worden war. Das Feuer leckte durch mich hindurch und konzentrierte sich auf diese eine Stelle, bis schwarze Flecken über meine Sicht zu tanzen begannen. Ich war kurz davor, ohnmächtig zu werden, als der Schmerz abrupt verschwand und mich atemlos und schweißgebadet zurückließ. Der Druck, der auf mir lastete, war ebenfalls verschwunden, und ich rollte die Schultern zurück und versuchte, mich zu fangen.

Ich fühlte mich so seltsam. Fast leicht. Als wäre eine Last, von der ich nicht einmal wusste, dass ich sie trug, plötzlich weg. Wie hatte ich nur die ganze Zeit so existieren können? Wieso hatte ich nicht gewusst, was ich da mit mir herumschleppte?

Ich stand auf wackeligen Beinen auf und hatte das

Gefühl, ich könnte fliegen. Als wäre ich so leicht geworden, dass sich mein Körper jeden Moment einfach in den Himmel erheben würde, weil es nichts mehr gab, was ihn unten hielt.

Ein Kichern entrang sich meiner Kehle, der Klang war so leicht und unbeschwert, dass ich ihn nicht erkannte. Ich lachte wieder, und eine Träne glitt über mein Gesicht, weil es sich so verdammt gut anfühlte.

Das Geräusch wurde abrupt unterbrochen, als ein Knacken durch meinen Rücken fuhr und mich nach vorne drückte, während sich etwas in meiner Brust ausdehnte. Ein unerträglicher Schmerz durchzuckte mich, und ich schrie auf, als jeder Knochen in meinem Körper auf einmal zu brechen schien. Der Schmerz dauerte eine gefühlte Ewigkeit an, bis er plötzlich weg war und ich aus einer Welt blickte, die sich verändert hatte, und aus Augen, die ich nicht kannte.

Ich brauchte viel zu lange, um zu begreifen, was mit mir geschehen war, denn es war etwas, von dem ich nicht einmal zu träumen gewagt hatte.

Ich hatte mich verwandelt. Mein Wolf und ich hatten uns endlich getroffen.

Hallo, murmelte mein Herz zu ihr, und ich spürte ihre Liebe in mir, ihr Glück, endlich frei zu sein.

„Hallo, meine Freundin", flüsterte ihre Stimme zu mir zurück. Wäre ich ein Mensch, hätte ich vor Glück geweint. Vielleicht wäre Euphorie der bessere Ausdruck dafür.

Ich rannte zum Flussufer und wollte mich unbedingt sehen, auch wenn ich dabei über meine eigenen Pfoten stolperte. Wie koordinierte man eigentlich das

Gehen auf vier Pfoten? Ich wimmerte, als ich den arktischen weißen Wolf sah, der mich aus dem Spiegelbild im Wasser anstarrte. Mit silbernen Fäden, die scheinbar in meinem Fell verwoben waren, als würde das Mondlicht herausschauen, und mit denselben blauen Augen, die mich sonst im Spiegel anstarrten. Ich schaute auf meine Pfoten hinunter und bewunderte die Tatsache, dass sie eine majestätische, silberne Farbe hatten. Ich hatte noch nie einen Wolf mit silbernen Pfoten gesehen. Ich hob meine rechte Vorderpfote auf und legte den Kopf schief, als ich sie genau betrachtete. Mein Fell glitzerte förmlich. Das war verdammt cool.

Wir sind wunderschön, dachte ich bei mir.

Verdammt richtig, stimmte mein Wolf zu.

Mein Kopf schoss zurück, und mein Wolf stieß ein Heulen aus, das sicherlich die Mondgöttin selbst erreichte. Es war erfüllt von Freiheit und Dankbarkeit und Freude. Ich wusste nicht, wie das passiert war, aber ich freute mich darüber, dass mein Wolf endlich bei mir war. Dass ich endlich die sein konnte, die ich immer sein sollte.

Und dann war ich weg, meine Wölfin wollte unbedingt laufen, den Wind in ihrem Fell spüren, erleben, was wir beide vermisst hatten. Die Brise tanzte durch mein Fell, und ich fragte mich, warum Wandler nicht alles taten, was sie konnten, um in ihrer Wolfsgestalt zu bleiben und dies zu fühlen.

Alles um mich herum war vergrößert, meine Sicht war klarer und schärfer, meine Nase war fast überwältigt von all den neuen Gerüchen, mein Gehör entdeckte eine Kakophonie von Geräuschen, die die Luft um mich herum erfüllten.

Wie sollte ich danach in eine Realität zurückkehren, in der ich zwar wusste, dass all dies existierte, aber ich nichts davon erleben konnte? Vielleicht würde ich einfach für immer ein Wolf bleiben.

Mein Wolf schnaubte bei meiner Dramatik.

Ein Ast brach hinter mir, und ich wirbelte herum, fletschte die Zähne und suchte meine Umgebung nach einer Bedrohung ab. Ich wurde jedoch abgelenkt, als ich meine Fußspuren im Boden hinter mir sah, die im Mondlicht deutlich leuchteten, weil sie aussahen, als wären sie mit silbernem Glitter bestreut worden. Ich beobachtete, wie der Wind wehte und die Fußabdrücke verschwanden, während der silberne Abdruck wie Asche vom Wind weggetragen wurde.

Von so etwas hatte ich noch nie gehört.

Wieder knarrte ein Ast, und meine Aufmerksamkeit wurde vorübergehend von dem seltsamen Anblick abgelenkt. Meine Wölfin lehnte sich zurück, als sich ein Kaninchen zaghaft aus dem Unterholz schob.

Abendessen.

Ich stürzte mich auf die ahnungslose Kreatur, packte ihren Hals mit meinem Maul und riss meinen Kopf hin und her, um ihr das Genick zu brechen.

Ich weiß nicht, woher ich das wusste, aber ich schätze, es war Instinkt. Ich verschlang das Kaninchen mit einem einzigen Bissen, und dann war mein Wolf weg.

Und dieses Mal rannte sie viel weiter. So schnell,

dass die Welt um uns herum buchstäblich verschmolz und nur noch verschwommen aussah. Manchmal wurde sie langsamer, und ich sah unbekannte Canyons, Schluchten und unbefahrene Straßen. Ich hielt mich im Hintergrund, während sie sich bewegte, ein Passagier, der nur mitfuhr. Ich wollte für immer rennen, diesen Frieden spüren, in dem ich dem Instinkt erlaubte, die Kontrolle zu übernehmen, ohne mich um irgendetwas anderes in der Welt zu kümmern.

Wir stürmten den Berg hinauf, jeder Schritt landete sanft und anmutig in einem komplizierten Tanz, von dem ich wusste, dass ich ihn in meiner menschlichen Gestalt niemals hätte vollführen können. Wir erreichten den Gipfel, wo sich die ganze Welt vor mir auszubreiten schien, und dann hockte sich mein Wolf hin ... und wir sprangen.

Ich wachte mit einem Keuchen auf, meine Hände krallten sich verzweifelt in die Laken, als das achterbahnartige Gefühl nachließ. Ich war nicht gefallen. Ich war in meinem Zimmer, in der Herberge.

Mein Herz schlug so schnell, es drohte aus meiner Brust zu springen, und ich starrte an die Decke und zählte die winzigen Risse, die ich sah, während ich versuchte, mich zu beruhigen.

Nur ein Traum.

Es war nur ein Traum.

Wenn es nur ein Traum war, würde es erklären, warum ich mich fühlte, als würde ich sterben. Als ob man mir etwas weggenommen hätte. Enttäuschung war eine Untertreibung für das, was ich empfand, als ich die Teile des Traums zusammensammelte, an die ich mich erinnern konnte.

Ich hatte geträumt, ich hätte mich verwandelt. Ich wusste nicht, ob ich dankbar war, dass ich meine Wölfin für eine Sekunde im Schlaf erleben durfte, oder ob ich am Boden zerstört war, weil es mir das Messer nur noch tiefer in den Leib stieß.

„Scheiße" flüsterte ich, als ich mich endlich zurücklehnte und mir mit dem Handrücken den Schweiß von der Stirn wischen wollte. Zuvor bemerkte ich, dass meine Hand mit Schmutz verschmiert war. Ich starrte sie an und verstand nicht, wie er dorthin gekommen war. Ich rutschte aus dem Bett, und stellte fest, dass mein ganzes Laken mit Schmutz bedeckt war, ebenso wie meine Arme, meine Kleidung und meine Füße.

Ein flatterndes Gefühl nagte an mir, als ich etwas Pelziges und Blutiges am Ende meines Bettes sah.

Es war ein totes Kaninchen, offensichtlich halb aufgefressen.

Verdammt noch mal.

Was zum Teufel war letzte Nacht mit mir passiert?

12

---

*N*achdem ich einen leichten Nervenzusammenbruch erlitten und eine Stunde lang vergeblich und verzweifelt versucht hatte, mich zu bewegen, duschte ich schließlich den Schlamm von meinem Körper und übergab die Bettwäsche dem Hauspersonal. Das Kaninchen wurde aus dem Fenster geworfen. Jetzt, wo ich kein Wolf mehr war, sah es nicht im Geringsten lecker aus.

Bitte komm zurück, weinte ich leise, starrte auf meine Hände und wünschte mir, dass sie sich irgendwie verändern würden. Ich war in dem Glauben aufgewachsen, dass ich ein Lykaner war, und es war nicht mehr Vollmond, aber ein Mädchen darf doch träumen, oder? Vor allem nach den außergewöhnlichen Umständen meiner möglichen Verwandlung. Ich war noch nicht davon überzeugt, dass es tatsächlich passiert war. Pfotenabdrücke aus Silberstaub, die vom Wind weggeweht wurden? Das war ... einzigartig.

Ich lief in meinem Zimmer hin und her, bevor ich

beschloss, dass ich mit Daxon oder Wilder oder beiden darüber reden musste, was meiner Meinung nach in der Nacht zuvor passiert war. Sie könnten denken, ich sei verrückt geworden, aber das Risiko würde ich eingehen. Ich war auch im Begriff, verrückt zu werden, wenn ich nicht bald mit jemandem darüber sprach.

Ich verließ das Gasthaus und ging die Straße hinunter, ohne genau zu wissen, wo ich die beiden um diese Zeit finden würde. Sie haben mich immer gefunden, anscheinend haben sie eine Art Rune-Tracker, mit dem sie mich aufspüren können, egal wo ich bin. Ich sollte mir wohl mal ein Handy zulegen. Allerdings wurde ich jedes Mal nervös, wenn ich daran dachte, mir eins zuzulegen, als ob Alistair mich irgendwie finden könnte, selbst mit einem neuen Handy.

„Rune", rief Miyu plötzlich. Sie kam aus Mr. Jones' Café, und ich lächelte und winkte ihr zu, froh, dass sie ihren Kaffee schon getrunken hatte. Irgendwann musste ich dorthin zurückkehren, das Gebäck und die Getränke waren viel zu gut, aber im Moment war ich damit zufrieden, mich in meiner Verlegenheit zu suhlen, ohne dass Mr. Jones' allwissende Augen mich beobachteten. Außerdem musste ich daran denken, immer mit einem Geschmackstester zu gehen, oder zumindest mit jemandem, der mich anschreien konnte, wenn ich den Kopf verlor und mich wieder einmal auf eines seiner Gebräue einließ.

„Ich wollte dich schon im Gasthaus suchen", schwärmte sie mit einem breiten Lächeln. Ich legte den Kopf schief und musterte sie. Miyu sah anders aus, fast so, als würde sie glühen.

„Ich habe dir etwas Großes zu sagen, und das verdanke ich dir", fuhr sie fort, nahm meinen Arm und zog mich mit in ihren Salon.

„Okay, was ist es?", fragte ich, sobald sich die Tür des Salons hinter uns geschlossen hatte. Ihr Enthusiasmus war ansteckend und verdrängte alle meine verwirrten Gedanken über die letzte Nacht. Na ja, fast alle meine Gedanken verdrängte sie.

„Rae und ich werden eine Paarungszeremonie abhalten", kreischte sie, sprang auf und ab und drückte meine beiden Hände.

„Wirklich?" Ich atmete auf, und mein anfänglicher Schock wich der Aufregung meiner Freundin. Paarungszeremonien waren nicht unbedingt erforderlich, das Beißen des anderen war das Einzige, was man brauchte, aber es war eine schöne Art, die Entscheidung eines Paares zu feiern. Ähnlich wie bei der Menschenhochzeit hatte jeder die Gelegenheit, den frisch Verpaarten zu gratulieren.

„Wann findet die Zeremonie statt?", fragte ich, und ein Schmerz durchfuhr mich. Ich freute mich über alle Maßen für Miyu, dass sie den Schritt wagte, das tat ich wirklich. Aber es ließ mich daran denken, was hätte sein sollen. Als treue Gefährtin des Alphas hätten Alistair und ich eine große Feier veranstalten müssen. Ich schüttelte den Gedanken ab und konzentrierte mich auf Miyu.

„Nächste Woche", quiekte sie.

Ich starrte sie an. Das ging aber schnell.

„Ich habe ihn lange genug warten lassen, ich habe beschlossen, dass ich nicht warten werde, bis er die

Zeremonie durchführt. Und meine Mutter hat meine Paarungszeremonie im Grunde seit dem Tag meiner Geburt geplant, also gibt es eigentlich nicht viel zu planen", sagte sie kichernd. „Aber ich wollte fragen … Ich habe nicht viele Freunde hier, aus keinem wirklichen Grund, ich habe mich einfach nie wirklich mit jemandem verbunden gefühlt. Außer zu dir. Wirst du eines der Mädchen sein, die an meinem großen Tag neben mir stehen?"

Mein Herz machte einen Sprung, und hinter meinen Augen pochte es, während ich versuchte, nicht zu weinen. „Wirklich?", rief ich und warf meine Arme um sie.

Sie schluchzte auf, und dann schluchzte ich auch. Wir würden wahrscheinlich wie Verrückte aussehen, wenn jemand durch die Fenster des Salons hereinschauen würde. Aber das war mir egal. Das war eines der besten Dinge, die mir je passiert sind. Bevor ich hierhergekommen war, hätte ich nicht einmal im Traum daran gedacht, eine Freundin zu haben, geschweige denn, eine Freundin, die mir nahe genug stand, um mich zu bitten, an der Paarungszeremonie teilzunehmen.

„Und keine Sorge", säuselte sie, „du wirst nichts Hässliches tragen müssen. Alle meine Mädchen werden neben mir heiß aussehen."

Ich kicherte und ließ endlich den Todesgriff los, mit dem ich ihre Taille umklammert hatte. Wir wischten uns beide über die Augen und starrten uns an, bevor Miyu anfing, im Salon herumzuspringen. „Ich bin so aufgeregt", krächzte sie.

Ich konnte mir ein Lachen nicht verkneifen, die Freude sprudelte aus mir heraus.

Nachdem wir herumgesprungen waren und zu einem neuen Lied einer Band namens Sounds of Us, das ihr gefiel, abgerockt hatten, ließen wir uns auf den Stühlen nieder, die sie für die Gäste aufgestellt hatte.

„Oh, ich bin eine schreckliche Freundin", sagte sie plötzlich.

Ich schaute sie verwirrt an.

„Als ich dich auf dem Bürgersteig gehen sah, sahst du sehr verärgert aus. Ich wollte dich danach fragen, doch dann wurde ich natürlich dadurch abgelenkt, dass ich dir die Neuigkeiten erzählte."

Ich biss mir auf die Lippe und überlegte, ob ich jetzt überhaupt etwas sagen sollte. Ich wollte eigentlich nur eine Minute lang normal sein, doch ich wollte auch unbedingt über die Tatsache sprechen, dass ich mich letzte Nacht vielleicht verwandelt hatte. Miyu wusste, dass ich mich nicht verwandeln konnte und dass es etwas mit meinem Ex zu tun hatte, aber wir hatten nie ausführlich darüber gesprochen. Es war offensichtlich ein schwieriges Thema.

„Erzähle es mir", beschwichtigte sie, und ihre sanften Augen verrieten mir, dass ich an einem sicheren Ort war.

„Gestern Abend ist etwas passiert. Ich glaube, ich habe mich vielleicht verwandelt", sagte ich ihr.

Ihre Augen weiteten sich. „Was?"

Ich fühlte mich plötzlich sehr unsicher. Was, wenn alle dachten, ich hätte die ganze Zeit gelogen, sobald sie es herausfanden, und ich noch verdächtiger wegen

Eves Tod wurde, weil sie mich für eine Mörderin hielten?

Wertlose kleine Schlampe. Alistairs Stimme sang durch meinen Kopf, und ich verdrängte sie. Das war die neue Version von mir. Ich konnte vertrauen. Ich konnte Risiken eingehen. Ich konnte es tun.

Ich erzählte ihr alles, woran ich mich erinnerte. Ihre Augen weiteten sich noch mehr, während ich sprach, bis sie einem dieser Cartoon-Menschen mit riesigen Augen glich.

Ich berichtete weiter und weiter, bis ich schließlich überwältigt und müde in meinem Sitz zusammensackte.

„Rune Celeste Esmeray, ich wusste sofort, als ich dich sah, dass du Abenteuer in mein Leben bringen würdest", sagte sie nachdenklich. „Ich weiß, was wir tun müssen. Wir müssen in die Rudelbibliothek gehen."

Sie stand auf und marschierte auf die Tür zu, als wäre das schon längst beschlossen gewesen.

„Warte ... was?" fragte ich. „Du willst in die Bibliothek gehen?"

„Das ist keine gewöhnliche Bibliothek, Baby", erklärte sie, führte mich aus dem Salon, und ich ging widerwillig hinter ihr nach draußen. „Seit der Gründung der Stadt haben die Alphas alle Bücher über Wandler gesammelt, die sie finden konnten. Wir haben wahrscheinlich eine der besten Bibliotheken der Welt, ganz ehrlich. Daxon und Wilder haben sie während ihrer Amtszeit nur noch besser gemacht."

Ich konnte nicht umhin, die Straße nach ihnen

abzusuchen, als sie ihre Namen sagte, und war überrascht, dass sie noch nicht aufgetaucht waren. Vielleicht dachten sie, ich bräuchte etwas Zeit für mich. Und das tat ich auch, ich wollte nicht eines dieser Mädchen werden, die nicht länger als eine Minute ohne ihre Jungs existieren konnten... aber es wurde schwer.

„Du hast es schwer", stichelte Miyu. Ich knurrte sie daraufhin an, und wir sahen uns beide schockiert an. Das hatte ich in letzter Zeit immer öfter getan, eine ganz und gar nicht runenhafte Eigenschaft, bevor ich in diese Stadt kam.

Du hast letzte Nacht sehr viel geknurrt und geheult, erinnerte mich eine Stimme in meinem Kopf.

Miyu führte mich in einen Teil der Stadt, den ich noch nicht erkundet hatte. Am östlichen Ende der Stadt stand ein riesiges rotes Backsteingebäude mit weißen korinthischen Säulen. Es hatte drei Doppeltüren an der Vorderseite und sah definitiv wie die beeindruckendeste Bibliothek aus, die ich mir vorstellen konnte. Ich war mir nicht sicher, warum ich sie übersehen hatte. Ich war besessen von Büchern.

„Was glaubst du, was wir hier finden werden?", fragte ich, als sie mich durch die mittlere Tür führte. Ich zuckte zusammen, als wir hineingingen. Die Türen öffneten sich zu einem riesigen Raum. Bücherregale säumten die Wände, und in der Mitte des Raumes waren weitere Regale aufgereiht. Die offene Decke zeigte weitere drei Stockwerke, deren Wände mit Bücherregalen gesäumt waren und durch ein schmiedeeisernes Geländer von den darunter liegenden

Etagen getrennt wurden. Ein wunderschönes Buntglasfenster, das sich fast über die gesamte Breite der Decke erstreckte, bildete den krönenden Abschluss der Bibliothek. In allen Regenbogenfarben gefärbte Glastafeln bildeten eine Vielzahl von verschiedenen Wandbildern und Szenen. So etwas hatte ich noch nie gesehen. Ich war wie erstarrt und versuchte, alles, was darauf abgebildet war, in mich aufzunehmen, aber Miyu zog mich bereits weiter.

Wie in jeder guten Bibliothek war es still, und ich sah nur ein paar Leute herumlaufen.

Kurzum, ich hatte den Ort gefunden, an dem ich meine Tage verbringen würde, wenn ich nicht gerade arbeitete. Dies war der perfekte Ort, um mich vor unwillkommenen Stadtbewohnern zu verstecken und meine Lesesucht zu stillen. Es würde eine Million Wandlerleben dauern, um alle diese Bücher zu lesen.

Ich war bereit für diese Herausforderung.

„Erstaunlich, nicht wahr?", fragte Miyu mit einem amüsierten Lächeln auf den Lippen, während sie mich beobachtete, wie ich unsere himmlische Umgebung in mich aufnahm.

„Erstaunlich" wiederholte ich leise.

Eine strenge Bibliothekarin warf uns im Vorbeigehen misstrauische Blicke zu, als hätte sie Angst, dass wir uns mit den Büchern aus dem Staub machen würden ... oder vielleicht bezweifelte sie, dass wir lesen konnten. Wie auch immer, ich vergaß sie, als Miyu mich tiefer in die Bibliothek führte.

„Um deine Frage zu beantworten", begann Miyu, „hier muss es doch irgendein Buch geben, in dem steht, was mit dir passiert ist. Oder sogar über Wölfe, die wie du aussahen, in der Geschichte der Wandler. Ich meine, ich habe noch nie von einem silberweißen Wolf gehört, der glitzernde Pfotenabdrücke hinterlässt."

Ich schnaubte, wie lächerlich das klang. Aber so hatte ich es in Erinnerung. Sie ging zu einer Abteilung mit dem Titel ‚Berühmte Wandler' und nahm sich einen Haufen Bücher mit. Ich schnappte mir auch ein paar, und dann begaben wir uns zu einem Tisch, der hinter einem der Regale versteckt war.

„Ich weiß nicht viel darüber, wie man eine gute Forscherin ist, aber ich werde mein Bestes geben", sagte sie zu mir, und das Mädchen stahl wieder einmal mein Herz. Hier waren wir nun, eine Woche vor ihrer Paarungszeremonie, und sie war hier in der Bibliothek und entschlossen, mir zu helfen.

Der Status „Beste Freundin für immer" war erreicht.

Wir verbrachten die nächsten Stunden damit, die Bücher durchzublättern, und erfuhren eine Menge interessanter Dinge über Wölfe, von denen ich noch nie etwas gehört hatte, aber wir fanden nichts, was dem ähnelte, was mir passiert war.

„Scheiße", sagte Miyu plötzlich, „wir sind jetzt schon seit vier Stunden hier. Ich muss zu dieser verdammten Kuchenverkostung."

„Warum ist das ein schlechter Termin?", fragte ich ironisch, streckte die Arme über den Kopf und erkannte an den späten Schatten, die vom Fenster über uns hereinfielen, wie viel Zeit vergangen war.

„Weil Rae Vanille mag und ich Schokolade. Bevor

du sagst, dass wir beides haben könnten, solltest du wissen, dass es in dieser Konditorei zwanzig verschiedene Geschmacksrichtungen gibt, also stell dir vor, wie toll diese Torte sein könnte, wäre mein Spielverderber-Bräutigam nicht."

Ich schnaubte und schüttelte den Kopf, und sie zwinkerte mir verschmitzt zu. „Raus mit dir. Ich bringe die Bücher zurück, wenn ich fertig bin. Ich glaube, ich bleibe noch ein bisschen länger", sagte ich ihr.

Sie schenkte mir ihr typisches strahlendes Lächeln.

„Und danke", sagte ich leise und hoffte, dass sie verstand, für wie viel ich ihr dankte.

„Natürlich, Rune. Du bist nicht mehr allein", antwortete sie, bevor sie ging.

„Und die Kleiderprobe ist am Mittwoch um fünf", rief sie praktisch über die Schulter, was der Bibliothekarin, die wir beim Betreten der Bibliothek getroffen hatten, ein lautes „Pst" entlockte. Miyus Kichern schien den ganzen riesigen Raum auszufüllen, als sie aus meinem Blickfeld verschwand.

Und dann gab es nur noch mich und eine Million Bücher.

Ich verbrachte eine weitere Stunde damit, den Stapel Bücher, den wir uns ausgesucht hatten, durchzusehen, bevor ich beschloss, mich nach mehr umzusehen. Ich ging eine Reihe nach der anderen ab, und mein Blick blieb an einer unendlichen Anzahl von Büchern hängen, die ich später lesen wollte.

Ich wollte schon aufgeben, als mein Blick auf ein Buch mit dem Titel Flüche und verbotene Künste fiel.

Das hörte sich vielversprechend an, besonders nach dem, was Alistair mir angetan hatte.

Ich nahm das Buch in die Hand und setzte mich wieder an meinen Tisch. Als ich durch die Seiten blätterte, weiteten sich meine Augen, als ich von all dem schrecklichen Mist las, den jemand mit einem anstellen konnte. Alles hörte sich auch so kompliziert an. Woher wusste Alistairs Rudel, wie man so etwas machte?

Schließlich blätterte ich zu einer Seite mit dem Titel „Shakranda". Das war der Fluch, den Wilder mir gegenüber einmal erwähnt hatte und von dem er glaubte, dass er mir angetan worden war. Ich las die Seite durch, und mein Herz schlug schneller, als ich eine sehr vertraute Beschreibung las. Ja, das klang genau wie das, was mir angetan worden war. Alistair war ein verdammter Mistkerl.

Ich kam jedoch zum Ende der Seite, wo es hieß: „Der Shakranda kann von niemandem außer dem ursprünglichen Urheber des Fluchs gebrochen werden. Es ist unmöglich, den Fluch mit irgendeinem anderen Mittel aufzuheben."

Ich legte das Buch weg und pustete mir ein paar Haare aus dem Gesicht, meine Gedanken wirbelten durcheinander. Wenn Alistair den Shakranda auf mich gelegt hatte, dann war letzte Nacht etwas sehr Seltsames passiert. Denn auch wenn ich nicht herausfinden konnte, wie ich mich bei Tageslicht verwandeln konnte, sagte mir etwas, dass der Fluch letzte Nacht definitiv gebrochen worden war.

Es war offiziell - ich war ein Freak. Und irgendetwas ging mit mir vor.

Ich würde vorerst in der Bibliothek leben, bis ich etwas herausgefunden hatte. Ich hoffte, die Dame am Eingang würde damit einverstanden sein.

„Burger, ohne Tomate und extra Gurken",
bestellte der Mann, den Blick weiter auf die
Speisekarte geheftet, als hätte er vor, noch mehr zu
bestellen, während seine Frau mit einem Strohhalm an
ihrer Cola nippte und mich anstarrte, als wäre ich ein
Freak. Mir war aufgefallen, dass in letzter Zeit immer
mehr Leute in das Diner kamen und mich beobachteten. Ich war mir nicht sicher, ob das mit den Morden
zusammenhing oder mit der Tatsache, dass die ganze
Stadt von der Nachricht zu schwärmen schien, dass ich
so viel Zeit mit Wilder und Daxon verbrachte. Ich
hoffte allerdings, dass es Letzteres war, denn die
meisten Einwohner hatten akzeptiert, dass ich nicht
der Mörder sein konnte, nachdem sich herumgespro-
chen hatte, dass während Ashers Angriff beide Männer
in meinem Zimmer waren.

Das war wohl der Auslöser für den Klatsch.

„Und als Beilage Pommes." Der Mann streckte mir
die Speisekarte entgegen und sah dann zu seiner Frau

hinüber, die den Strohhalm aus dem Mund nahm. „Caesar Salad, Puppe." Sie reichte mir ebenfalls die Speisekarte, ließ sie aber nicht los, als ich sie anfasste. „Ich bin neugierig, wie ist es, mit zwei Alphas gleichzeitig zusammen zu sein? Macht es dir Spaß, sie um dich kämpfen zu sehen? Weißt du, wir schließen alle Wetten ab, wie lange es dauert, bis du sie kaputt machst. Genau wie Arcadia."

Ich zuckte mit den Schultern, denn ihre Bemerkung hatte mich überrumpelt. Ich starrte auf ihr Grinsen, während ein Anflug von Wut meine Adern füllte. „Ist das Ihr Ernst?" Ich riss ihr die Speisekarte aus der Hand, fassungslos darüber, dass sie das so unverhohlen gesagt hatte. Und nahmen die Leute wirklich Wetten auf uns an?

„Verdammt noch mal, Narell", sagte der Mann mit einem Stöhnen. „Willst du, dass sie uns ins Essen spuckt? Frag sie doch wenigstens, nachdem wir das Essen bekommen haben." Das verlegene falsche Lächeln, das er mir schenkte, konnte mich nicht trösten.

Ich schnaubte und marschierte zurück in die Küche, während ich hinter mir hörte, wie sie sich zankten. Was für Arschlöcher. Ich trat in die Küche und knallte die Tür zu, dann holte ich zittrig Luft.

„Was zum Teufel geht die das an?", murmelte ich vor mich hin und hasste es, dass die Leute über uns tratschten, aber irgendwie verstand ich es auch. Wilder und Daxon waren beide bedeutende Persönlichkeiten in dieser Stadt. Natürlich würde jeder alles über sie wissen wollen.

„Geht es dir gut?", fragte Rae, und als ich aufblickte, hielt er einen Sack Kartoffeln in der Hand, dessen Inhalt er auf den Tresen neben der Spüle kippte. Auf seinem Kopf trug er ein Haarnetz und seine Schürze war mit dem Schmutz des Kartoffelsacks bedeckt.

„Ein Gast hat mir gerade erzählt, dass die Leute Wetten darauf abschließen, wie lange es dauert, bis ich Wilder und Daxon so verrückt mache wie ihre Ex. Kannst du das glauben?"

Er schüttete einen Teil der Kartoffeln in die Spüle. „Schenk ihnen keine Beachtung. Die meisten Leute in dieser Stadt langweilen sich zu Tode, und sie würden sich über ein Schildkrötenrennen amüsieren, damit sie etwas zu erzählen hätten. Entweder das oder sie sind verdammt neidisch und wünschen sich, in deiner Lage zu sein."

Ich kniff die Lippen zusammen, immer noch genervt von ihrer Bemerkung.

„Wusstest du, dass ich meinen ganzen Klatsch und Tratsch aus einer Ketchupflasche beziehe?", fragte Rae, woraufhin ich irritiert zu ihm aufsah.

Er nahm meinen verwirrten Blick als Zustimmung, zu antworten.

„Es ist eine sehr zuverlässige Sauce." Er kicherte vor sich hin, als er begann, die Kartoffeln zu waschen.

„Deine Witze werden immer schlechter", stichelte ich. „Aber wenigstens hat mich der eine zum Lachen gebracht."

„Dann ist meine Arbeit hier getan." Er begann vor sich hin zu summen, und ich gab ihm die Bestellung, die ich gerade erhalten hatte.

Wieder im Restaurant legte ich die Speisekarten zurück in die Halterung auf dem Tresen und suchte die Tische nach schmutzigem Geschirr ab, das ich einsammeln konnte, nach neuen Gästen oder nach jemandem, der meine Aufmerksamkeit erregen wollte. Es war ein ruhiger Tag mit nur einem halben Dutzend Kunden, so dass ich heute allein zuständig war.

Die Klingel an der Eingangstür läutete und ich drehte mich um, um einen Kunden zu begrüßen, doch stattdessen traf mein Blick auf Wilder. Bei seiner Ankunft flatterte mein Herz in der Brust, denn ich hatte keine Ahnung, warum er gekommen war, aber das tat sein Übriges, um die Worte der Frau aus meinem Kopf zu vertreiben. Er trug ein kariertes Hemd und sah mit seiner kräftigen Statur und dem mächtigen Bizeps wie ein rauer Cowboy aus. Seine Jeans hing tief, die silberne Gürtelschnalle glitzerte im Licht, das von draußen hereinströmte, und es kostete mich alle Kraft, mich nicht in seine Arme zu werfen.

„Hey, Hübsche", sagte er, beugte sich vor und küsste mich, ohne die anderen um uns herum zu beachten. Ich spürte, wie all die Wichtigtuer uns beobachteten. Ich fühlte ihre Blicke auf meinem Rücken, aber vielleicht war es das wert, ihnen eine Show zu bieten, anstatt so zu tun, als ob zwischen Wilder und mir nichts wäre.

Ich trat näher an ihn heran, umfasste sein Gesicht und küsste ihn heftig, ein warmes Gefühl breitete sich von meiner Brust bis hinunter zu meinen Zehen aus. Der köstliche süße Geschmack von ihm strömte in mich hinein und sickerte tief in meine Knochen. Er war gerade ins Diner gekommen, und ich hatte ihn gestern gesehen, und doch klammerte ich mich an ihn, zog ihn näher zu mir, damit er wusste, wie sehr ich ihn vermisste. Ich drückte meine Brüste gegen ihn.

Das scharfe Klingeln der Küchenglocke durchbrach meinen Bann, und ich wich zurück und leckte mir über die Lippen. „Es ist schön, dich zu sehen", sagte ich. „Warum bist du hier?"

„Ich habe Hunger", gab er zu, und seine Gesichtszüge wurden weicher. „Außerdem wollte ich dich sehen. Ich hoffe, ich bin der einzige Kunde, der so sexy begrüßt wird."

Die Glocke läutete erneut, und ermahnte mich, die fertige Mahlzeit zu servieren. Schnell schnappte ich mir die Speisekarte und sagte: „Als ob du das nicht wüsstest." Ich zwinkerte ihm zu, drehte mich um und winkte ihm, mir zu folgen. „Hier entlang." Meine Stimme war lauter gewesen, als ich beabsichtigt hatte.

Ich führte Wilder zu einem Tisch in der Nähe der Bar und weg von den anderen Gästen im Diner, damit sie uns nicht hören konnten. „Ich bin gleich wieder da."

Ich flitzte zum Küchenfenster und holte die ersten beiden Teller für Tisch vier. Als ich sie ablieferte, bemerkte ich, dass die beiden älteren Männer mich seltsam ansahen. Hatten sie auf mich gewettet? Ich hoffte, dass sie jeden einzelnen Cent verloren hatten.

Trotz ihrer schiefen Blicke schenkte ich ihnen ein herrlich glückliches Grinsen. „Ich hoffe, ihr genießt euer Essen."

Dann machte ich mich auf den Weg zurück zu Wilder. Über mir ertönte ein langsamer Popsong, den ich noch nie gehört hatte, und als ich in der Nähe seines Tisches stehen blieb, wippte ich mit dem Fuß mit.

„Hast du dich schon entschieden, was du nimmst?", fragte ich und beobachtete, wie er die Ärmel seines Hemdes bis zu den Ellbogen hochkrempelte. Meine Aufmerksamkeit lenkte sich auf seine kräftigen Unterarme, die Muskeln und die sonnengegerbte Haut. Aber vor allem dachte ich daran, wie unglaublich es sich anfühlte, von ihnen gehalten zu werden.

„Ribeye-Steak, blutig, mit gegrilltem Gemüse."

„Du weißt, dass Rae das beste Steak der Stadt macht, also eine gute Wahl." Ich griff nach der Speisekarte, als er meine Hand in die seine nahm, und innehielt. Es jagte mir erregende Schauer über den Arm. „Und zum Nachtisch kannst du dir eine Pause gönnen." Sein Grinsen war das pure Böse, und mein Mund öffnete sich zu einer Antwort, aber die Worte blieben mir im Hals stecken.

Ich hatte nichts zu sagen, denn ich hatte kein Problem damit, sein Dessert zu sein. Er war meine Versuchung, und ich konnte nicht umhin, mich zu fragen, ob er nur deshalb ins Diner kam, um mich daran zu erinnern, wie schwach ich in seiner Nähe war.

„Bring auch die Schokoladensoße mit", flüsterte er, und etwas in mir flammte auf, etwas so Tiefes und Explosives, dass ich mich bei seinem Angebot zwischen meinen Schenkeln zusammenzog.

„Ich kann Rae heute nicht allein lassen, ich bin allein im Dienst. Aber vielleicht später?" Ich kaute auf meiner Unterlippe, mein Verstand wollte unbedingt mehr über Wilder, mich und die Schokoladensauce wissen.

Er lachte und gab diesen hypnotischen Laut von sich, der mir die Knie schlottern ließ. Als die Küchenglocke erneut läutete, seufzte ich, weil ich von Wilders Seite gerufen wurde. Ich war unfähig, meine Beine zu bewegen, weil ich alles wollte, was er mir versprochen hatte.

„Wenn du mich weiter so anstarrst, werde ich dich gleich hier auf dem Tisch als Dessert genießen."

Mein Puls raste, als mir Bilder in den Sinn kamen, wie ich nackt vor Wilder auf dem Tisch lag und seine Hände meine Beine spreizten, während sein Mund mich verschlang. Ich erschauderte bei dem Gedanken an die Möglichkeiten. Ich wurde wahnsinnig vor Verlangen.

Was zwischen Wilder und mir geschah, sogar zwischen Daxon und mir, war pure Chemie. Eine Chemie, die sich anfühlte, als könnte sie in mir explodieren, wenn ich nichts dagegen unternahm.

„Es ist so heiß hier drin", sagte ich, ließ meine Gedanken heraus und erntete dafür ein umwerfendes Grinsen von Wilder. Mein Stichwort, zu gehen und meine Arbeit zu erledigen, kam mit dem nächsten Klingeln von Rae, der auf einmal sehr ungeduldig schien. „Ich bin gleich wieder da."

Ich drehte mich um und eilte durch das Lokal, wobei ich bemerkte, dass ein Paar an der Kasse wartete, um zu bezahlen.

„Ich hoffe, es hat Ihnen geschmeckt", sagte ich, während ich die Rechnung eintippte, denn ich konnte mir leicht merken, was jeder bestellt hatte. Nachdem ich das Geld kassiert und mich von ihnen verabschiedet hatte, beeilte ich mich, die nächsten Teller zu servieren. Ich war so abgelenkt von Wilders Bemerkungen, dass es mich nicht einmal störte, als ich sie dem tratschenden Paar brachte.

„Guten Appetit", sagte ich, schob die Teller vor sie hin, lächelte und wandte mich schnell von ihnen ab.

„Hmm, es ist kein Ketchup auf dem Burger", sagte der Mann.

Als die frühere Frustration wieder in mir aufstieg, holte ich die Flasche Ketchup von einem Nachbartisch und brachte sie ihm. „Bitte sehr, Sir", antwortete ich mit zusammengebissenen Zähnen und bemerkte, dass seine Frau mich mit einem seltsamen Blick musterte.

„Ich kann es Ihnen nicht verdenken", flüsterte sie, blickte dann zu Wilder am Ende des Raumes und dann wieder zu mir. „Jede Frau würde für eine Nacht mit ihm töten."

Ihr Mann schien nichts zu hören und biss bereits in seinen Burger, die Soße tropfte ihm über die Hände.

Mir fehlten die Worte, und ich wollte die Flammen des Klatsches nicht schüren, also nickte ich ihr leicht zu und ging an den Tisch von dem Paar, das gerade gegangen war, um ihn abzuräumen.

Als ich fertig war, ging mir der Atem aus. Ich strich mir die Haare aus dem Gesicht und zog mir schnell die Schürze aus, als ich mich auf den Weg zu Wilder machte, wobei ich zusätzlichen Schwung in die Hüften brachte.

„Hallo", sagte ich, wohl wissend, dass seine Anwesenheit mich dumm aussehen ließ.

„Ich habe dich beobachtet", sagte er, stützte einen Arm auf die Lehne hinter sich und drehte sich halb in meine Richtung. „Wie sehr dein Arsch wackelt, wenn du dich über den Tisch beugst und ihn abwischst." Sein Blick glitt über mich hinweg, und die Hitze von vorhin schoss mir jetzt in die Wangen. Erst als ich sah, wie die tratschende Frau den Kopf hob, um uns zu betrachten, wurde mir klar, dass ich völlig vergessen hatte, seine Bestellung bei Rae aufzugeben.

So ein Mist. Was war heute nur los mit mir?

„Merk dir das." Ich wirbelte herum und stürmte in die Küche, atmete schnell ein und aus, während mein Herz eine Million Meilen pro Stunde raste.

„Ribeye, blutig, und gebratenes Gemüse für Tisch sieben", keuchte ich die Worte heraus.

Rae starrte mich mit verdrehten Augen an. „Mädchen, du bist so durchschaubar, dass sogar die Marsmenschen sehen könnten, wie sehr du auf Wilder stehst."

Ich versteifte mich. „Wovon sprichst du? Es ist hart, da draußen allein zu sein."

Er verschränkte die Arme vor der Brust. „Du kannst niemandem etwas vormachen, aber der Typ steht auf dich. Du musst es nicht einmal versuchen."

Ich stieß einen langen Seufzer aus. „Ich werde so heiß und nervös in seiner Nähe, was blöd ist." Ich ging zum Kühlschrank und öffnete ihn, dann badete ich einige Augenblicke in seiner Kühle.

Rae lachte mich an. „Miyu war genauso, als wir uns

das erste Mal trafen. Sie stolperte über ihre eigenen Füße, vergaß manchmal zu sprechen, und da wusste ich, dass sie die Richtige für mich war."

Er hätte in diesem Moment auch von mir sprechen können und von der Art und Weise, wie ich mich Wilder und Daxon gegenüber verhielt, aber waren sie deshalb die Richtigen für mich?

„Du gehst besser wieder raus", sagte Rae, und ich schnappte mir eine kalte Flasche Wasser und ein Glas aus dem Regal und machte mich auf den Weg dorthin, wo weitere Gäste das Lokal betreten hatten. Ich brachte das Wasser zu Wilder und machte mich an die Arbeit.

Die nächsten Stunden vergingen wie im Flug, und so sehr ich mir auch wünschte, mehr Zeit mit Wilder verbringen zu können, war das nicht möglich. Er beobachtete mich allerdings die ganze Zeit. Ich hätte nie gedacht, dass jemand, der mich ansieht, mir so viel Selbstvertrauen geben kann. Normalerweise versuchte ich, vor der Aufmerksamkeit davonzulaufen.

Als ich mich schließlich in einen Sitz fallen ließ, um mich auszuruhen, waren nur noch wenige Gäste da und selbst Wilder war in sein Büro im hinteren Teil des Ladens gegangen. Er sagte etwas von Papierkram.

„Warum habe ich nur zugestimmt, wieder eine Schicht allein zu arbeiten?", murmelte ich vor mich hin.

Im selben Moment betraten Licia und Marcus, die neben Wilder Miteigentümer des Moonstruck Diner waren, das Lokal.

Direkt hinter ihnen betrat auch Daxon das Lokal, und ich richtete mich bei seiner Ankunft sofort auf.

Plötzlich wurde die Luft im Diner dünner und mein Herz schlug schneller. Er trug eine schwarze Lederjacke über einem schwarzen Hemd und staubige blaue Jeans, die seine kräftigen Oberschenkel betonten. Sein vom Wind zerzaustes Haar umspielte unordentlich sein schönes Gesicht. Es wäre eine Untertreibung zu sagen, dass seine Anwesenheit mich überwältigte. Er war ein verdammter Gott.

Er sah sich um, und dann blieb sein Blick an mir hängen. Sein Lächeln erhellte alles, und er stolzierte zu mir herüber, wobei sein Blick an meinem Körper auf und ab glitt. Jeder Teil von mir kribbelte vor Erregung. Breite Schultern verjüngten sich zu einer schmalen Taille. Er bewegte sich eher wie ein Löwe als wie ein Wolf, lautlos und kraftvoll.

Ich war auf den Beinen, als er meine Seite erreichte und lächelte. „Hey, Hübsche. Ich hatte gehofft, dich hier zu finden. Ich möchte, dass du mit mir kommst", sagte er ohne Pause.

„Wohin?"

„Ich möchte mit dir zu einem Aussichtspunkt in der Nähe, bevor wir zu Miyus Hochzeit gehen müssen. Das ist der beste Ort, um den Sonnenuntergang hier zu beobachten." Seine Finger legten sich um meine Hand, und meine heftige Verliebtheit in ihn verzehrte mich.

Er zog mich näher an sich heran, und ich stolperte über meine Füße und genoss die Art, wie sein Atem über mein Gesicht strich.

„Du hast Glück, meine Schicht endet in etwa zehn Minuten, wenn du bereit bist, zu warten."

„Erledige deine Sachen und ich warte draußen."

Mit einem Kopfnicken schlenderte er wieder hinaus, und erst dann spürte ich, dass jeder einzelne Gast im Lokal uns beobachtet hatte. Als sie sahen, dass ich ihr Starren bemerkt hatte, drehten sich die meisten schnell weg, als wären sie beschäftigt. Im Nachhinein wurde mir klar, dass viele von ihnen mich gerade mit Wilder gesehen hatten. Und jetzt hatte ich das Gleiche mit Daxon gemacht.

Huch.

Ich war bereit, diese Schicht zu beenden. Ein Kunde winkte nach mir, und dann würde ich die Kasse abschließen, mich umziehen und gehen.

Dreißig Minuten später kam ich erschöpft, aber aufgeregt aus dem Diner und fand Daxon an der Wand neben der Tür lehnend vor. Die Hände tief in den Taschen seiner Jacke, und mit der Brise, die durch sein Haar wehte, war er der Inbegriff eines Posters von James Dean. Das Einzige, was fehlte, war eine Zigarette, die aus seinem Mundwinkel hing.

„Wo ist denn nun diese wunderbare Aussicht, die du mir versprochen hast?", fragte ich, als ich seine Seite erreichte.

Sein Arm legte sich um meine Taille, und er schwang mich herum, so dass wir uns gegenüberstanden und uns beide aneinanderpressten. Mein Atem stockte, meine Handflächen lagen flach auf seiner steinharten Brust.

„Alle da drinnen beobachten jede deiner Bewegungen."

Ich warf einen Blick zurück durch die Glastür, wo ich eine Frau sah, die in unsere Richtung starrte. Sie wandte ihre Aufmerksamkeit schnell ab, als sie meinen Blick bemerkte.

„Ja, es scheint so. Ich schätze, sie haben nichts Aufregendes in ihrem Leben." Ich wollte die ganze Wettsache nicht erwähnen oder irgendeinen Vergleich zwischen dem, was ich mit den Alphas hatte, und dem, was Arcadia tat. Ich wollte nichts mit ihr zu tun haben. „Komm schon, lass uns hier verschwinden, ich habe es satt, beobachtet zu werden."

„Einverstanden." Doch, bevor er mich losließ, fand sein Mund den meinen und er küsste mich mit einer langsamen Leidenschaft, wobei er an meinen Lippen saugte. Seine starken Finger drückten sich in meinen unteren Rücken mit dem Verlangen, so viel mehr mit mir zu tun. „Ich liebe es, wie du schmeckst."

Bei seinen Worten schwirrte es mir vom Kopf bis in die Zehenspitzen.

Mit einem letzten kurzen Kuss auf meine Lippen nahm er meine Hand in die seine und wir gingen die Straße hinunter. Ich warf einen kurzen Seitenblick in das Diner, wo ich hätte schwören können, dass jeder einzelne Blick auf uns gerichtet war.

„Du hast mich geküsst, damit sie alle hinschauen, oder?"

„Es hat funktioniert, oder? Die Leute in dieser Stadt sind so berechenbar." Er hielt mich fest, und mir entging der herablassende Ton in seiner Stimme nicht.

Sein Arm hielt mich fest, während wir den leichten Abhang hinunterschlenderten. „Ich habe in der Nähe der Stadt keine Klippen gesehen", gab ich zu.

„Deshalb fahren wir ja auch dorthin. Wir wollen

nur mein Bike aus der Werkstatt holen."

„Oh." Eine leichte Beklemmung machte sich in meinem Rücken breit. „Ich habe noch nie auf einem Motorrad gesessen."

„Mein Mädchen ist eine Ducati, und sie wird zwischen deinen Beinen schnurren, Babe. Alles, was du tun musst, ist, mich zu umfassen und dich festzuhalten. Den Rest übernehme ich."

„Solange du mir versprichst, dass ich nicht runterfalle, bin ich dabei."

„Versprochen", sagte er kichernd, bevor er mir einen kurzen Blick zuwarf, wobei der Schein der untergehenden Sonne in seinen Augen blitzte.

Als wir im Laden ankamen, ertönte ein lautes Krachen. Ich brauchte einige Augenblicke, um die Schatten in der Werkstatt zu erkennen und entdeckte North, den großen Mann, der dort arbeitete, der rückwärts stolperte. Ich hatte ihn nach meiner Ankunft in Amarok kennengelernt, und er sah damals so sauer und knurrig aus wie jetzt. Nach wie vor trug er eine fettverschmierte graue Latzhose, sein weißes T-Shirt darunter war genauso schmutzig. Zottelige braune Haare, die mit grauen Strähnen durchsetzt waren, umspielten sein Gesicht und ließen ihn eher wie einen wilden Mann aussehen, der gerade in die Zivilisation gefunden hatte.

„Bleib hier", sagte Daxon und schob mich vor das offene Rolltor. Dann marschierte er hinein.

„Alles in Ordnung, North?", fragte er, die Schultern breit und furchtlos.

North murmelte etwas, das ich nicht entschlüsseln

konnte, dann stürmte er vorwärts und verschwand hinter einem Auto, das auf der Hebebühne stand.

Alles, was ich sehen konnte, waren zwei Paar Beine, die sich auf der anderen Seite des Wagens bewegten, und Knurren hallte von den Wänden wider. Was zum Teufel war hier los?

Ich stellte mich seitlich am Eingang auf, in der Hoffnung, einen besseren Blick zu haben, als North mit einem schweren Knurren in der Kehle heraus stolperte. Und als er den Kopf in meine Richtung drehte, starrten mich stechend gelbe Augen an ... Augen, die nicht menschlich, sondern wölfisch waren.

Daxon war in Sekundenschnelle bei ihm, legte ihm einen Arm um die Kehle und zerrte ihn zurück. „Es ist nur zu deinem Besten, Kumpel, wehr dich nicht gegen mich." Er zog den Mann in das Büro, wo ich sie aus den Augen verlor. Doch ich konnte das Krachen von umfallenden Gegenständen und das Knurren hören. Es gab noch ein paar Knallgeräusche, und dann wurde es still.

Ich kaute auf einem Fingernagel und schaute genauer hin, nicht, dass ich etwas sehen konnte, aber ich war besorgt. „Daxon ist alles in Ordnung?", rief ich.

Angst lief mir den Rücken hinunter, und ich konnte nur vermuten, dass North irgendwie die Kontrolle über seinen Wolf verloren hatte. Ich hatte das schon einmal in Alistairs Rudel erlebt, als ein neues junges Mitglied bei Vollmond die Kontrolle verlor. Das hätte nicht passieren dürfen, aber ich hatte von anderen gehört, dass es eine Weile dauerte, bis man seinen Wolf zähmte. Nur dass North aussah, als wäre er in den Sechzigern, also konnte es nicht daran liegen.

Als keine Antwort kam, blickte ich hinter mich auf die leere Straße. Die Geschäfte in der Nähe waren geschlossen. Schweiß klebte an meinen Handflächen, und ich rieb sie an meiner Hose ab. „Daxon?"

Ein stechender Schmerz stieg in meiner Brust auf und erinnerte mich an den Schmerz, den ich in der letzten Nacht am Fluss gespürt hatte. Aber das war nur ein Traum gewesen, sonst nichts. Selbst meine Nachforschungen ergaben bisher nichts.

Plötzlich kam Daxon aus dem Büro und schloss die Tür hinter sich. Er wischte sich die Hände ab. Ich konnte sehen, dass vorne an seiner Jeans drei Risse waren, und ein bisschen Blut befleckte den Stoff.

„Was zum Teufel ist gerade mit North passiert? Geht es dir gut?"

Seine Mundwinkel zogen sich zu einem heißen Grinsen nach oben. „Nichts zu befürchten. North ist ein Fenrir-Wolf. Von denen gibt es nicht viele, und in der Vollmondwoche hat er manchmal ein Problem."

Wilder hatte mir erzählt, dass es vier Wolfswandlerrassen auf der Welt gab, also wusste ich das, aber ich hörte Daxon fasziniert zu.

„Ich kann immer noch nicht glauben, dass ich noch nie von ihnen gehört habe", antwortete ich.

Daxon bewegte sich in die dunkleren Schatten der Garage, und in wenigen Augenblicken rollte er ein Motorrad heraus, schwarz wie die Nacht. Das Teil war schnittig und schön. Es glitzerte im Licht, und ich sah zu, wie er das Motorrad aus der Werkstatt brachte und in der Einfahrt parkte.

„Das Besondere an den Fenrirs ist, dass sie von den

Berserkern abstammen, ihr Erbe stammt von den Wikingern. Sie sind aggressive und gerissene Bastarde, aber sie verwandeln sich nicht vollständig, nur ihre Augen. Das Tierische dominiert sie mehr als die menschliche Seite, und manchmal beeinflusst der Vollmond sie und verwandelt sie, ohne dass sie es kontrollieren können. Zum Glück waren wir zum richtigen Zeitpunkt hier. Wir haben hinten eine Arrestzelle, weil seine tierische Seite dominiert, wenn er sich verwandelt, und na ja, er hat es nicht ganz rechtzeitig geschafft."

„Das klingt beängstigend."

Er wandte sich wieder der Werkstatt zu und begann, an einer dicken Kette an der Seite des Eingangs zu ziehen, um das Metalltor zu schließen.

„North kommt also zurecht?"

Daxon schloss die Werkstatt, verriegelte das Rolltor und kam zu mir zurück. „Ich lasse ihn morgen früh raus, dann geht es ihm gut." Er reichte mir einen der Helme, die an der Seite des Motorrads hingen.

Er warf ein Bein über das Motorrad, klappte den Ständer zurück und klopfte auf den Sitz hinter sich. Mein Magen flatterte, denn ich konnte es kaum erwarten, eine Runde zu drehen, vielleicht aus der Stadt herauszukommen, und mit Daxon ... nun ja, fühlte ich mich absolut sicher.

Nachdem ich den Helm aufgesetzt und gesichert hatte, legte ich ihm eine Hand auf die Schulter und kletterte hinter ihm auf das Motorrad. Der Sitz bot nicht viel Platz und zwang mich, mich an ihn zu schmiegen.

„Rutsch ran und leg die Arme um mich. Lass mich die Hitze deiner herrlichen Muschi spüren.“

Na gut.

Meine Beine spreizten sich um seinen Hintern, und ich drückte mich an ihn, meine Arme um seine Mitte geschlungen. Er legte eine Hand auf meine, seine Berührung war feurig heiß.

Dann ließ er das Motorrad an, und der Motor heulte auf. Es brummte und vibrierte unter mir wie ein lebendiges Tier.

Wir rollten die Einfahrt hinunter. Als wir auf der Straße waren, gab er Gas, und wir legten richtig los. Von dem Schwung wurde ich zurückgedrückt, und ich umklammerte seinen Körper und drückte mich noch enger an ihn. Mein Herz hämmerte in meiner Brust, weil wir so schnell fuhren, weil der Wind gegen uns schlug, weil die Welt so schön verschwommen war.

In der Stadt gab es keine Pause, wir rasten nur mit dem Donnern des Motorrads im Schlepptau durch die Stadt.

Daxon fuhr geschmeidig um die Kurven, raste den Hang hinauf, der aus der Stadt führte, und kam erst an der T-Kreuzung an der Hauptstraße zum Stehen. Es war dieselbe Stelle, an der ich mit meinem Auto verunglückte, und ich konnte mir nicht vorstellen, wie lange das her war und wie viel sich verändert hatte, seit ich blindlings in diese Stadt gestolpert war.

Die Stelle erinnerte mich daran, dass wir gerade in der Werkstatt waren und ich mir nicht einmal die Mühe gemacht hatte, nach meinem Auto zu suchen oder danach zu fragen.

Die Dinge hatten sich geändert.

„Alles in Ordnung?", rief er, drehte den Kopf zu mir und klappte sein Visier hoch.

„Das ist unglaublich", antwortete ich, woraufhin er lachte.

„Gut. Jetzt halt dich fest."

Wir setzten uns wieder in Bewegung, und dieses Mal machte mir die Geschwindigkeit, mit der wir fuhren, ein wenig Angst. Ich hielt mich ängstlich an ihm fest, während ich die Landschaft auf mich wirken ließ. Das überwältigende Grün um uns herum, die dichten Wälder auf beiden Seiten, die Sonne, die durch die Lücken flutete und alles in ein unheimliches Licht tauchte. Einfach herrlich.

Als wir schließlich auf eine Lichtung kamen, blickte ich hinüber zu der Bergkette, bei der mir der Mund vor Ehrfurcht offenstand, und am Nachmittagshimmel hing der blasse, geisterhafte Mond, der darauf wartete, uns das Tageslicht zu stehlen.

Wir fuhren schneller, und ich hielt mich fester, weil ich diese Flucht aus der Realität mehr genoss, als Daxon sich je vorstellen könnte. Mitgenommen zu werden und auf diese Weise behandelt zu werden, hatte etwas mit mir zu tun, denn Alistair nahm mich nur selten irgendwohin außerhalb des Hauses mit, geschweige denn zu so etwas Besonderem wie diesem.

Warum habe ich an ihn gedacht?

Mein Leben war dabei, sich zum Besseren zu wenden, wenn ich nur so weit käme, dass ich die Vergangenheit endgültig hinter mir lassen konnte.

Als wir endlich von der Hauptstraße abbogen,

wurde der Boden holprig und wir wurden langsamer. Es dauerte nicht lange, bis wir auf eine Lichtung kamen, die zu einer herrlichen Klippe führte, die in der Ferne in den Abgrund abfiel. Der Weg zwischen der Kante und uns war mit dem Motorrad unpassierbar, also parkte Daxon in der Nähe eines Baumes und wir stiegen ab. Daxon öffnete den Reißverschluss seiner Lederjacke und legte sie über den Sitz des Motorrads.

Meine Beine wackelten, und es fühlte sich fast so an, als würde ich auf Luft laufen. Als ich den Blick über den Horizont schweifen ließ, wo die Sonne hell schien, seufzte ich. Die Nachmittagsschatten zogen sich über das Land, und es war herrlich.

In diesem Moment spürte ich ein unerwartetes Stechen tief in meiner Brust, dass die panische Angst mit sich brachte, dass etwas mit mir nicht stimmte. Mein Herz pochte wie eine verzweifelte Trommel, die auf ein tragisches Ende zusteuerte.

Ich konnte plötzlich nicht mehr atmen, da ich mir immer wieder vorstellte, die Kontrolle zu verlieren und ohnmächtig zu werden.

Hinter mir knirschte Kies, und Daxon drückte sich gegen meinen Rücken. „Bist du okay? Was ist hier los?" Seine Hände umklammerten meine Taille und drehten mich zu ihm herum.

Ein Wimmern kam aus meinem Mund, als ich versuchte zu sprechen, und ein erschreckender Ausdruck huschte über sein Gesicht.

„Sprich mit mir, was ist los?"

Aber meine Antwort wurde durch das schwere Knirschen von Reifen auf Schotter aus der Richtung, aus der wir gekommen waren, unterbrochen. Wir drehten uns beide um und entdeckten einen schwarzen Mercedes, der mindestens einen Meter neben der Ducati anhielt.

Wer war das?

Die Luft verdichtete sich plötzlich, und von Daxon ging eine feurige Hitze aus, ein bedrohliches Knurren, das er den Neuankömmlingen entgegenbrachte.

„Bleib hinter mir", befahl er, als er vor mich trat. Der Ton seiner Stimme verriet mir, dass er glaubte, dass die Person, die anhielt, kein Freund war, aber es konnten auch einfach nur Menschen sein, die die Aussicht genießen wollten, oder?

Das Knallen einer Autotür erregte meine Aufmerksamkeit, gefolgt von weiteren, und ich schaute an Daxon vorbei auf vier große Männer, die auf uns zukamen.

Nein, das war keine glückliche Familie, die die Aussicht genießen wollte, nicht so, wie sie uns mit dunkler Intensität anstarrten.

Meine Haut kribbelte, und meine Kehle war wie zugeschnürt.

„Ihr seid falsch abgebogen", spottete Daxon, seine Stimme laut und tief, die Schultern gekrümmt. Ich bemerkte, dass er eine Klinge hinter seinem Rücken hielt. Woher hatte er die?

„Geh uns verdammt noch mal aus dem Weg", bellte der Mann mit der Glatze, wobei seine Brust herausstach. Wie der Rest seiner Mannschaft war er voller Muskeln.

Meine Gedanken schweiften zu Sterlings kürzlicher

Ankunft, aber keiner dieser Männer kam mir bekannt vor.

Der kleinste von ihnen begann zu zucken, dann folgten zwei andere, deren Körper sich dehnten und streckten, und ich keuchte bei diesem Anblick.

Ich wich zurück, als mein Inneres bei dem Anblick der sich verwandelnden Wandler zusammenbrach.

Es waren Wölfe.

Sie waren hinter uns her ... hinter mir.

Alle Zweifel, dass diese Männer etwas anderes als eine Gefahr waren, lösten sich auf.

Sie gehörten eindeutig zu Alistair.

Angst machte sich in mir breit. Offensichtlich gab es in Amarok keine Sicherheit vor diesem Ungeheuer. Nicht mehr, wenn mehrere Männer hinter mir her waren.

Der Schmerz in meiner Brust kehrte in Wellen zurück, und ich rieb mir den Schmerz mit der Faust, während dunkle Gedanken meinen Kopf durchfluteten und ich auf die Verwandlung starrte, die vor mir stattfand. Sie würden mich zu Alistair zurück schleppen, wo er mich für den Rest meines Lebens foltern würde. Wut stieg in mir auf, und ich ballte meine Hände zu Fäusten, denn ich würde mich eher von der Klippe stürzen, als jemals zu ihm zurückzukehren. Der Tod war ein willkommener Freund im Vergleich zum Zusammensein mit ihm.

„Sie sind von meinem Ex", schrie ich, meine Kehle röchelte.

„Hab keine Angst", sagte Daxon lässig.

„Sie sind zu viert", murmelte ich und starrte die

drei Männer an, die sich nun in ihrer Wolfsgestalt vom Boden erhoben. Sie trugen alle ein graues Fell, während nur der Sprecher in seiner menschlichen Gestalt blieb und auf uns zukam.

„Du wirst heute sterben, mein Freund", warnte er Daxon. „Wie das ausgeht, hängt von dir ab. Wenn du dich wehrst, wird es weh tun. Gibst du auf, werden wir es schnell machen."

Daxon lachte. „Soll ich etwa Angst haben?", schnurrte er.

„Es sind vier gegen einen."

„Nun, mein Freund. Dein erster Fehler war, dass du es gewagt hast, uns hierher zu folgen. Dein zweiter war, dass du mich unterschätzt hast. Mein Gesicht wird das Letzte sein, woran du dich erinnern wirst."

Ich blinzelte und versuchte zu schlucken, aber mein Körper hörte nicht. Zwischen den wachsenden Schmerzen, die meinen Körper durchbohrten, und den Raubtieren, die sich mir näherten, fühlte ich mich gefangen.

Meine Ohren klingelten mit jedem pochenden Herzschlag.

Dann brach blitzschnell ein Chaos aus, das meine Welt aus den Angeln riss. Es ging alles viel zu schnell. Ein Schrei entrang sich meinen Lippen, als die drei Wölfe Daxon brutal angriffen. Sie fielen alle in einem großen Haufen zu Boden, und ich sah nur noch Fell und Zähne, ihr furchtbares Knurren durchbrach die Stille von vorhin.

Der Glatzkopf stürzte sich auf mich. Feuer versengte meine Eingeweide, als ich zurücktaumelte und verzweifelt nach einer Waffe suchte, aber welche Chance hatte ich schon? Also tat ich das einzig Mögliche, ich drehte mich um und rannte.

Plötzlich prallte ein riesiges Gewicht gegen meinen Rücken, und im nächsten Moment flog ich mit dem Gesicht voran auf den Boden. Die hässlichen Gefühle, die in mir aufstiegen, erinnerten mich an all die Male, die Alistair mich in genau dieser Position bestraft hatte. Ich musste die Angst zurückdrängen und das Erbrechen, das mich überkam.

„Er vermisst dich", murmelte der Mann und sein fauliger Atem strich über meinen Hinterkopf. „Und weißt du, was er gesagt hat? Wir können dich in jedem Zustand zurückbringen, solange du noch ein bisschen lebendig bist." Er drehte mich um und drückte mich an den Schultern nach unten, so, dass ich auf dem Rücken aufschlug. „Ich wollte schon immer mal die Schlampe eines Alphas ficken."

Ein kalter Schauer überlief mich. „Fass mich nicht an", schrie ich zurück, und ein Knurren entlud sich tief in mir, das mich erzittern ließ.

Er lachte, aber konnte ich wirklich etwas anderes von jemandem erwarten, der bereit war, für Alistair zu arbeiten?

„Fick dich!", sagte ich und hob meinen Kopf, um ihm ins Gesicht zu spucken.

Seine flache Hand traf mein Gesicht so schnell, dass ich nur Sterne sah.

Ein elektrisches Knistern durchzuckte meine Haut, als ich stöhnte und mich gegen ihn stemmte, um ihm zu entkommen.

„Hast du deine Beine für diesen Wolf breitgemacht, Hure?", fragte er und beugte sich über mich.

„Lass mich los!" Ich schleuderte ihm meine Fäuste ins Gesicht und trat zu. Die Verzweiflung beherrschte mich, und ich hörte nicht mehr, was er sagte. Zwischen ihm und meinem heftig zitternden Körper brauchte ich einfach Luft.

Ich holte aus und zerkratzte die Seite seines Gesichts, wobei meine Fingernägel die Haut aufrissen. Seine Augen weiteten sich, sein Ausdruck war voller Überraschung.

„Du verdammte Schlampe." Er stand auf, packte mich an den Haaren und riss mich auf die Knie.

Ich taumelte hinter ihm her, meine Kopfhaut schrie vor Schmerz, und ohne nachzudenken, schlug ich meine Faust direkt auf seine Leiste, wobei ich mein ganzes Gewicht in den Schlag steckte.

Er brüllte auf, sein Griff lockerte sich, und ich fiel nach hinten. Ich rappelte mich auf, der wilde Kampf mit Daxon und den Wölfen rief nach mir. Mein Kopf fühlte sich plötzlich verschwommen an, und ein donnerndes Keuchen kam über meine Lippen, als meine Beine unter mir nachgaben. Ich klammerte mich an das Gras und schwankte, als der Schmerz über meine Brust strich und mich verschlang. Mein Körper zuckte plötzlich, mein Rücken krümmte sich, ein lautes Knacken der Knochen ertönte.

Die Angst erdrückte mich.

Ich schüttelte mich heftig, als ein Inferno meinen Körper erfasste, und ein halb schreiender, halb heulender Schrei entrang sich meiner Kehle.

Ich war gelähmt vor Schreck, während meine Gliedmaßen zuckten, sich streckten, meine Haut aufplatzte und durch weißes Fell ersetzt wurde, das sich über meinen Körper legte. Meine Kleidung zerfetzte um mich herum, und ich schrie bei dem brennenden Schmerz. Meine Schreie verwandelten sich bald in ein gutturales Knurren, das nicht nach mir klang, aber definitiv von mir stammte.

Ich stolperte auf allen Vieren herum, als der Schmerz plötzlich nachließ. Ich hob den Kopf, und die Welt erschien mir anders, die Farben schärfer, die Schatten dunkler, und meine Nase wurde von starken Gerüchen überflutet. Schweiß, Moschus und Blut. Dahinter lagen die Kiefern und die frische Erde, aber auch eine Welle der Beklemmung. Vögel zwitscherten von so weit her, und doch hörte ich sie genau.

„Was zum Teufel?", platzte der Glatzkopf heraus und starrte mich ungläubig an. Und es dauerte nur Sekunden, bis ich begriff, dass er mich damit meinte. Ich blickte nach unten, und statt meiner Hände auf dem Boden fand ich große silberne Pfoten und weißes Fell an meinen Beinen.

Ich schwankte, als mich der Schock überkam.

Ich war ein Wolf. Ich hatte es geschafft. Das wurde auch Zeit, verdammt!

Das Knirschen von Laub ließ mich den Kopf hochreißen, als Daxon, immer noch in menschlicher Gestalt und blutverschmiert, hinter Mr. Baldy, so hieß der, der gesprochen hatte, erinnerte ich mich, herlief.

In Daxons Blick lag eine seltsame Leere, ein Blick des Todes, als wäre er der Sensenmann, der die Seelen holt. Er griff ein langes Schlachtermesser und bewegte sich schnell. Hinter ihm taumelten die drei Wölfe auf dem Boden, ebenfalls blutverschmiert. Es erstaunte mich, wie viel Schaden Daxon angerichtet hatte, obwohl es drei gegen einen waren.

Sein Blick hob sich für den Bruchteil einer Sekunde zu dem meinen, und sein Mund öffnete sich vor Überraschung, als er erkannte, dass ich es war, in Wolfsgestalt.

In einem Herzschlag schwang Daxon die Waffe gegen den Rücken des Mannes, gerade als dieser sich umdrehte, weil er seine Annäherung spürte.

Die Klinge zischte durch die Luft, und Daxon rammte sie so heftig in die Brust des Mannes, dass sie durch seinen ganzen Körper hindurchging und am Rücken wieder herauskam.

Ich erschauderte innerlich, weil es so schmerzhaft aussah.

„Ich habe dir verdammt noch mal gesagt, dass ich das Letzte bin, was du zu sehen bekommst", knurrte Daxon, seine Wut war erschreckend.

Der Mann brach zusammen und gurgelte seine letzte Antwort. Blut quoll aus seinen Mundwinkeln, sein Körper krampfte.

Eine Bewegung hinter Daxon erregte meine Aufmerksamkeit. Die drei Wölfe waren aufgestanden und pirschten sich an ihn heran.

Wut entflammte in meiner Brust, und irgendetwas ergriff von mir Besitz, Elektrizität lief mir den Rücken hinunter. Blinde Wut brannte in meinen Adern, weil sie verletzt hatten, was mir gehörte. Als Nächstes stürmte ich vorwärts, knirschte mit den Zähnen und hatte nur noch ihren Tod im Sinn.

Daxon

Rune sauste an mir vorbei, ihr Fell war weiß wie Schnee, ihre Pfoten silbern gesprenkelt. Sie war spektakulär. Mein wunderschönes Mädchen hatte endlich ihren Wolf gefunden. Sie hatte sich verwandelt, und ich hätte nicht stolzer auf sie sein können. Ich habe dem toten Arschloch in die Rippen getreten, weil ich ihren besonderen Moment verpasst habe.

Mein wunderschönes Mädchen stürzte sich auf die drei Bastarde, die sich an mich heranschlichen, und rammte einen der Wölfe so heftig, dass er mit einem wimmernden Geräusch auf dem Boden aufschlug. Sie bewegte sich wie der Wind, peitschte von einem zum anderen, schneller als ich je einen Wolf habe laufen sehen, geschweige denn einen brandneuen.

Ihr Angriff war präzise und grausam. Sie packte einen der Wölfe an der Kehle und riss ihm ohne Zögern oder Widerstand die Halsschlagader heraus. Ich konnte sie nur bewundern, als das Blut auf ihr weißes Gesicht spritzte.

Als ein anderer grauer Wolf von hinten auf sie zustürmte, stürzte ich mich auf ihn, packte ihn mit beiden Händen an seinem Hinterteil und schüttelte ihn durch. „Keine Sorge, du wirst deine Chance zu sterben bekommen. Mein kleines Wolfsmädchen ist heute hungrig nach Blut."

Ihr zuzusehen war außergewöhnlich, aber je länger

sie kämpfte, desto mehr fiel mir etwas Merkwürdiges auf. Überall, wo ihre Pfoten aufschlugen, hinterließ sie einen silbrigen Fußabdruck, der Sekunden später wie Staub in der Luft schwebte.

Das war ungewöhnlich und etwas, das ich noch nie gesehen hatte. Ich hatte schon viel gesehen, aber das machte mich sprachlos.

Der Idiot in meinem Griff drehte immer wieder seinen Kopf zu mir, fletschte die Zähne oder versuchte zumindest, mich zu erreichen. Als ich sah, wie viel Spaß Rune hatte, ließ ich das Biest los. Kaum hatte er sein Gleichgewicht wiedergefunden, stürzte sich Rune auf ihn, ihre Zähne bohrten sich in seine Seite und rissen ihm das Fleisch weg. Seine Schreie waren Musik in meinen Ohren, ihre Wildheit war ziemlich erregend.

Mein Schwanz zuckte bei der Art und Weise, wie sie so rücksichtslos in den Unterleib des Wolfes biss, und was das Bild noch viel perfekter machte, waren die schwebenden Silberpartikel ihrer Fußabdrücke. Die Szene bekam eine ganz andere, makabre Note, wenn sich Blutspritzer und Silberglanz vermischten. Wer zum Teufel wusste schon, was die silberne Markierung bedeutete, aber da es sich um Rune handelte, war es wunderschön.

Diese Wölfe hatten keine Chance gegen sie. Ich hätte nie gedacht, dass sie so mächtig sein würde, so verdammt bösartig.

Als sie schließlich zur Ruhe kam und ihre Brust nach Sauerstoff rang, starrte sie auf ihr Werk, darauf, wie kunstvoll sie die Erde mit Blut bespritzt hatte.

Noch nie hatte ich mich zu jemandem so hingezogen gefühlt wie in diesem Augenblick.

„Das war beeindruckend." Ich legte eine Hand auf ihren Rücken, ihr Körper glühte heiß unter meiner Handfläche.

Sie hob den Kopf und sah mich mit großen, silberblauen Augen an, hinter denen mein Mädchen lag. Sie wimmerte, und ich schüttelte den Kopf. „Nein, du brauchst dich nicht zu schämen. Dazu bist du geboren, und du bist verdammt schön."

Energie schwirrte in meinen Armen, als ihr Körper zitterte, und ich beobachtete, wie ihr Körper bebte und sich dehnte und das Fell sich in ihren Körper zurückzog. Mein Herz schlug heftiger, als ich etwas so Persönliches sah, und ich bekam Gänsehaut. Ihr honigartiger, sexy Duft machte mich wahnsinnig, und meine Muskeln spannten sich an, als sie in ihrer menschlichen Gestalt auf dem Boden zusammenbrach.

Sie war nackt, ihr Körper blutverschmiert, und mein Schwanz wurde bei ihrem Anblick immer dicker. Es gab nichts Verlockenderes als die Mischung aus Blut und Sex.

Ich beugte mich hinunter und nahm sie in meine Arme. Sie blickte zu mir auf, ihre Augen hielten noch immer an ihrer Wildheit fest, und mein Herz stotterte. Mein Inneres verdrehte sich bei dem Verlangen, das in mir tobte.

„Du bist alles für mich", sagte ich. „Und ich werde dich jetzt ficken."

Sie erhob sich zu meinem Gesicht, legte ihre Hände in meinen Nacken und küsste mich mit Zustimmung, mit Verlangen, mit Dringlichkeit.

RUNE

In meinem Kopf wirbelten so viele Emotionen herum, mein Körper zitterte vor Adrenalin ... ich wusste nicht, worauf ich mich konzentrieren sollte.

Ich hatte mich in einen Wolf verwandelt!

Ich. hatte. Mich. Verwandelt. In. Einen. Wolf.

Ich wollte schreien, aber die Erschöpfung ließ mich zusammenzucken, und stattdessen fühlte ich mich zu Daxon hingezogen. Die Art und Weise, wie er mir beim Kämpfen und Verwandeln zusah, ließ mich heiß werden. Ich sah die Anerkennung in seinen Augen. Er war stolz auf die Art und Weise, wie ich diese Männer getötet hatte. Nicht, dass ich ein Killer war. Ich war nie einer gewesen, doch ich hatte es geschafft, drei mächtige Wölfe mit solcher Leichtigkeit auszuschalten, dass es mir ein wenig Angst machte. Ich hatte keine Ahnung, warum ich mich verwandelt hatte, aber der Heißhunger meines Wolfes war nicht das, was ich erwartet hatte.

In Daxons Armen zu liegen, hüllte mich in Wärme und vertrieb die Angst.

Also küsste ich ihn fester, sehnte mich nach ihm, wollte seinen Atem in mich einatmen, weil ich mich nicht dem stellen wollte, was ich gerade getan hatte. Damit konnte ich nicht umgehen, jedenfalls noch nicht. Außerdem wusste ich durch die Art, wie sich seine Finger in meinen Rücken gruben und weil sein Kuss so aggressiv war, dass es ihm nur um die verkorkste und kaputte Seite von mir ging. Und daran klammerte ich mich mit jedem Stück meiner schmerzenden Seele.

„Bitte, Daxon", flehte ich, und meine Stimme klang rau. Der Geschmack von Blut auf meiner Zunge schien meine Erregung, meinen Hunger nur noch zu steigern. „Lass mich etwas anderes fühlen als Angst."

Er trug mich über das Gelände, über die Leichen hinweg, und sagte: „Es gibt nichts, wovor du Angst haben musst. Was du getan hast, war ein Wunder. Es kommt nicht oft vor, dass sich eine Wölfin aus eigener Kraft verwandelt, nachdem ihr Schicksalsgefährte ihren Wolf unterdrückt hat. Du bist etwas Besonderes. Ich wusste, dass du es bist, und vielleicht bist du mir viel ähnlicher, als es einem von uns je bewusst war."

Ich war mir nicht sicher, was ich darauf antworten sollte. Ich wusste nur, dass mein Geist von einem wilden Hunger nach Jagen, Töten ... und Ficken erfüllt war. Zu meiner Verteidigung muss ich sagen, dass ich von diesen drei Begierden diejenige gewählt hatte, die sich mir bereits angeboten hatte, eine Versuchung, der ich nicht widerstehen konnte.

Als wir den schwarzen Mercedes erreichten, legte er eine flache Hand auf die noch warme Motorhaube, dann legte er mich auf den Rücken. Die Wärme des Motors war wohltuend für meinen Rücken, und Daxon folgte mir, bedeckte mich mit seinem Körper, sein Mund eroberte meinen. Seine Zunge strich über meinen Kiefer, über mein Schlüsselbein und fand meine harte Brustwarze, die er hungrig in den Mund nahm.

Ich krümmte mich, als er mit seinem Mund und seinen Fingern an ihr zupfte. Ich atmete schneller, wand mich unter ihm, und das Verlangen stieg in mir auf, genau wie es mein Wolf zuvor getan hatte.

Ich griff in den Stoff seines Hemdes und zerrte es nach oben, um es ihm auszuziehen.

Er lachte mich an und erhob sich, um aufzustehen. „Lass mich das für dich machen." Auch wenn sein Hemd zerfetzt war, ließ er sich Zeit mit dem Aufknöpfen, um mich zu reizen. „Spreize deine Beine für mich. Zeig mir, wie feucht du bist."

Er griff nach unten und stupste meine Knie an, die ich hochzog und weit spreizte, um ihm alles von mir anzubieten, mich zur Schau zu stellen. Ich fühlte mich nicht mehr schüchtern, ganz im Gegenteil. Bei so viel Adrenalin, das noch immer durch meine Adern floss, war Erröten das Letzte, woran ich dachte, denn mein Herz klopfte noch immer wie wild von dem Kampf. Ich hatte mir nie vorstellen können, wie unglaublich befriedigend das sein würde, und endlich verstand ich, warum Wölfe es liebten, zu jagen und zu kämpfen. Es war uns in die Wiege gelegt, machte uns zu dem, was wir im Innersten waren.

Er leckte sich über die Lippen, öffnete seinen Gürtel und ließ seine Hose fallen. Natürlich trug er nichts darunter. Ich bezweifelte, dass er jemals Unterwäsche trug.

Meine Hand zitterte, als ich nach ihm greifen wollte, während er den perfekten Blick auf meinen Körper genoss.

„Du bist so schön und feucht für mich, Baby."

Mit einer Hand griff er nach seinem dicken Schwanz und pumpte mehrmals, während seine andere Hand den Eingang zwischen meinen Beinen fand. Er drückte zwei Finger in meine triefende Öffnung und ließ sie leicht hinein gleiten. „Ich liebe das Geräusch deiner Muschi, wenn sie an mir saugt."

Er zischte vor Vergnügen und ich stöhnte. Sein Mund fand meinen und wir küssten uns hart.

Einen Moment lang fragte ich mich, ob ich vor Verlangen verrückt werden könnte, weil mein Körper so sehr nach seiner Berührung gierte, aber je mehr er sich Zeit ließ, desto verzweifelter fühlte ich mich.

„Daxon", stöhnte ich.

Er knurrte unter seinem Atem, küsste mich wild und zog mich ein wenig näher zu sich heran. Als er die Spitze seines Schwanzes in mich stieß, schnurrte ich unter ihm. „Ist es das, was du wolltest?", fragte er.

„Ja. Ich will alles", stöhnte ich.

Mit einer Hand stützte er sich über meiner Schulter auf die Motorhaube, mit der anderen glitt er an meiner Seite hinunter und fasste mir an den Hintern. Er hob meinen Hintern nach oben, um ihn in die perfekte Position zu heben.

„Heute bist du so viel mehr geworden, als ich mir erträumt habe. Du bist perfekt. Ich werde dich zu meiner machen." Seine Spitze stieß in mich hinein und spießte mich auf.

Ich konnte seinen Worten kaum folgen, da ich mich auf die Art und Weise konzentrierte, wie er in mich eindrang. Ich knurrte jedes Mal ein wenig, wenn er sich zurückzog und langsam tiefer eindrang.

Seine Augen schienen zu glänzen. „Deine Fotze ist so eng." Und mit diesen Worten stieß er ganz in mich hinein und ließ unsere Körper zu einer Einheit verschmelzen. „Du gehörst ganz mir."

Ich schrie auf und umklammerte seine starken Schultern, als er noch einige Male in mich hinein-pumpte, jedes Mal härter als das letzte Mal. Mein ganzer Körper bewegte sich im Rhythmus seiner Stöße, meine Beine schlossen sich um seine Hüften.

„Braves Mädchen", murmelte er schwer in mein Ohr, seine Hände umfassten nun meine Hüften und hielten mich genau dort, wo er mich brauchte. Er hinterließ eine Spur von sanften Küssen entlang meiner Halsbeuge, seine Atemzüge beschleunigten sich, während er mich unerbittlich mit seinem stein-harten Schwanz fickte.

Wir bewegten uns im Rhythmus, er ritt mich. Ich stöhnte, dass er mich ganz nehmen sollte, dass er mir helfen sollte, zu vergessen, was ich getan hatte, wo wir waren oder dass um uns herum Körper lagen, die ich zerfetzt hatte.

Er knurrte meinen Namen, als er weiter in mich stieß, mein Körper wurde erregter, meine Schreie lauter. Er küsste mich gierig, und die Stauung in mir brach wie ein Sturm los.

„Ich werde dir immer geben, was du willst, Rune", flüsterte er heftig und hörte nicht auf, zu stoßen, während mein verzweifeltes Verlangen nach Erlösung an meinen Eingeweiden kratzte und meine Wölfin nach vorne drängte, weil sie spürte, dass wir jetzt so nah waren.

Sie stöhnte unter meinem Brustbein, und ich spürte, wie sie Daxons Wolf rief, und sein Wolf knurrte als Antwort. Wie Tiere fickten wir hart. Ich hielt mich an ihm fest und verlor mich in einem so intensiven Ritt, dass ich alles andere vergaß.

Er beobachtete mich die ganze Zeit, schob seinen Schwanz in mich hinein und wieder heraus, wobei die Reibung unser Feuer entfachte. Er stieß und stieß mich, und als ich schließlich über die Klippe stürzte, zuckte mein ganzer Körper.

„Daxon", schrie ich, mein Rücken krümmte sich, mein Kopf neigte sich nach hinten, meine Hände krallten sich in seine Arme. Jeder Zentimeter von mir krampfte sich um ihn.

„Scheiße, ich liebe dich so sehr."

Seine Worte waren wie Honig, sie kamen im richtigen Moment, und ich wollte reagieren, musste es, doch ich war zu weit weg, schwebte in der Lust, in einem herzzerreißenden Orgasmus. Aber er hatte das Wort „Liebe" gesagt, und ich wollte weinen, als ich hörte, dass jemand das zu mir sagte.

Bevor ich auch nur versuchen konnte, etwas zu sagen, während ich mich krümmte und schrie, war sein Mund auf meiner linken Schulter und überschüttete mich mit Küssen. Dann bohrte sich ein scharfer Biss in mein Fleisch.

Ich schrie auf wegen des plötzlichen Schmerzes, während ich immer noch im Begriff war, meinen Höhepunkt zu reiten. Er hatte mich unter sich festgenagelt und entlud sich plötzlich in mir, pulsierend. Ein Knurren entrang sich seiner Kehle, während er an meiner Schulter hängen blieb und an dem Blut leckte, das er vergossen hatte.

An der Narbe, die er bei mir hinterlassen hatte.

Und noch während ich von meinem Rausch herunterkam, fielen mir seine früheren Worte ein.

Ich werde dich zu meinem Eigentum machen.

Das war genau das, was er getan hatte. Er hatte mich als sein Eigentum markiert.

Verdammt. Ich stöhnte auf, gefangen in der überwältigenden Hitze unserer Körper und wie magisch sich der Moment anfühlte, doch gleichzeitig war ich zerrissen von der Tatsache, dass er mich gebissen hatte. Nach ein paar Augenblicken traf mich die Wahrheit. Sein heißer Atem streifte plötzlich mein Ohr.

„Du bist alles für mich", flüsterte er, und plötzlich fiel mir seine Bemerkung von vorhin wieder ein.

Ich liebe dich.

Mein Herz schmolz dahin, und plötzlich schmolzen alle früheren Sorgen dahin. Ich wollte, dass nichts diesen perfekten Moment ruinierte. Er zog sich aus mir zurück, rollte sich neben mir auf die Seite der Motorhaube und zog mich in seine Arme. Er schaute mir in die Augen. „Du hast keine Ahnung, wie perfekt du bist."

Ich lächelte, meine Brust strahlte, und ich lehnte meinen Kopf an seine Brust und lauschte seinem pochenden Herzen. Schon so oft hatte ich darauf gewartet, dass Alistair mich so wollte wie Daxon, dass er mir diese Worte ins Ohr flüsterte. Ich blinzelte die Tränen zurück angesichts der Freude, die ich nie erwartet hatte.

Aber aus irgendeinem Grund nagte etwas in meinem Hinterkopf an mir und weigerte sich, mich in Ruhe zu lassen. Mein Herz pochte, und ich versuchte, es wegzuschieben, als es in den Vordergrund meines Geistes drängte.

„Oh Scheiße!"

„Scheiße, wie spät ist es?", fragte ich, während ich darum kämpfte, aus meinem Orgasmusdunst herauszukommen.

Daxon stieg träge von der Motorhaube des Autos und holte sein Handy aus der Hose auf dem Boden. „Fünf Uhr fünfundvierzig", murmelte er.

Mein Magen krampfte sich plötzlich zusammen. „Verdammt. Ich werde zu spät kommen! Wir müssen zurück!" Ich rutschte von dem Mercedes, meine Muskeln schmerzten köstlich. Ich war splitterfasernackt und meine Klamotten lagen in Fetzen herum. Ich hatte keine Lust, mit wippenden Brüsten in die Stadt zurückzurollen.

„Hier, meine Hübsche", sagte Daxon und reichte mir seine Lederjacke, die er ausgezogen hatte, bevor alles aus dem Ruder lief. Gott sei Dank.

Ich zog sie an und machte den Reißverschluss zu. Sie reichte bis zur Mitte des Oberschenkels und bedeckte meinen Hintern, aber ich schaute immer noch zögernd auf sein Motorrad, weil ich nicht wirklich Lust hatte, nackt auf diesem Ding zu fahren.

„Wir leihen uns den Mercedes. Ich glaube nicht, dass einer der Herren etwas dagegen hat", sagte Daxon mit einem dunklen Kichern. „Ich hole das Motorrad später ab."

Es war mir ein bisschen unheimlich, mit ihrem Auto zu fahren, aber man darf nicht wählerisch sein und so weiter.

Ich schob Daxon in Richtung des Fahrersitzes. „Komm schon, wir müssen uns beeilen", sagte ich mit rauer Stimme. Meine Kehle war von dem ganzen Geschrei gerade kratzig. Aber das war es auf jeden Fall wert.

Daxon schien es nicht eilig zu haben, irgendwohin zu kommen. Sein Blick glitt an meinem Körper hinunter, und in seiner Tiefe loderten Flammen auf. Ich musste zugeben, dass ich kurz darüber nachdachte, eine zweite Runde zu machen, aber ich hielt mich zurück.

Ich sprang auf den Beifahrersitz, bevor er mich mit seinen verruchten Methoden ködern konnte. Ich beobachtete, wie er zu dem toten Glatzkopf schlenderte und ihm die Autoschlüssel aus der Tasche zog. Daxon stieß das Messer noch tiefer in die Brust des Mannes und schenkte mir ein Lächeln, das ganz nach „Bad Boy" aussah. Nicht zum ersten Mal fragte ich mich, wie es möglich war, dass sowohl er als auch Wilder in einer Stadt lebten. Sie waren mit Abstand die schärfsten Kerle, die ich je in meinem Leben gesehen hatte.

Wilder.

Mein Herz zog sich zusammen, als ich an ihn dachte. Ich rieb mir den Fleck, den Daxon auf meiner Schulter hinterlassen hatte. Sie schmerzte ein wenig und heilte nicht so schnell, wie alles andere zu heilen schien.

Daxon ließ schließlich den Wagen an, und wir fuhren zu dem alten Herrenhaus am Stadtrand, in dem Miyus Zeremonie stattfand. Offensichtlich fanden dort die meisten wichtigen Ereignisse in der Stadt statt, sowohl für die Gebissenen als auch für das Lykaner-Rudel.

Während der Fahrt waren wir beide still und in unsere Gedanken versunken. Ich hatte im Handschuh-fach ein paar Feuchttücher gefunden und wischte mir das Blut von der Haut. Zum Glück würde ich am Veran-staltungsort duschen können.

Daxon warf mir immer wieder vielsagende Blicke zu, als wollte er etwas sagen, aber ich ermutigte ihn nicht, indem ich ihn fragte, was er dachte. Ich fühlte mich ... zerbrechlich nach dem, was gerade passiert war. Als wäre ich gerade aufgeschnitten worden und mein hässliches Inneres wäre nun für ihn und den Rest der Welt sichtbar.

Er hatte versucht, mir einen Paarungsbiss zu verpassen.

Allein der Gedanke daran ließ die Wunde an meiner Schulter noch mehr pochen. Ich wusste nicht, was ich davon halten sollte. Ich war ein bisschen wütend, weil wir nicht darüber gesprochen hatten. Warum wollte er sich mit jemandem wie mir paaren? Nicht, dass ich es wirklich für möglich gehalten hätte, aber es gab nichts, was er tun konnte, um die Bindung zu ersetzen, die ich mit Alistair hatte. Selbst wenn er abgelehnt wurde, saß ein wahrer Gefährte in deinen Adern und rief nach dir, selbst wenn du nur vergessen wolltest. Ich wollte nicht, dass Daxon zweitrangig war. Aber was konnte ich tun?

Eine tiefe Bitterkeit bahnte sich ihren Weg durch mein Herz, wenn ich daran dachte, wie ungerecht alles war. Es war eine lebensverändernde Erkenntnis, dass ich, wenn ich ihn oder Wilder als meinen wahren Partner wählen könnte, dies tun würde. Ich hatte zwei Männer gefunden, die mich irgendwie vervollständigten. Unsere Seelen passten zusammen, und so unterschiedlich die beiden auch waren, es fühlte sich an, als wären sie für mich auf die Erde gebracht worden.

Wie grausam war es, dass die Mondgöttin mich daran gehindert hatte, das Versprechen, wie es mit ihnen sein könnte, jemals zu erfüllen?

Und dann war da natürlich noch die Tatsache, dass es zwei waren. Und sie hassten sich gegenseitig. Es war alles ein einziges Durcheinander.

Wir fuhren die kreisförmige Auffahrt eines weißen Herrenhauses hinauf, das mich an die riesigen Anwesen in Savannah oder Charleston erinnerte, von denen ich in Büchern Bilder gesehen hatte. Es sah aus, als wäre es direkt den Seiten von Vom Winde verweht entsprungen und passte nicht so recht in diese Stadt. Aber Amarok steckte immer voller Überraschungen, dachte ich mir. Die Bibliothek war der Beweis dafür.

Daxon sah mich an und machte den Mund auf, und ich stieg wie ein Feigling aus dem Auto. Ich wollte nicht hören, was er zu sagen hatte. Ich wollte nicht hören, dass er mir wieder sagte, dass er mich liebte, oder irgendetwas anderes, das alles nur noch schlimmer machen würde.

Daxon

Ich sah zu, wie sie ins Haus rannte, wobei sie offensichtlich vergessen hatte, dass sie nur meine Lederjacke trug. Ich bin sicher, dass jeder, der sie sah, nach der Zeremonie etwas zu erzählen haben würde, auch wenn die Jacke alle wichtigen Stellen verdeckte.

Diese Dinge waren immer furchtbar langweilig, also würde es die Sache zumindest auflockern. Nicht, dass Rune noch mehr Klatsch und Tratsch über sie bräuchte.

Mist. Ich war mit meinen Gedanken ganz woanders. Und sie drehten sich alle um sie. Ich fragte mich, was sie dachte, was sie fühlte. Fühlte sie diese allumfassende Verrücktheit für mich, die ich für sie empfand?

Ich bezweifelte es.

Eigentlich war ich mir sicher, dass sie es nicht fühlte. Denn ihr beim Weggehen zuzusehen, fühlte sich an, als würde ein Teil von mir sterben, und nach der Geschwindigkeit zu urteilen, mit der sie rannte, gab es auf ihrer Seite kein Sterben.

Die Bindung hatte nicht gehalten. Ich hatte schon davon gehört, aber noch nie in einer solchen Situation. Ich hatte davon gehört, dass es nicht funktionierte, weil derjenige, der den Biss verabreichte, nicht über genügend tiefe Gefühle verfügte, um die für die Bindung notwendige Magie zu erbringen.

Das war hier aber nicht der Fall. Rune hat die Magie der Bindung irgendwie blockiert. Und es hatte nichts mit der Tatsache zu tun, dass sie da draußen einen wahren Gefährten hatte. Ein Wolf konnte einen echten Partner und einen Partner haben. Miyus Eltern waren der Beweis dafür. Wenn man nicht beides haben konnte, hätte ihr Vater Pech gehabt, als er ihre Mutter traf. Es brannte mir im Magen, zu wissen, dass sie ein echtes Paarungsband haben würde, das mein Paarungsband immer übertrumpfen würde. Bis ich ihn tötete. Ich hatte es akzeptiert, weil ich verzweifelt versuchte, alles von ihr zu bekommen, was ich bekommen konnte.

Aber dann hatte sie das verdammte Ding nicht akzeptiert. Ich war am Boden zerstört und wollte sie unbedingt dazu bringen, das zu fühlen, was ich fühlte, damit ich es noch einmal versuchen konnte. Ich würde sie dazu bringen, sich in mich zu verlieben. Ich würde dafür sorgen, dass sie ohne mich nicht mehr leben könnte. Ich würde alles sein, was sie jemals brauchen würde. Ich wollte sie besessen von mir machen.

Sie würde nie wieder davon loskommen.

Die Entscheidung war gefallen, und ich stieg aus dem Auto aus, weil ich mich jetzt viel besser fühlte. Ich ging in die Villa und nickte den zufällig vorbeikommenden Stadtbewohnern zu. Miyu und Rae waren beide Gebissene, aber sie waren so beliebt, dass auch viele Mitglieder von Wilders Rudel hier waren. Leider würde er ebenfalls hier sein.

Wenn man von diesem Bastard spricht. Wilder lehnte an einer Wand und unterhielt sich mit einigen Mitgliedern seines Rudels, während er aus einem edlen Flötenglas Champagner trank. Er trug einen gutsitzenden Smoking. Glücklicherweise wartete mein Smoking hier irgendwo im Quartier des Bräutigams, da es meine Aufgabe war, die verdammte Sache als ihr Alpha zu vollziehen. Gleich hinter Wilder konnte ich Arcadia sehen, die ihn verzweifelt anstarrte. Ich schlich mich die Treppe hinauf, bevor sie mich bemerken konnte. Das war eine Möglichkeit, alles schnell zu ruinieren. Ich würde wahrscheinlich ausrasten und die Schlampe umbringen, und dann wäre die Party ruiniert.

Schade.

Ich pfiff, als ich die Treppe hinaufging, um mich auf diese Sache vorzubereiten. Es würde schon alles klappen. Dafür würde ich sorgen.

Rune

„**B**ist du bereit?", fragte ich leise und knöpfte den gefühlt millionsten Knopf am Rücken von Miyus Kleid zu.

„Ich glaube schon", quietschte sie, während wir beide sie in dem bodenlangen Spiegel vor uns bewunderten. Sie war ein Traum in ihrem langen, dunkelroten Kleid, das perfekt zu ihrem roten Haar passte.

Rot war normalerweise die Farbe, in der ein Wandler heiratete. Es war ein Symbol für den Geist und die Vitalität der Wandler und für die Unvergänglichkeit des Versprechens, das sie heute geben würde. Sie sah umwerfend darin aus.

Das Kleid war ärmellos und hatte einen herzförmigen Ausschnitt. Es schmiegte sich an jeden Zentimeter ihres kurvenreichen Körpers, bis es unten auslief. Ein roter Spitzenstoff bedeckte den roten Seidenstoff, aus dem die erste Lage des Kleides bestand. Ich war besessen von allem, was dazugehörte. Miyus Haare waren zu einer kunstvollen Hochsteckfrisur frisiert, deren Strähnen ihr herzförmiges Gesicht umrahmten. Ihr Augen-Make-up war schlicht, mit langen falschen Wimpern, die ihre Augen zum Strahlen brachten, und sie hatte den Look mit einem dunkelroten Lippenstift abgerundet.

Sie war perfekt.

„Du siehst umwerfend aus", sagte ich zu ihr und strich mein taubengraues Kleid glatt, darauf bedacht, dass alles für meine beste Freundin perfekt war.

Sie schenkte mir ihr typisches strahlendes Lächeln und wollte gerade etwas sagen, als ihre Mutter den Kopf hereinsteckte. „Es ist so weit", verkündete sie, ihren Blick sanft auf ihre Tochter gerichtet.

Miyu quietschte wieder, drückte meine Hand und marschierte dann zur Tür. „Lasst uns das Ding durchziehen", rief sie und hob ihre Faust in einer Art Kriegsschrei in die Höhe. Die anderen Mädchen und ich kicherten, als wir sie hinausgehen sahen, bevor wir ihr folgten.

Die Zeremonie fand im Hinterhof des Anwesens statt. Es war ein kunstvoller Bogen errichtet worden, der mit Rosen bedeckt war. Laternen sorgten für eine sanfte Beleuchtung der Veranstaltung. Schwarze Stühle waren in Reihen aufgestellt, und überall standen Vasen mit Rosen.

Eine Geige begann zu spielen, und Miyus Vater, ein vornehm aussehender Mann mit einem freundlichen Gesicht, hielt ihr den Arm hin. Der Rest von uns machte sich vor ihr bereit. Wenn man sich die anderen Mädchen ansah, hatte Miyu ihr Versprechen erfüllt, uns für die Zeremonie schön zu machen. Wir sahen alle umwerfend aus. Eliza, ein süßes Mädchen, das Miyu schon kannte, als sie noch Mädchen waren, schenkte mir ein Lächeln und schritt los. Zwei weitere Mädchen gingen ... und dann war ich an der Reihe.

Ich holte tief Luft und ging dann die Freitreppe hinunter, die in den Garten führte. Alle Gäste starrten zu uns hinauf, während wir hinuntergingen, und diese ganze Aufmerksamkeit war ein bisschen nervtötend. Ich versuchte, zu lächeln, auch wenn meine Nerven in meinem Magen herumtanzten.

Und dann sah ich sie. Daxon stand am Ende des Ganges, gekleidet in einen perfekt sitzenden schwarzen Smoking, der mein Inneres zum Wahnsinn trieb. Sein blondes Haar war kunstvoll ins Gesicht gestrichen, und seine goldenen Augen verschlangen mich, während ich versuchte, die Treppe hinunterzugehen, ohne zu stürzen. Und nur ein paar Meter von ihm entfernt war Wilder. Er sah ganz und gar wie der verträumte Bad Boy aus, wie er da in seinem grauen Smoking stand, der nur eine Nuance dunkler war als das Kleid, das die Mädchen trugen. Ein Zeichen des Respekts, denn er war der andere Anführer in der Stadt. Seine smaragdgrünen Augen starrten mich genauso intensiv an wie die von Daxon, und meine Haut fühlte sich an, als würde sie von der kombinierten Kraft ihrer beiden Blicke in Flammen stehen. Mein Herz wollte sie. Meine Seele wollte sie.

Danach war alles nur noch verschwommen. Irgendwie schaffte ich es bis nach vorne, wo ich stehen sollte, ohne etwas anderes, als sie zu bemerken. Miyu und ihr Vater schafften es bis zum Bogen, und Daxon lenkte seine Aufmerksamkeit gnädiger Weise von mir ab und begann dann mit der Zeremonie. Es war wunderschön und von Herzen kommend, und ich sehnte mich nach meinem eigenen Happy End, während ich Miyu und Rae dabei zusah, wie sie ihr Gelübde ablegten und sich küssten. Ihre Bisse würden heute Abend privat stattfinden, weit weg von neugierigen Augen.

Apropos Biss ... Wilders Blick war auf meine Schulter geheftet, wo ich bemerkte, dass etwas von Daxons Biss hervorlugte. Er sah wütend aus.

Ich berührte ihn unwillkürlich.

Ein lauter Jubel erfüllte die Luft, als Rae und Miyu sich küssten. Sie gingen Hand in Hand den Gang hinunter, und der Rest der Paarungsgäste folgte ihnen. Ich spürte, wie die Blicke von Daxon und Wilder Löcher in meinen Rücken brannten.

Ich unterhielt mich mit den Mädchen, während wir darauf warteten, in den Ballsaal zu gehen, wo der

Empfang stattfand. Eine nach der anderen wurden wir angekündigt, und dann traten wir zur Seite, während Miyu und Rae ihren ersten Tanz begannen.

Wilder tauchte neben mir auf, und legte mir seine Hand auf den Rücken.

„Du bist das atemberaubendste Geschöpf, das ich je gesehen habe", flüsterte er, und ich schenkte ihm ein zittriges Lächeln. Es war das erste Mal, dass ich mich herausgeputzt hatte, seit ich in diese Stadt gekommen war. Selbst ich musste zugeben, dass ich in dem perfekt sitzenden Kleid gut aussah, mit meinem Haar, das in weichen Wellen über meinen Rücken fiel. Eine Gänsehaut breitete sich auf meiner Haut aus, als seine Finger begannen, wieder meine Wirbelsäule hinaufzutanzen.

„Willst du mir irgendetwas sagen?", fragte er plötzlich.

Und ich wusste, dass er den Fleck meinte, der jetzt zum Glück verdeckt war.

„Ich spüre, dass die Bindung nicht funktioniert hat, aber ...", begann er.

„Es hat nicht funktioniert?", fragte ich verwirrt.

Bevor ich weiter fragen konnte, erschien Daxon auf der anderen Seite von mir und lächelte mich mit seinem perfekten Grinsen an.

Mein Mund öffnete sich und schloss sich wieder, als die Musik wechselte. Die Hochzeitsgesellschaft sollte sich zu Miyu und Rae auf die Tanzfläche gesellen. Doch als Ben Harpers Forever zu spielen begann, hielten Daxon und Wilder mir beide die Hand hin und baten mich, einen von ihnen auszusuchen und mit mir auf die Tanzfläche zu gehen. In ihren Blicken lag

Zuversicht, als hätten sie keinen Zweifel daran, dass ich mich für sie entscheiden würde.

Ich erstarrte, mein Blick huschte zwischen den beiden hin und her. Ihr Lächeln verblasste, als ich einen Schritt zurücktrat und Panik durch mein Herz schoss.

Ich konnte mich nicht nur für einen entscheiden, ich konnte es nicht tun.

Plötzlich fühlte es sich an, als wären tausend Grad da drin, als würde ich vor Hitze ohnmächtig werden.

Ich drehte mich ohne ein Wort um und stolperte davon. Ich hörte, wie Wilder mir etwas hinterherrief, aber ich ignorierte ihn, weil ich verzweifelt weglaufen wollte.

Ich rannte zurück in das Labyrinth der Gänge, die das Herrenhaus ausmachten, und brauchte etwas frische Luft, bevor ich ohnmächtig wurde. Als ich mich umdrehte, sah ich keinen der beiden. Ich atmete erleichtert auf, als ich wieder dort ankam, wo die Zeremonie gerade stattgefunden hatte, und nahm einen tiefen Atemzug kühle Nachtluft. Ich bewunderte geistesabwesend, wie wunderschön der Hof mit den Lichterketten aussah, während ich darüber nachdachte, was ich mit den sehr realen Gefühlen, die ich für Wilder und Daxon hatte, anfangen sollte.

Ich wollte gerade wieder hineingehen, als es passierte.

„Hallo, kleiner Mond", sprach eine sehr vertraute Stimme leise in mein Ohr.

Ich drehte meinen Kopf und starrte in das Gesicht der Kreatur, die mein Leben ruiniert hatte.

„Alistair", hauchte ich, und der Kummer durchfuhr meinen Körper.

Ich schätzte, ich würde mich nicht mehr zwischen Daxon und Wilder entscheiden müssen.

Er hatte mich gefunden.

Fortsetzung von Runes Geschichte in Wilde Frau. Hol sie dir hier.

Klicke für Wild Woman

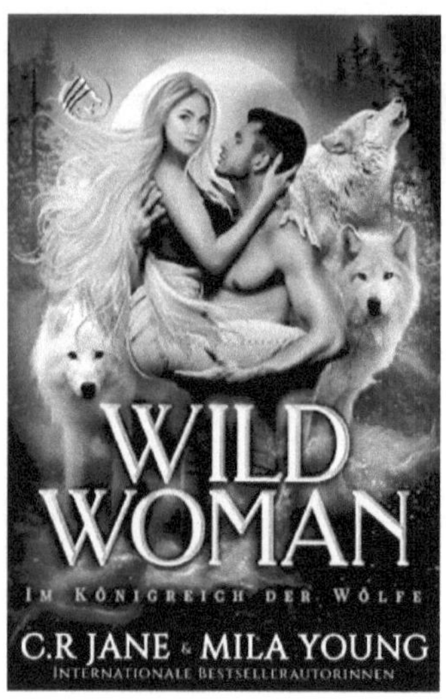

Mein Schicksalsgefährte, der mich zurückgewiesen hat, ist zurückgekehrt.

Ich hätte wissen müssen, dass Alistair mich finden würde.

Die dunklen Geheimnisse meines neuen Zuhauses haben mich von der Gefahr abgelenkt, in der ich immer schweben werde, solange er am Leben ist.

Eine Killerin. Die Psycho-Ex meiner Liebhaber. Ganz zu schweigen von meinen seltsamen neuen Kräften.

Das ist eine Menge, mit dem ein Mädchen umgehen können muss.

Zwei Alphas haben mich außerdem als ihr

Eigentum beansprucht. Jetzt, da ich entführt wurde, werden sie vor nichts zurückschrecken, um mich zurückzubekommen. Aber wir hätten daran denken sollen, dass es in den Schatten furchterregendere Dinge gibt als meinen Ex.

Ich muss jetzt mehr Wolf als Frau sein, denn um zu überleben, muss ich mir die Wildheit in mir zu eigen machen.

Klicke für Wild Woman

ÜBER MILA YOUNG

Mila Young geht alles mit dem Eifer und der Tapferkeit ihrer Märchenhelden an, deren Geschichten sie beim Heranwachsen begleiten haben. Sie erlegt Monster, real und imaginär, als gäbe es kein Morgen. Tagsüber herrscht sie über eine Tastatur als Marketing Koryphäe. Nachts kämpft sie mit ihrem mächtigen Stift-Schwert, erschafft Märchen Neuerzählungen und sexy Geschichten mit einem Happy End. In ihrer Freizeit liebt sie es, eine mächtige Kriegerin vorzugeben, spaziert mit ihren Hunden am Strand, kuschelt mit ihren Katzen und verschlingt jedes Fantasymärchen, das sie in die Finger bekommen kann.

Für weitere Informationen...
Milayoungauthor@gmail.com

www.milayoungbooks.com/german

ÜBER C.R. JANE

Ich komme aus Texas und lebe jetzt in Utah. Ich bin Ehefrau, Mutter, Anwältin und jetzt Autorin. Meine Geschichten schwirren schon seit Jahren in meinem Kopf herum, und es war eine Erleichterung, sie endlich zu Papier zu bringen. Ich bin ein großer Fan der Dallas Cowboys und höre vor allem Beyonce und Taylor Swift ... lüge nicht und sage, Du würdest das nicht auch tun.

Meine Liebe zum Lesen begann wahrscheinlich, als ich drei Jahre alt war. Da ich überdurchschnittlich schnell lesen kann, habe ich in meinem Leben hunderte von Büchern verschlungen. Es war nur logisch, dass ich anfing, meine eigenen Welten zu erschaffen, da ich mich immer in den Welten anderer verlor.

Ich mag Heldinnen, die sich weiterentwickeln müssen, um knallhart zu werden, Happy Ends und männliche Charaktere, die in Ohnmacht fallen, sich hingebungsvoll um sie kümmern (und heiß sind). Wenn das nach dir klingt, bin ich mir ziemlich sicher, dass wir Freunde werden.

Ich bin so froh, dich in meinem Team zu haben ...

Schau dir die Links unten an, um dich mit mir auszutauschen und mehr von meinen Büchern zu lesen!

www.crjanebooks.com